EL BAILE DE LA VICTORIA

Autores Españoles e Iberoamericanos

Esta novela obtuvo el Premio Planeta 2003,
concedido por el siguiente jurado:
Alberto Blecua, Pere Gimferrer,
Carmen Posadas, Antonio Prieto, Carlos Pujol,
Rosa Regàs y Manuel Vázquez Montalbán.

ANTONIO SKÁRMETA

EL BAILE DE LA VICTORIA

Premio Planeta
2003

 Planeta

© Antonio Skármeta, 2003

© Editorial Planeta, S. A., 2003
Diagonal, 662-664, 08034 Barcelona (España)

Primera edición: octubre de 2003

Depósito Legal: M. 43.838-2003

ISBN 84-08-05004-4

Composición: Foto Informática, S. A.

Impresión y encuadernación: Mateu Cromo Artes Gráficas, S. A.

Printed in Spain - Impreso en España

A Jorge Manrique, Nicanor Parra y Erasmo de Rotterdam,
mi trío de ases

Mientras más profundo es el azul, más convoca a los hombres hacia lo infinito, más despierta en ellos el ansia hacia la pureza y lo intangible.

WASSILY KANDINSKY

UNO

El día de San Antonio de Padua, 13 de junio, el presidente decretó una amnistía para los presos comunes.

Antes de soltar al joven Ángel Santiago, el alcaide pidió que se lo trajeran. Vino con el desgaire y la belleza brutal de sus veinte años, la nariz altiva, un mechón de pelo caído sobre la mejilla izquierda, y se mantuvo de pie desafiando a la autoridad con la mirada. Los granizos del temporal golpeaban contra los vidrios tras las rejas y deshacían la gruesa capa de polvo acumulado.

Tras estudiarlo de una pestañeada, el alcaide bajó la vista sobre un juego interrumpido de ajedrez y se acarició largamente la barbilla, pensando cuál sería a esta altura la mejor movida.

—Así que te vas, chiquillo —dijo con un dejo de melancolía, sin dejar de mirar el tablero. En seguida levantó el rey y colocó pensativo la pequeña cruz de su corona en la abertura de sus dientes superiores. Tenía puesto el abrigo, una bufanda de alpaca café, y muchas motas de caspa le pesaban en las cejas.

—Así es, alcaide. Me tuve que tragar dos años adentro.

—Seguro que no vas a decir que pasaron volando.

—No pasaron volando, señor Santoro.

—Pero algo de positivo tiene que haber tenido la experiencia.

—Salgo con un par de proyectos interesantes.

—¿Legales?

El chico jugó a darle leves pataditas a la mochila donde guardaba sus pocas pertenencias. Se apartó una legaña desde la cuenca de un ojo y sonrió irónico borrando con ese gesto la veracidad de su respuesta.

—Totalmente legales. ¿Para qué me mandó a llamar, señor?

—Dos cositas —dijo el funcionario, golpeándose con la figura del rey la nariz—. Yo estoy jugando con las blancas y me corresponde mover. ¿Cuál es el próximo paso para acelerar el jaque mate de las negras?

El joven miró con desprecio el tablero y se rascó displicente la punta de la nariz.

—¿Cuál sería la segunda *cosita*, alcaide?

El hombre repuso el rey en el cuadrilátero y sonrió con tan abrumadora tristeza que los labios se le hincharon como si estuviera a punto de llorar.

—Tú sabes.

—No sé.

El alcaide sonrió:

—Tu proyecto es matarme.

—Usted no tiene tanta importancia en mi vida como para que pueda decir que *mi* proyecto es matarlo.

—Pero es *uno* de ellos.

—No tenía para qué tirarme desnudo la primera noche a esa celda llena de bestias. Eso marca, alcaide.

—Entonces, *vas* a matarme.

Ángel Santiago aguzó sus sentidos con el súbito temor de que alguien estuviera oyendo esa conversación y una respuesta suya atolondrada pusiera en peligro su libertad. Precavido, dijo:

—No, señor Santoro. No lo voy a matar.

El hombre cogió la lámpara colgante que pendía sobre el tablero de ajedrez y le dio vuelta para proyectar su luz como un reflector policial sobre la cara del chico. La sostuvo así un largo rato sin decir nada y luego la bajó, impulsándola para que ésta latigueara su haz de una pared a otra.

Tragó saliva y la voz le sonó quebrada:

—En lo que a mí respecta, mi participación esa noche fue un acto de amor. Uno también se vuelve loco de soledad entre estas rejas.

—Cállese, alcaide.

El hombre se puso a caminar por el cuarto, como si buscara en el piso de cemento más palabras. Finalmente se detuvo frente al joven, y con dramática lentitud se despojó de la bufanda. Sin mirarlo a los ojos, se la ofreció con repentina humildad.

—Es vieja, pero abriga.

Ángel la frotó entre los dedos e hizo un gesto de asco. Para evitar el rostro de Santoro, se detuvo en la foto del presidente de la República, el único adorno en ese muro carcomido por la humedad.

—Es una buena bufanda. De alpaca. Alpaca peruana.

Alentado por un escalofrío, subió la mirada y enfrentó los ojos del muchacho.

La frase «acto de amor» había encendido el rostro del muchacho como si hubiera bebido un combustible. Una mancha escarlata le bañaba las orejas.

—¿Puedo irme ahora, señor Santoro?

El hombre hizo ademán de acercársele en actitud de despedida pero la gélida expresión en el rostro de Ángel lo detuvo. Abrió los brazos en un gesto de resignación, como implorando simpatía.

—Llévate la bufanda, muchacho.

—Me repugna tener una cosa suya.

—Vamos, llevátela. Ten un poco de compasión.

El joven decidió que cualquier cosa sería mejor que dilatar su salida. Avanzó hasta la puerta arrastrando la bufanda. Allí se detuvo, y tras humedecerse los labios con saliva, dijo:

—Usted juega peón seis dama, las negras comen peón, usted entonces va con el alfil delante de la dama. Mate.

De inmediato, el alcaide levantó el conmutador y pidió a gendarmería que le trajeran al reo Rigoberto Marín. Mientras lo esperaba, encendió un cigarrillo y expulsó la primera descarga de humo por las narices. Fue hasta el hornillo y puso la tetera encima.

Repartió del tarro de café instantáneo dosis en dos tazas, les puso abundante azúcar, y cuando el agua hirvió, procedió a verterla en los recipientes y revolvió el contenido con la única cucharita que quedaba de la vajilla estatal.

Oportunamente la guardia hizo entrar al presidiario y el alcaide le indicó la silla y el café. Marín tenía el pelo grasoso y desgreñado, la mirada oscura y huidiza, y su cuerpo flaco estaba en un alerta eléctrico. Bebió el primer sorbo de café casi con un gesto clandestino.

—¿Qué tal, Marín? ¿Cómo va eso?

—Igual que siempre, alcaide.

—Lástima que no te beneficiaran con la amnistía.

—Yo no soy un simple robagallinas, señor. A mí me tienen adentro por asesinato.

—Tiene que haber sido muy grave, pues te dieron cadena perpetua.

»Sí, fueron muy generosos contigo. ¿Cuántos asesinatos cometiste?

—Más de uno, alcaide.

—De modo que las posibilidades de que salgas por buena conducta dentro de algunos años son escasas.

—Más bien nulas. Explícitamente no me fusilaron con la recomendación estricta de que por ningún motivo se me rebajara la condena.

—¿Y no hubieras preferido el pelotón? Porque, al fin y al cabo, esto no es vida, ¿cierto?

—No es vida, pero la vida es la vida. Cualquiera que sea. Ni a un gusano le gusta que lo aplasten.

El alcaide le extendió un cigarrillo y se encendió otro para sí mismo. Marín aspiró profundo, ferozmente ganoso, como un atleta tragaría una bocanada de aire puro.

—Por ejemplo este puchito, alcaide. Con unas pitadas como éstas, ya tengo salvado el día. Dios siempre provee.

Santoro estudió al hombre y le pareció un bandido consecuente. Decidió hablarle claro.

—«Dios siempre provee.» Bien dicho, Marín. Y para probártelo, hoy te tengo un ofertón.

—¿De qué se trata, alcaide?

—Por supuesto que no pude incluirte en la amnistía, pero perfectamente te puedo sacar de aquí unas semanitas para que me hagas un encargo. Nadie va a sospechar de ti porque haremos como que sigues en la cárcel, castigado en el calabozo. Hasta allí no dejamos entrar ni al Santo Padre.

—No le pregunto de qué se trata, sino de quién.

Santoro se reconfortó tragando un sorbo de su café e indicó a Marín que hiciera lo mismo.

—Ángel Santiago.

Marín pestañeó tupido y luego clavó la vista en la taza de café, como leyendo un jeroglífico.

—¿El Querubín? —dijo con voz secreta.

—El mismo.

—Un chico tan lindo. Una mosquita muerta que no le ha hecho mal a nadie.

—Pero va a matarme.

—¿Lo amenazó?

—Va a matarme, Marín. Y yo tengo una esposa, y dos hijas, y un sueldo de mierda, pero de él vivimos todos.

—Comprendo. Lo que sucede es que no tengo nada contra el muchacho. Excepto envidia. ¡A quién no le gustaría ser tan joven y guapo como él!

—Intenta hacerlo aparecer como una riña de borrachos. O cualquier cosa que se te ocurra. Lo importante es que te cerciores de que esté bien muerto.

—Es que en todos los otros casos tuve una buena razón para hacerlo. Ahora...

—Ya se te ocurrirá algo. Después de diez años de cárcel, una puta por día, digamos durante un mes, le dará sentido a tu vida. «Y la vida es la vida», ¿no?

—No voy a putas. Tengo bastantes amigas que me lo hacen por amor.

—Pero te conocen, Marín. Lo siento por ellas, que se perderán el polvo del siglo, pero recuerda que teóricamente tú estás en el calabozo. Cualquier imprudencia que cometas significa que te conmuten la prisión perpetua por el pelotón de fusilamiento. ¿Qué me dices?

—Complicada, la cosa.

—Un mes en las calles, Marín. Por última vez en tu vida.

El alcaide avanzó hasta la puerta del baño y, tras abrirla, le mostró a Marín el hisopo y el jabón espumante.

—Aféitate, hombre.

DOS

En el anexo de la cárcel para adultos, Vergara Grey había mandado comprar gomina al guardia cuando se enteró de la amnistía. Al sacar del armario su traje Boss y probárselo, comprobó que hundiendo un poco la barriga podía cruzar el cinturón. Los cinco años de vida sedentaria en reclusión no lo habían damnificado tanto gracias a unos ejercicios yogas aprendidos en un remoto pasado marinero en Tailandia.

Su brillante pelo gris remataba en dos patillas entrecanas que hacían perfecto juego con los gruesos bigotes serenos y autoritarios, y ante el espejo que el guardia sostenía, se aplicó algunos latigazos de peine sin dudar de que, a pesar del tiempo en cautiverio, la mirada profunda aún podría causarle vértigo a una mujer. Pero desechó esa coquetería de macho con un suspiro triste: él sólo amaba a su esposa Teresa Capriatti, y mucho temía que ella no quisiera ver a su esposo libre, pues no lo había visitado en la cárcel ni siquiera para las Navidades.

Tampoco el hijo de ambos había sido el más afectuoso ni el más frecuente. El muchacho se aparecía sólo los días de su aniversario, la última semana de diciembre, con una invariable agenda del próximo año, y tras escuetas conversaciones sobre la liga profesional de fútbol y la marcha de

15

sus estudios secundarios, se retiraba con un apretón de manos esquivando el beso que Vergara Grey quería estamparle en el pómulo.

Esta repentina amnistía que reducía a la mitad su condena era un regalo de Dios para reconquistar los afectos perdidos. Jamás volvería a delinquir, lo juraba ante Dios, la prensa y las autoridades del presidio, y con el dinero que su socio le adeudaba tras haberse callado la boca en los interrogatorios, llevaría una modesta vida honorable sin esquilmar a nadie y sin trabajarle un peso a persona alguna.

Conocía a un par de influyentes directores de periódicos dedicados a la crónica roja y les suplicaría, como viejo amigo, que no siguieran haciendo ediciones especiales cada vez que se cumplía un aniversario de sus más espectaculares robos. Perfectamente podrían aceptar que en su nueva libertad quisiera mantener un bajo perfil, sólo así lograría recuperar a su familia, y lentamente su dignidad.

Con un palmoteo en la espalda le agradeció al guardia que hubiera sostenido el espejo, y antes de pedirle que lo bajara, sonrió. Era el que quería ser. La sonrisa cálida, fraterna y viril, la luz secreta al fondo de los ojos, los pliegues intensos que dan el dolor y la soledad, y sobre todo las ganas, los deseos de vivir que en otros reclusos se habían licuado en indiferencia. El destino propio les resultaba a la larga tan anónimo como el de los otros.

Echó una última mirada a los muros de la celda y pudo constatar que sólo dos imágenes permanecían sin desmontar: el calendario de la Virgen María con los días marcados por una equis roja hasta el 13 de junio y el afiche de Marilyn Monroe, abandonada con sus senos frutales sobre un manto de terciopelo. El calendario lo puso en la maleta, junto a su vestuario, y tras cerrarla extrajo de su saco una pluma fuente antigua y extendió a lo largo del cuerpo de

Marilyn la siguiente dedicatoria: «Donado a mi sucesor por Nicolás Vergara Grey.»

En el camino hacia la oficina del alcaide, un considerable grupo de presos lo escoltó deseándole buenaventura, y alguno lo abrazó con lágrimas rodándole por las mejillas. El hombre se dejó querer con modestia, cuidando de mantenerse erguido y de que nada perturbara su apariencia de príncipe, el pañuelo de seda despuntando del bolsillo superior de la chaqueta de *tweed*, la corbata atada con un nudo ancho, y el cabello de actor maduro.

El alcaide hizo coincidir su entrada con el descorche de una bulliciosa botella de *champagne*, y un funcionario escanció el mosto entre guardias y selectos prisioneros que alzaron sus vasos con un estruendoso «salud». Luego la autoridad carraspeó e hizo una histriónica pausa con las manos en el pecho antes de leer un manuscrito elaborado en papel fiscal reglamentario.

—«Estimado profesor Vergara Grey, querido Nico: es con sentimientos encontrados que te vemos hoy partir. Nos alegramos por tu libertad, ya que vuelve para renacer en el mundo de los civiles un caballero de alcurnia y gracia, y nos entristecemos de perder tu grata compañía, el sabor de tus historias, la sabiduría de tus reflexiones, y el estoicismo de tus consejos, con los cuales diste consuelo a reclusos, guardias y a quien habla.

»Es verdad que te marginaste de la ley y no fue injusto el juez que te condenó a diez años por tus espectaculares robos. Pero también es cierto que en ninguna de tus proezas empleaste la violencia, jamás dejaste un herido o un muerto en el camino, y dudo mucho que alguna vez hayas sostenido una arma en tus manos. Estás lejos de esa calaña de malhechores resentidos e inescrupulosos que llenan nuestras cárceles y que abundan en las calles.

17

»Tus delitos, como lo ha dicho unánimemente la prensa, han sido verdaderas obras de arte, y te han procurado una fama que va más allá de los prontuarios. Con certeza, más de alguno de nuestros narradores escribirá sobre ti y aumentará internacionalmente tu fama. Pero hoy yo no le hablo al "artista", sino al hombre de carne y hueso que sale de este recinto lleno de vida, íntegro y purificado por la amistad, para decirte un sola palabra que resume lo que todos te deseamos: suerte.»

Avanzó hacia el reo, lo estrechó en un exhaustivo abrazo, y con un suspiro de resignación lo puso al alcance de las efusividades de los otros. Una vez que éstos hubieron agotado sus gestos, palmoteos y lágrimas, se ubicaron en un semicírculo para oír al homenajeado.

—Querido alcaide Huerta, queridos guardias, compañeros reclusos. Si bien, inspirado por las largas noche de tedio que nutren nuestras vidas en la cárcel, alguna vez fui locuaz para contarles con exageraciones mis delitos, en este instante decisivo de mi vida me siento el más parco de los hombres. Hoy pesa en mí una súbita mudez, como la de quien se viera atragantado por una piedra en la garganta. Salgo a las calles lleno de fe en mí mismo, y a nada le temo, salvo a la soledad. Dios quiera que pueda recuperar a mi familia y que a todos ustedes les sea leve la espera. A todos. Sólo Dios decide a la larga quién es culpable o inocente. Que él los bendiga.

En la plazoleta frente a la penitenciaría, Vergara Grey sintió en el cuello el frío de junio y lamentó haber repartido entre los presos su chalina y el abrigo jaspeado de tantas jornadas. El alcaide lo condujo hasta el taxi llevándole servicial la valija, y al abrirle la puerta, le dijo:

—El auto ya está pagado. Entre los muchachos juntamos el dinero.

El hombre se pasó una mano por la sien plateada y sonrió con melancolía.

—El dinero no importa, Huerta. El problema es otro.

—¿Cuál?

—El problema es qué dirección le doy al taxista.

Una vez que el chofer hubo acomodado la valija en el maletero, se hundió en su asiento, y mirándolo por el retrovisor, le asestó la pregunta lapidaria:

—¿Dónde vamos, señor Vergara Grey?

—¿Conoce alguna tienda de artículos de cuero?

—Hay una muy buena en la Alameda. Productos argentinos. Con la crisis, los precios están botados.

—Lléveme allá.

Se había imaginado estos primeros minutos en libertad ávido de lugares, olores, sonidos, gente, pero en cambio, un fuerte proceso introspectivo lo cegó al espacio ciudadano. Al acariciarse la sien, pensó que no estaba en edad para una vida tan precaria. Era una brújula sin otro norte que su familia: por ella había trabajado, delinquido y, bueno, callado. «Boca de adoquín» lo mandó a felicitar su socio. No podía quejarse de su suerte: la amnistía del presidente, fustigado por una prensa que llamaba inhumano el hacinamiento en los presidios, aunque al mismo tiempo se quejaba de que los criminales anduvieran impunes por las callejuelas y las avenidas de la patria, le había hecho justicia divina. De haber hablado cuando calló, se hubiera ahorrado exactos los cinco años que la amnistía le borraba de una plumada. «Tengo suerte», repitió en voz baja.

Le propuso al taxista que lo esperara, y su olfato lo condujo sin vacilaciones a las estanterías con los maletines más finos. Palpó la delicia del cuero de cabritilla de un sólido portadocumentos con dos cerraduras enchapadas en oro en cada extremo que se abrirían sólo activadas por una clave, y se concedió una inhalación autosatisfecha al comprobar que su elección había sido la precisa: el maletín era de lejos el más caro entre la numerosa oferta. El empleado le pidió un número para construirle la clave (mejor distintos para la izquierda y la derecha), y no vaciló en combinar su día y año de nacimiento con los de su hijo.

—¿Lo paga con cheque, tarjeta o cash? —dijo el dependiente mientras se lo envolvía.

Levantando las cejas, se preguntó si en verdad se veía tan honorable como para que le ofrecieran esas alternativas. Con cheque o tarjeta le exigirían el carnet de identidad y no le constaba que los trámites de la amnistía se hubieran completado de manera diligente.

—Cash —dijo, extendiendo los billetes sobre el mostrador.

—Hoy es San Antonio —exclamó sorpresivamente el dependiente—. Un santo muy milagroso. Las solteronas ponen sus estatuillas cabeza abajo para que les consiga marido.

—Me consta —dijo Vergara Grey, aceptando el vuelto, y luego la bolsa plástica con la compra. El hombre lo miró curioso, y el ex convicto arriesgó una sonrisa y la pregunta:

—¿Le resulta conocida mi cara?

El dependiente se rascó la cabeza:

—¿Es de la tele?

—¡Oh, no!

—En verdad no lo ubico. Perdone, señor.

—Al contrario. Le agradezco mucho esa delicadeza. ¿Qué edad tiene usted?

—Veinticinco.

—La historia me pasó por encima. Hace cinco años un comerciante como usted me habría pedido un autógrafo o llamado a la policía.

TRES

Así mismo se había imaginado su Santiago: los feroces autobuses, los transeúntes zambulléndose en la escalera del metro, las motos con sus explosiones, los oficinistas encorbatados cargando sus portafolios, la marea de mujeres con sus jerséis colorinches y las minifaldas rebanadas poco más abajo del vientre aunque el frío les pusiera los muslos morados, los quioscos salpicados de periódicos, donde anunciaban la cárcel para autoridades del gobierno, y revistas satinadas con mujeres desnudas en sus carátulas.

—¡Mi ciudad! —gritó—. ¡Mi Santiago!

Echó a caminar por el centro, y los roces o tropezones con la gente le dieron una nueva energía. Sintió, mientras inhalaba y exhalaba con la maestría de un atleta, una hambre feroz y profunda: podría devorarse dos o tres de esos *hotdogs* completos del portal Fernández Concha, donde el pan flauta que contenía la salchicha se repletaba con una torre equilibrista de puré de palta, tomate picado, una línea de ají El Copihue, una masa de repollo agrio, a la alemana, y encima de todo, la frenética coronación de la mayonesa y la mostaza. Eran sándwiches para morderlos con dos bocas, ducharse el pecho de la camisa con sus inestables ingredientes, untarse la nariz y hasta los ojos en el carnaval voluptuoso.

Pero su hambre era inversamente proporcional a su dinero. Las dos monedas que le tintineaban en el bolsillo apenas le alcanzarían para un par de panes, dos tristes marraquetas, desnudas y precarias. Pensó que la pobreza era una segunda cárcel, pero desechó la consideración derrotista con un puñetazo al aire: mejor morir comiendo el *smog* de las calles que ahogado en la celda. Si el hambre arreciara, robaría. Una manzana en la verdulería, un paquete de galletas Tritón en el almacén. El juez no podría condenarlo. El abogado Fernández, colega de presidio, le había enseñado la fórmula mágica para librarse fácil del castigo. Si lo agarraban tendría que alegar «hurto famélico»: «Robé comida porque de otra manera moriría de hambre.» «Es la única figura jurídica que en Chile favorece a los pobres, todas las otras los hacen picadillo», decía Fernández con un gesto patricio que lucía extravagante entre rejas.

El hambre y el frío lo hicieron caminar más rápido. Avanzó azuzado por los golpes de la mochila en su espalda y la felicidad de sentirse sano, pleno y, sobre todo, de no necesitar la podrida bufanda del alcaide para abrigarse. Esta caminata ponía toda su sangre en ebullición, él mismo era su calefacción portátil, la réplica a la baja temperatura que humillaba el cuello de los transeúntes haciendo que hundieran sus narices prácticamente en sus propios ombligos.

No la nariz de él, no ese espolón altivo que aspiraba el *smog* de Santiago como si fuera aire puro de la cordillera. Con esa misma gracia y potencia que lo hacía sentir más vivo, más entero, más joven, más hombre, rebanaría alguna vez la yugular del alcaide. No ahora, cuando el depravado contaba con su ataque, pero sí dentro de unas semanas, dentro de un mes, una vez que él se hubiera habituado al miedo y saliera con sus compinches a un bar de mala muerte a beber cañas de vino.

Entonces —anduvo más rápido aún— lo encontraría en el vértigo de una borrachera amarga. El mantel blanco tendría bordados de copihue y las sillas estarían remendadas con cintas de empacar. Buscaría un minuto de soledad, acaso cuando el tabernero entrara al baño, prendería la quijada de Santoro con los dedos enfundados en guantes blancos, y tras dejar expuesta la yugular, le acertaría con la navaja en la arteria. Tal vez todos los que se daban vuelta al verlo pasar carecían de un objetivo en la vida. Iban de una anonimia en otra sin que nada iluminara sus vidas.

No él. No Ángel Santiago.

Claro —se apoyó en el poste del alumbrado— que los viejos condenados a perpetua habían ejercido el rito contra él con más perversión que deseo, con más ganas de humillar que de desahogarse. Eran hombres conducidos por un código del resentimiento y la falta de formación. Hacérselo a él, educado en un buen colegio, capaz de recitar un par de versos y sacar el tanto por ciento de un soborno al guardia sin calculadora, era una forma de decirle que su belleza y su cultura les valía hongo. Aquella madrugada en la enfermería no supo si sobre su cuerpo fluía más sangre que lágrimas, ni cuál de ambas ardía más. Pero de esos materiales estaba hecha su decisión. Nunca sospechó que la amnistía le abreviaría el destino.

Antes de entrar al pasaje céntrico, repleto de peluquerías, cines rotativos, reparadoras de calzados y compraventas, miró con cariño el reloj que Fernández le había puesto en la chaqueta de cuero en la celda: «Tú vuelves a un mundo en el cual podrás cargar cada minuto de significado. Aquí las horas sólo marcan el transcurrir de la nada.»

Le dolía en el hígado tener que desprenderse de ese recuerdo, pero carecía de otra cosa para transar en la compraventa. La voluminosa y desteñida chaqueta, por ningún motivo: no sólo lo protegía del frío, sino que le daba cierta apariencia ruda que le convenía cultivar en una ciudad como Santiago, cada vez más llena de tíos pendencieros. Por otra parte, las chicas se sentían tentadas por el aire desmañado de las prendas de cuero viejo, que les evocaban algunos héroes de la pantalla. Al no tener actores a mano, cuando se topaban con algún chico forrado en cuero y con olor a tabaco negro se hacían la ilusión de vivir una especie de aventura, aunque la única excitación sería probablemente algunos ramalazos de sexo en cualquier motel barato.

Frente a la compraventa se encontraba la escalera que conducía al cine rotativo subterráneo, y encima de la boletería, aún cerrada, un afiche proclamaba las virtudes del film de esa semana: «Una japonesa engañada por su marido se venga de él acostándose con medio mundo.» El título era *Emmanuelle en el paraíso de la lujuria*, y Ángel se acercó hasta el afiche intrigado, no tanto por la promesa de la película como por una muchacha alta y delgada que había puesto prácticamente su nariz sobre el vidrio para leer los nombres del reparto y que parecía soportar apenas el peso de una mochila sobre un antiguo sobretodo masculino en el cual podría meter dos veces su ligero cuerpo. Allí, junto a ella, experimentó la profunda emoción de percibir otra vez la tibieza y la ternura que emanaba un cuerpo de mujer. Cuando entró a la cárcel, apenas dos incidentes sexuales lo separaban de la virginidad, y las aventuras que soñó tener en su celda durante años fueron en el fondo mucho más excitantes que ese par de revolcones reales a cielo abierto en el campo antes de que sucumbiera en la desgracia.

Puso su mejilla muy cerca de la cara de la muchacha y leyó el reparto japonés como si se tratara de héroes familiares tipo Brad Pitt o Leonardo DiCaprio:

—«Kumi Taguchi, Mitsuyasi Mainu, Katsunori Hirose.»

La chica se dio vuelta a mirarlo, y acomodándose la mochila sobre el hombro izquierdo, le sonrió. Esa mínima gentileza, prácticamente borrada de su vida desde hacía años, animó al joven a sacar de su chaqueta la cajetilla de cigarrillos y a ofrecerle uno. La chica lo rechazó con un gesto tajante, y él se puso el cigarro en la boca y en un segundo lo tuvo encendido y humeando. «Cuando se sale de la cárcel —pensó—, un tabaco es lo más cercano a un amigo que se puede encontrar.»

—¿Vas a entrar a verla?

—No me tinca. ¿Tú?

El muchacho apartó la bocanada de humo impidiendo que atacara los ojos marrones de ella, y sin leer los nombres del afiche, dijo:

—Un film con Kumi Taguchi, Mitsuyasi Mainu y Katsunori Hirose no puede ser malo.

La sorpresa iluminó los pómulos de la chica.

—¿Cómo hiciste para aprenderte los nombres?

—Soy un fenómeno inútil —contestó—. Leo algo y no se me olvida nunca más.

—Ojalá tuviera ese talento. A mí en el liceo me va pésimo justo porque tengo mala memoria.

—¿A qué liceo vas?

—*Iba.* Estoy suspendida.

—¿Y qué haces, entonces?

—Esperando que abran el cine. Con este frío no hay otro lugar donde meterse. ¿Y tú?

La chica le indicó su abultada mochila.

—Yo vengo de un viaje. Del sur.

—¿Y dónde vives?

—Recién llegué a la estación. Buscaré algo por ahí.

Estiró la cadena elástica imitación oro, se sacó el reloj

del reo Fernández y le mostró la esfera. Una mitad la ocupaba un radiante sol guiñando un ojo, y la otra una luna menguante sobre la que reposaba una lechuza. La muchacha se rió:

—¡La parte del sol brilla! —exclamó.

—Y si fueran las once de la noche destellarían esas estrellas alrededor de la luna.

—Parece un reloj de *Las mil y una noches.*

—¿Cuánto crees que me darían por él si lo vendo?

Ella lo pesó en la palma de la mano, como si tuviera experiencia en el asunto.

—Es muy original. No había visto nunca uno así. A lo mejor te pagan una fortuna.

—No creo. Es pura hojalata japonesa. Como la película.

Le hizo un gesto para que lo acompañara a la compraventa y puso el reloj sobre el mostrador de vidrio. El dependiente fichó de dos pestañeadas a la pareja, y recién entonces levantó el objeto y lo hizo balancear como si fuera la cola de una abominable rata.

—Aquí no compramos artículos robados.

El tono del comerciante aceleró la sangre del muchacho e instintivamente metió la mano al bolsillo y apretó la navaja. Pero en seguida aflojó la presión sobre el arma y para calmarse arrastró un rato las suelas de sus zapatillas Adidas sobre el parquet.

—Es un regalo de mi padre cuando cumplí la mayoría de edad.

El hombre tiró el reloj sobre el vidrio simulando un bostezo.

—Todos cuentan lo mismo. Que las medallitas de oro o los relojes tienen para ellos un enorme valor sentimental pero que se ven obligados a venderlos por una urgencia. ¿Es lo que me iba a decir?

—Me robó las palabras de la boca, señor.

El dependiente le sonrió a la chica y lo palmoteó en el hombro.

—Así sí podemos entendernos.

—¿Cuánto me da?

—Treinta mil pesos.

—Mire que es un reloj que separa el día de la noche. Anuncia cuando son las 10 de la mañana o las 22 horas. No hay otro como éste.

—Es una separación estúpida.

—Aunque sea inútil, caballero, es una choreza que otros relojes no tienen. Es un reloj poético. De noche titilan las estrellas.

—Aquí tienes treinta y cinco, chiquillo, y agradéceme que no te pido la boleta del origen de la mercadería.

Ángel Santiago se metió los billetes en el bolsillo y aspiró hondo el soplo de viento helado que se filtraba por el turbio portal. Salieron hasta la calle y él la tomó de un brazo y la fue conduciendo hacia la plaza de Armas.

—En el portal Fernández Concha hay una cafetería donde te sirven los *hotdogs* coronados con tantos acompañamientos que tienes que abrir así tanto la boca para mascarlo. Hace más de dos años que sueño con masticar uno de ésos.

—Te acompaño.

—¿Y el cine?

—Es un rotativo. A la hora que llegues funciona.

—¿Vas seguido a él?

—A veces. Es decir, depende...

Él le pasó el brazo por un hombro y la ayudó a cruzar San Antonio.

—¿Depende de qué?

—Apenas te conozco. Depende de tantas cosas.

—¿Por ejemplo de que no estés suspendida del colegio?

La chica se animó con esa excusa que le proponía y contestó con tono alegre:

—Exactamente.

El local se llamaba Ex Bahamondes y el muchacho le preguntó a uno de los doce diligentes mesoneros que hacían volar lomitos, cervezas, pollos dorados y *hotdogs* completos sobre la muchedumbre de clientes si acaso el *ex* del título podría significar que los «completos» ya no era tan buenos.

—Mejor que antes, patrón —replicó el dependiente—. Le garantizo que cuando lo muerda la salsa le va a chorrear hasta el ombligo. ¿Quiere dos?

—Yo no —dijo la muchacha.

—¿No tienes hambre?

—No.

—¿No te enojas si me como uno?

—Al contrario.

Entonces, sobándose las manos y estirando cada vez más la sonrisa a medida que le iba agregando salsas y vegetales, el joven cantó su pedido:

—Un supercompleto. Ponga la vienesa larga dentro del pan, caliéntelo en el microondas, agréguele una línea de chucrut, dos terracitas de palta, un bañado de picadillo de tomates, su resto de puré de papas, y corónemelo con una capa de mayonesa surcada con una hilera de ají rojo y otra de mostaza.

Al primer mordisco, la profecía del garzón se cumplió y el fluido de mayonesa y tomate saltó sobre la chaqueta de cuero. La chica le aplicó una docena de servilletas de papel sobre el cierre metálico y lo alentó con un gesto a que siguiera comiendo. Cada cierto tiempo, Ángel Santiago anunciaba con un dedo que se disponía a decir algo, pero optaba por aplicarle otro mordisco al sándwich y, mientras mordía con apetito, parecía rumiar las palabras que diría más adelante cuando dejara de amasar la exquisita masa sobre su lengua.

Los vidrios del local estaban empañados y la aglomeración de funcionarios haciendo su pausa de almuerzo abrumó la atmósfera de un calor sofocante.

—Necesito aire —dijo la muchacha.

El joven compró dos cartones de leche y atravesaron la calle hacia la plaza de Armas. Se tendieron sobre los bancos de madera y reclinaron los pies sobre sus respectivos bultos: él la mochila con sus pertenencias traídas de la cárcel, ella la cartera con los útiles, libros y cuadernos escolares.

Ella se abrió el abrigo exhibiendo un uniforme liceano con una insignia indescifrable sobre el *jumper*.

—¿Desde cuándo haces la cimarra?

—Desde hace un mes. Me echaron del colegio y todavía no me atrevo a decírselo a mi madre.

—¿Y qué haces?

—Me levanto en las mañanas, hago como que voy a clases, doy vueltas por aquí y allá hasta que abren los cines rotativos. Después veo una o dos películas y vuelvo a casa.

El joven consideró con el entrecejo fruncido la posibilidad de que la lluvia se desatara. Todas las nubes encima eran negrísimas: algunas compactas y abultadas, otras deshilachadas y veloces.

Ella también subió la mirada y aprovechó para peinarse la cabellera con los dedos. Cuando bajaron los ojos, se encontraron en una súbita intimidad. Ella le sonrió, y él estimó atractivo y viril no hacerlo. Simplemente le mantuvo la mirada mientras se apartaba el agua de la frente.

Se llevaron simultáneamente los cartones de leche a la boca, y al beber, un relámpago se desprendió entre las nubes y un feroz estruendo rodó por el cielo. Ambos levantaron la vista hacia esas nubes hostiles, volvieron a mirarse a los ojos y saborearon sus leches como si estuvieran en un primaveral picnic campestre. Ella se limpió con la manga del abrigo la blanca estela que quedó sobre sus labios simulando un bigote, y al advertir que también el joven tenía su nariz embadurnada, se la secó con un dedo.

La lluvia irrumpió con goterones y la chica hundió los hombros, refugiándose en sí misma. Él no le prestó atención al agua que caía y recibió la gracia del sorbo blanco que inundaba su estómago como una bendición.

—Esto es lo que soy —le dijo a la muchacha—. Soy absoluta y totalmente *este* momento. No tengo casa ni amigos, ni un pasado, ni nada que quiera recordar, ni dinero, pero sé que seré feliz. Soy un estómago con un delicioso supercompleto alojado en mis entrañas, y ésta es mi ciudad de hielo y barro. ¿Cómo te llamas?

—Victoria.

—¿Y te dicen Vicky?

—Sí, pero prefiero que me llamen Victoria. O *la* Victoria; es más alegre.

Ella miró hacia el cielo, secándose el líquido que se le filtraba por la nuca. Al bajar la vista, descubrió que desde el bolso del muchacho se asomaba una bufanda de alpaca marrón, y espontáneamente tiró de ella y se la puso hecha un rebozo sobre el pelo.

—Sácate eso —le dijo el joven, áspero.

—¿Por qué?

—Porque esa bufanda está contaminada.

—¿De qué?

Él no respondió. Se la arrebató en forma brusca y, sin doblarla, la apelotonó de vuelta en la mochila. La sonrisa de ella pareció deshacerse en la lluvia.

—Esa bufanda pertenece a alguien que desprecio. Prefiero que un río de lluvia me arrastre hasta la muerte antes que deberle un favor a esa persona.

—¿Por qué no la tiras, entonces?

—Va a serme útil en algún momento.

Ella se arrancó el espacioso abrigo y lo puso en forma de toldo sobre el cuerpo de ambos. En esa calurosa oscuridad siguieron bebiendo los cartones de leche. Entonces ella se rió, sólo de verlo ahí tan cerca y tan serio, y se acordó de los juegos de infancia con sus primos cuando simulaban que la sábana era una tienda de indios, y ellos hablaban un lenguaje de esquimales rozándose las narices. Y cuando esa risa se expandió en el espacio tan íntimo, Santiago sintió a su vez que el vaho de ese buen humor hacía astillas la coraza de frialdad e indiferencia que le había permitido enfrentar los rigores de los últimos años, y algo espeso y mustio terminó de deshacerse en él con la velocidad de una fiebre.

Palpó la mejilla de Victoria y luego llevó la punta de un dedo hasta sus labios, se los recorrió solemne, y cuando ella advirtió que sus gestos tenían esa concentrada gravedad, paró la risa y se dejó hacer seria y expectante.

—¿Cómo te llamas? —le preguntó en un susurro.

—Santiago. Ángel Santiago —contestó Ángel Santiago con un guiño.

CUATRO

Descendió poco antes de la calle de las Cantinas, pues quería ver cómo el ramo había progresado. Los departamentos de saunas, casas de masaje y bares, donde el *cocktail* se condimentaba con muchachas enfundadas en cuero y alguna pizca de droga, ya se extendían hasta la Costanera. Sólo lamentó recorrer esa avenida con la maleta colgando de su mano como un turista al cual le han dado mal la dirección. La maleta llamaría la atención sobre quien la portaba, y a pesar de los cinco años de chirona, sus fotos no dejaban de aparecer en la prensa, aún dichosa ante la habilidad de sus saqueos. Una solución habría sido volarse sus intensos bigotes, pero acometer ese despojo equivaldría a amputarse el total de su virilidad. En la primera esquina, su estrategia de concederse un bajo perfil fue demolida por Nemesio Santelices, un merodeador de segundones y cuidador de autos al que le dejaban caer de vez en cuando una limosna.

—¡Me alegra verte libre, Nico! —dijo caminando a su lado, sin intentar estrecharle la mano o abrazarlo. Le pareció muy estimulante que en el ambiente aún cada rata supiera qué tipo de efusividad se podía permitir.

—No creo que todos se alegren tanto como tú.

—¿Por qué no, muchacho? Todos saben que cerraste la boca.

—Vergara Grey, *el Mudo*, ¿ah?

—El Mudo de Oro. Mientras estabas en la cárcel prosperaron los negocios. Además, Santiago es ahora una gran metrópolis.

—Me alegro por la cuenta de banco de mi socio.

—Nico, si preparas algo, cuenta conmigo.

—Busca por otro lado, Santelices. Yo me he jubilado.

En esa breve caminata, aun sin darse vuelta supo que muchas miradas aterrizaban sobre su nuca, y pudo ver que un par de transeúntes que caminaban en contra lo quedaban mirando con la boca abierta. Se despidió del acompañante llevándose un dedo a la frente, y antes de entrar al local de Monasterio, puso la maleta en la vereda, se abrió el cinturón, se acomodó la camisa, se subió los pantalones por encima de la panza, respiró profundo y se abrochó la correa eligiendo un ojal más estrecho. Aunque recién había oscurecido, la cantina de su socio estaba casi llena, y a pesar de que las muchachitas lo miraron al entrar, ninguna de esa generación de copetineras enfundadas en modelos de *boutiques* pareció conocerlo.

Fue a apoyarse al extremo de la barra y desde allí estudió detalles del local hasta que pudo ubicar a Monasterio dando instrucciones a la cajera Elsa. Sólo con la fuerza de su mirada consiguió que el socio levantara la mandíbula y, junto al instantáneo reconocimiento, una mancha de gravedad fúnebre le disolvió la faz. Pero en cuanto echó a caminar hacia Vergara Grey, hizo que su expresión se encendiera en una dicha teatral. Fue el más efusivo en el abrazo, y el ex convicto aceptó esa expansividad con una sonrisa cauta.

El socio apreció el elegante traje, el buen peinado, y el toque de juventud que le daba la ironía en sus pupilas. Transformando su aspecto en modestia, Vergara Grey dijo:

—La moda cambia en cinco años.

—¡Qué va! Estás elegante como siempre.

—Y la valija ya no cierra. Tuve que repararla con cinta adhesiva.

Monasterio le adjudicó un suave puntapié compinche.

—La maleta de tantas hazañas, Nico. Cuando tengas tu museo, será una de las piezas más preciadas. No te rías. En Londres hay un museo del crimen. Hay una estatua de cera de Jack *el Destripador*. ¿Champagne?

El hombre quedó esperando lo que su socio inevitablemente habría de agregar, y sonrió cuando el complemento llegó.

—Francés, naturalmente. ¡Eres el mero Vergara Grey!

Le indicó al mozo que llevara la botella, el balde y las copas a un privado al fondo de la sala, y una vez que se sentaron, le palmoteó las mejillas con emoción paternal.

—Al fin libre, viejito.

—Afuera el tiempo vuela, adentro se arrastra.

—Quiero pedirte perdón, Nico, por no haberte ido a visitar durante todo este tiempo.

—No me di cuenta.

—Alguna vez quise ir pero...

—Qué raro, tenía la impresión de que habías venido.

—No es que no quisiera verte, pero una visita mía hubiera sido una pista para la policía. No ir nunca fue, por decirlo así, un acto consecuente.

—¿Consecuente con qué?

—Con tu silencio.

—Ese silencio, Monasterio, es ahora todo mi capital.

—Sobre ese tema tendremos que hablar, Nico. No ahora. Éste es el momento de brindar por tu retorno. Es la hora del champagne.

El socio alzó su brazo, pero Vergara Grey no tocó su

copa. En cambio, puso la maleta sobre sus rodillas, apretó los metales del cierre y extrajo un sobre.

—Te traje un regalo.

—¿Un regalo para mí?

—Para ti, socio.

Vergara Grey derramó el contenido del sobre encima de la mesa. Uno sobre otro se deslizaron los cinco calendarios con todos los días de los cinco años marcados uno a uno con plumón rojo.

—Nico, todos los meses le hice un giro a tu familia.

El ex reo eligió una entre las hojas desprendidas del calendario y la puso delante de los ojos de su anfitrión.

—2001, el verano más caluroso que se recuerda en Santiago. Las cucarachas andaban tambaleantes sobre las rejas oxidadas.

—Te mostraré tu pieza.

—¿Dónde?

—Tengo un hotelito justo al frente.

—¿Familiar?

—Estamos en crisis, muchacho —intentó suavizar el socio.

—Es un hotel parejero.

—Misceláneo.

—Misceláneo.

—Es por un par de noches, mientras te consigo algo a tu altura.

—No va a ser necesario. Volveré a vivir con Teresa Capriatti.

—Deja que te lleve la maleta.

Sin esperar el asentimiento, cogió la valija y echó a andar hacia la salida. Afuera, la oscuridad y el frío se habían acentuado. La acera mojada reflejaba la inútil alegría de los neones de la calle de las Cantinas.

Al atravesar la calle, Vergara Grey, diez centímetros al menos más alto que su acompañante, se inclinó sobre su oreja de modo que lo oyera en el estruendo del tráfico:

—Cuida bien los calendarios, socio. También los puedes exhibir en el museo Vergara Grey.

La pieza tenía un clóset pequeño y moderno. Allí colgó su chaqueta y sacó de la maleta un *pullover* gris jaspeado. Se lo puso, se sentó en la cama y eligió un par de gruesos calcetines de lana para aliviar el hielo que le hería los pies. Después se tendió en el lecho, sin abrir la colcha, e intentó discernir qué figura semejaban las manchas en el cielo rraso.

«Nada —se dijo—, la soledad.»

Golpearon a la puerta y se acomodó en el lecho apoyándose en un codo.

—Pase.

Alguien abrió empujando la puerta con la rodilla y, antes de discernir a la persona, el hombre vio la bandeja de metal con el balde, la botella de *champagne*, y las dos copas aflautadas. La portadora era una mujer de unos veinte años ceñida en un conjunto que le dejaba libre el ombligo y una cabellera de alborotado pelo negro que enmarcaba los labios gruesos untados de fucsia.

—Dice Monasterio que se le quedó esto.

—No hacía falta que se molestara.

—Dijo que sería una pena que se entibiara. Es champagne francés.

—Déjelo sobre la mesa.

La mujer acató las instrucciones, y luego llenó dos copas, le alcanzó una al hombre y ella se sentó con la otra en el borde de la cama.

—¿Por qué Monasterio te mima tanto?

—Es un viejo amigo.

—Tiene muchos viejos amigos. Pero sólo a ti te manda el regalo doble.

—¿Qué es eso?

—El champagne y yo.

—Comprendo. Y ya que estamos en la misma cama, ¿podrías decirme tu nombre?

—Raquel.

—Mira, Raquel...

—Por supuesto que no me llamo realmente Raquel.

—Está claro. Mira, Raquel, encuentro que eres una chica preciosa y que cualquier hombre se sentiría feliz de tener un revolcón contigo. Pero yo sueño con una sola mujer, y como si fuera un adolescente virgen, me reservo para ella.

—Puchacay, ¡que eres delicado!

—No es nada personal, ¿comprendes?

—¡Cómo que nada personal! Si es conmigo *personalmente* con quien te pasa eso. Yo soy una buena profesional. No te haré daño, chiquillo.

—No dudo de ti; dudo de mí mismo.

—¿Miedo de no funcionar?

—Tengo ya sesenta cumplidos.

—Pero yo me tengo confianza.

Vergara Grey sorbió su *champagne* y le propuso a la dama con un gesto que lo imitase.

—Me carga el champagne. Me produce dolor de cabeza.

—¿Qué trago te gusta?

—La menta *frappé.*

El hombre le puso un billete de diez mil en la mano.

—Aquí tienes, para que te compres una botella.

—Nunca le digo no a una buena propina. ¿Pero qué le cuento a Monasterio?

—Dile que agradezco la atención, pero que no acepto regalos. Dile que lo espero en esta pieza con el cincuenta por ciento que me corresponde.

—Me va a retar.

—No creo.

Vació su copa y se limpió con la muñeca los bigotes. Ella le dio unos golpecitos en el dorso de una mano y se puso de pie.

—¿Cómo es que se llama la beneficiada, don?

—Teresa Capriatti.

La mujer sacó un cubo de hielo del balde plateado y se lo puso en la boca. Lo estuvo moviendo de un pómulo al otro con la actitud pensativa de quien está frente a un jeroglífico.

—Eres un pájaro raro —concluyó.

CINCO

Victoria condujo a Ángel Santiago por la escalera de la academia hasta el sótano, y desde allí lo fue llevando hacia la sala de ensayos. La calefacción funcionaba a pleno gusto, y el joven se apoyó contra la pared mientras la chica hablaba con la maestra. Una media docena de adolescentes hacían flexiones apoyadas en las barras, o construían piruetas girando en la punta de los pies. La maestra tenía su pelo gris muy ceñido sobre las sienes y un trazo de *rimmel* le daba especial peso a las pestañas, que parecían saltar sobre su rostro pálido. Victoria volvió hasta él trayéndole un banquito.

—Te da permiso para que te quedes.

—No sé qué puedo hacer aquí.

—Mirar.

Corrió hacia la otra punta de la sala, se desprendió de la falda y quedó vestida con una malla de bailarina. La profesora puso sobre la tapa superior del piano un manojo de llaves, reunió con una orden al sexteto de muchachas e inició una melodía marcando fuertemente con los pedales los tiempos.

Al principio, el joven se interesó por las figuras y hasta se entretuvo cuando cuatro de las chicas se tomaron con los brazos cruzados e hicieron una coreografía de precisión mecánica. Pero tras media hora, cuando todas se fue-

41

ron a las barras y sufrieron las correcciones que la maestra les hacía golpeándolas suavemente con un puntero, se aburrió de esa disciplina, y sin tener otra cosa al alcance que el bolsón de la colegiala, se dedicó a hurgar en él.

El cuaderno de matemáticas estaba lleno hasta la mitad, y las operaciones con prácticas de álgebra habían sido corregidas por el maestro con horrorosa pulcritud. La calificación al final de cada página sólo difería entre mala, muy mala y pésima.

El archivador de castellano contenía un poema de Gabriela Mistral al cual Victoria le había aplicado un poderoso marcador amarillo en dos versos: «Del nicho helado en que los hombres te pusieron, te bajaré a la tierra humilde y soleada.»

Ángel siguió hojeando los folios con ejercicios gramaticales y listas de sinónimos y contrarios, y pudo advertir que en cuatro o cinco páginas aparecían los dos mismos versos de la Mistral escritos casi con el tamaño de una consigna y destacados además con marcadores de distinto color.

Al final de un texto de Óscar Castro, «Tarde en el hospital», Laura había escrito «tanta gente en todas partes muriendo». En el cuaderno de música encontró un cancionero con letras de Elvis Costello y algunas líneas de la Novena Sinfonía de Beethoven.

El calor fue secando su ropa húmeda y entonces abrió la mochila para ver con qué arsenal contaba desde ahora en adelante. Derramó todo en el suelo y lo fue ordenando con la punta de un pie descalzo: la bufanda del alcaide, dos camisas, dos *slips*, un jersey de cuello marinero más su chaqueta de cuero ajada y con el cierre metálico descompuesto. Había dos libros: *Corazón*, de Edmundo d'Amicis, y *Tres rosas amarillas*, de Raymond Carver. «Para regalárselos a cierta personita», pensó con una sonrisa.

Luego llegaría la noche y tendría que buscarse un lugar donde dormir. En ese mismo estudio no faltaban colchonetas donde tenderse, y si la calefacción funcionaba hasta la mañana siguiente, el problema estaría resuelto.

La otra cosa sería compartir un hotel parejero con Victoria, idea doblemente absurda, pues no habían intercambiado ni un beso y carecían de dinero para pagar anticipado, como era la costumbre en los volteaderos. También podrían ir directamente a un hotel de alcurnia, y a la mañana siguiente hacerse humo valiéndose de cualquier estratagema. Pero seguro que le pedirían su documento al ingresar, y al otro día tendría a todo el cuerpo de investigaciones tras sus pasos. Pésimo negocio.

Quedaba, por tanto, la opción de los parques, las plazas y la pulmonía. Maldita gracia le haría cambiar la celda de la correccional por un camastro en la Asistencia Pública entre ancianos moribundos.

Victoria vino con la profesora y lo presentó como su hermano de Talca. Ella quiso saber a qué se dedicaba y a él se le ocurrió decir que tenía un terrenito en el campo y que estudiaba agronomía. Total sabía que cerca de esa ciudad pasaba el río Piduco, que en todas partes hay pasto y vacas, y que no faltaban uvas en las parras. La maestra le retrucó que era una carrera con futuro por el tema de las exportaciones a Asia, y él tuvo la gentileza a su vez de halagarla encontrando que la danza era una profesión aún más promisoria, ya que en la tele se veía que todos los chicos y las chicas estaban loquitos por bailar, y todos los que no estaban en la tele luchaban sólo para estar algún día bailando en ella. La profesora le dijo que el baile de esa academia no conducía a la tele, sino a escenarios de prestigio como el teatro Municipal de Santiago, o el Colón de Buenos Aires, siempre y cuando, claro, se tuviera talento para la danza. Ángel Santiago consideró del todo atinado preguntar qué se entiende por tener talento al bailar, y ella le dijo que el talento era la capacidad del cuerpo de reaccionar con precisión a las fantasías originales que cada bailarín tiene para expresar algo que lo obsesiona.

—Por ejemplo, ahora estoy ayudando a tu hermana a inventar una coreografía basada en un poema.

—De la Mistral —exclamó el muchacho.

Victoria lo miró perpleja, dejando caer su mandíbula, y Ángel Santiago se humedeció los labios sonrientes y tuvo la certeza de que su suerte se acrecentaba cada vez más en esa pequeña libertad de un día. Su ángel de la guarda había encontrado la ruta de vuelta a casa y le dictaba los pasos que tenía que seguir regalándole una inspiración tras otra.

—De la Mistral, precisamente —asintió grave la maestra—. Ella quiere bailar nada menos que *Los sonetos de la muerte.*

—«... te bajaré a la tierra humilde y soleada» —se apuró el joven.

—Se ve que te interesa la poesía —comentó la maestra, seducida.

—Oh, no. Sólo ese poema. Al fin y al cabo, está muy cerca de la agronomía, ¿no?

La maestra celebró con una sonrisa la ocurrencia y, poniéndose el abrigo, se despidió de ambos con un beso, y antes de salir, les extendió frazadas que sacó de un armario. Victoria fue hasta el hornillo y puso a calentar agua para el Nescafé. Llenó dos jarritas de cerámica y se sentó a horcajadas sobre el piso. El muchacho se quemó la lengua con el primer sorbo, y ella sopló su dosis con cautela.

—¿Quién comienza? —dijo, tras una pausa.

—¿Con qué?

—Con la verdad.

El chico calentó las manos acariciando el pote de café, y al mirar la intensa profundidad de esos ojos marrones, invocó en silencio a su buena suerte. No quería cometer ningún desatino. No quería perderla. Ni esa noche, ni nunca.

—Pregunta.

—Tu nombre. Quiero decir, tu verdadero nombre.

—Ángel Santiago.

—Parece nombre de trompetista de una orquesta de salsa.

—Bueno, así me pusieron.

—Tus padres.

—O el cura del pueblo. Estaba muy chico para acordarme.

—¿Y qué haces?

—Por aquí y por allá.

—¿Qué haces por aquí y por allá?

—Nada. No hago nada por aquí y por allá.

—¿Y lo de la agronomía? ¿Tienes algún terreno en Talca?

—La única tierra que tengo es la de la suela de mis zapatos.

—¿Y de qué vives, entonces?

—Bueno, tengo proyectos.

—¿Cuáles?

—Algunas líneas tiradas para ganar dinero. Mucho dinero.

—Cuéntame.

—Eso es un secreto. Si te lo cuento, quemo el negocio.

Sorbieron en silencio el resto del café y luego Ángel se sacó los zapatos y los puso cerca de la estufa. Ella se soltó la cincha que cubría su frente y con una sacudida de la cabeza permitió que su cabellera recuperara el alboroto de siempre.

—Ahora, yo —dijo el muchacho.

—Pregunta.

—No quiero hacerte ninguna pregunta, pero tengo tres deseos.

—¿El primero?

—Que cuando bailes en el teatro Municipal me avises.

—¿Por qué?

—Vi una vez una película en la tele donde el novio le manda a su chica que triunfa en el ballet un ramo de flores. Estoy loco de ganas de mandarte un ramo de flores al Municipal.

—Eso no pasará nunca. Ésta es una academia muy modesta. Las chicas de aquí nunca llegan al Municipal.

—Bueno. Si por casualidad llegas algún día al Municipal, de todos modos me avisas.

—Está bien.

—Mi segundo deseo es que mañana vuelvas al colegio y pidas que te dejen entrar.

—Es más posible que baile en el Municipal que vuelva al liceo. Fui expulsada, Ángel.

—A todo el mundo lo expulsan alguna vez de clases, pero luego lo dejan entrar de nuevo.

—Eso ya pasó conmigo. Me suspendieron dos veces y a la tercera me expulsaron.

—¿Pero por qué?

—Porque las dos primeras veces citaron a mi apoderado y mi madre no fue.

—¿No quiso ir?

—No quiero hablar de mi madre.

—Está bien, cálmate.

—Estoy tranquila.

—Estás tranquila. Está bien. Cálmate ahora.

Victoria comenzó a extender y aflojar la cincha elástica

entre su manos y prestó largo rato atención a la lluvia que caía sobre las ventanillas del sótano.

—Me echaron del colegio porque me cuesta concentrarme. En clases siempre estaba en la luna. Es decir, pensando siempre en lo mismo.

—¿En qué?

—En mi padre.

—¿Qué pasa con él?

—Cuando mi madre estaba embarazada de mí, la policía detuvo a mi padre en la puerta del colegio donde hacía clases. Todo el mundo pudo verlo. Los agentes actuaron con helicópteros y coches sin patente. Dos días después encontraron su cuerpo degollado en una acequia. Yo nací cinco meses más tarde.

—¿Qué había hecho tu papá?

—Estaba contra la dictadura. Podría haber identificado a algunos secuestradores que hicieron desaparecer gente. Yo creo que fue el último que mataron. Después vino la democracia.

—No tienes que pensar todo el tiempo en él.

—Si yo no lo recuerdo, él va a desaparecer para siempre.

—Pero eso es una obsesión. Te hace mal a la cabeza. Por eso te va mal en el colegio.

—Entré al mismo liceo donde él había trabajado. Todo el mundo fue muy bueno conmigo. Me trataban como si fuera de cristal y pudiera astillarme en cualquier momento. Me dieron una beca hasta terminar el bachillerato.

—¡No puedes desaprovecharla!

—Mi mamá tiene la ambición de que estudie leyes. ¡Imagínate! ¡Que yo estudie leyes en un país donde mataron impunemente a tu padre!

—Pero es tu madre. Tienes que contarle la verdad, y ella hablará con el rector del colegio y te admitirán de vuelta.

—Mamá tiene una profunda depresión y una total indiferencia. Mientras todo el mundo hablaba de mi padre como un héroe tras su asesinato, ella se quejaba de que la había abandonado. Cuando nací, más que alegrarse por mi vida, se apenaba porque yo le recordaba a su marido. Un día me dijo: «El partido perdió un militante en la guerra; yo perdí un hombre en la casa.»

Santiago quiso improvisar un argumento para arrancarla de ese tono sombrío, pero sintió que ahora le faltaban las palabras, y prefirió reprimir la caricia destinada a la mejilla de Victoria, temiendo darle una compasión que la chica acaso odiaría. Fue hasta las barras de ejercicio y practicó algunas piruetas de gimnasia aprendidas en el liceo. Reanimado por el movimiento, avanzó de vuelta a la muchacha y le dijo:

—Mañana te acompañaré al colegio y yo mismo convenceré a la directora.

Victoria se echó a reír sin burla. De pronto la había agarrado un buen humor irresistible.

—¿Tú? ¿Con qué ropa?

—Soy tu hermano de Talca. Eso me da cierta autoridad ante ti y ante ella.

—Saben que no tengo hermanos. Año tras año, en los discursos de inauguración de las clases, los maestros aluden a mi soledad y a la tragedia superada de Chile. Me da risa la palabra «superada». Nunca la muerte es superada por nada.

—Le diré entonces que soy tu novio y que vamos a casarnos.

—Pero si no tienes plata ni para el autobús ¿Con qué me mantendrías?

—Tengo proyectos te dije.

—¿Cuáles?

—Nada que te interese.

Victoria bostezó y extendió a lo largo del muro una colchoneta. Se sacó la malla de ballet y puso la blusa escolar bien doblada sobre la silla al lado del *jumper*. Su pecho desnudo le reveló a Santiago los senos firmes y medianos y un archipiélago de pecas infantiles en el espacio entre ambos.

Trajo la otra colchoneta y la puso arrimada a la de Victoria, y cubrió ambos cuerpos con la enorme frazada de lana chilota. La gruesa trama de la tela era una promesa de calor eficaz, y la cercanía del cuerpo de la muchacha le produjo un vértigo. Cuando insertó la rodilla helada entre sus muslos, ésta le dijo con los ojos cerrados:

—Recuerda que eres mi hermano de Talca.

Pero ya el joven había prendido con la punta de los dedos el *slip* de la muchacha y con un brusco movimiento se lo bajó hasta los talones, y sin darle tiempo a que ella se los desprendiera del todo, le acercó desde atrás su sexo abultado y con buena fortuna encontró su vagina húmeda, y la penetró mordiéndose los labios, y al oír el suave gemido de la chica no resistió más, y dejó que todo ese espeso líquido acunado en noches de tristeza y fantasías se derramara dentro de ella.

SEIS

Lo despertaron golpes en la puerta, al comienzo tímidos y luego enérgicos. Fue primero hasta el lavatorio a enjuagarse la boca, no sin antes mirar melancólico la botella de champagne casi llena. Veinte años atrás, ni dos de ellas hubieran bastado para amenizar una noche. Se puso los pantalones con parsimonia, y ahora los golpes sonaron casi policíacos.

—Mientras más aporree la puerta, menos prisa me voy a dar.

El ruido cesó de inmediato, y se dio un tiempo para peinarse el bigote, sin dejar de advertir que el blanco iba ganando la batalla contra el gris. Recién entonces abrió a todo lo ancho la puerta, en un viejo truco de hampón que no tiene nada que ocultar. Presumía que el furibundo madrugador sería un detective.

Sin embargo, el joven que se manoteaba nervioso la nariz en el pasillo le pareció un debutante, o un *junior* impertinente. En la mano izquierda portaba un par de libros y el pelo no había tenido trato con un peine durante meses. Sobre la oreja traía un marcador verde y despedía un aroma trasnochado.

—¿Qué deseas?

El joven llevó sus manos al pecho en actitud de oración y tuvo que carraspear antes de que le saliera una palabra.

—Vergara Grey —exclamó por fin—. Estoy delante del mismísimo Vergara Grey, ¡no puedo creerlo!

—No hagas tanto teatro, muchacho. ¿Qué quieres?

—¿Puedo pasar?

—Preferiría que no. Esta habitación es sólo ocasional. Muy por debajo de nuestro nivel.

—Oh, no, maestro. Está perfectamente bien.

El hombre fue hasta la ventana. Corrió la cortina y lo consoló ver un sol filtrado por el inevitable *smog* de junio, pero al fin y al cabo luminoso. Comparado con el miserable día de gloria de su libertad, ese martes era una fiesta. Levantó las cejas, desdramatizando el gesto adusto que llevaba desde hacía minutos.

—¿En qué te puedo servir, chico?

—Traigo una carta de recomendación para usted.

—¿De dónde?

—De la cárcel. Me soltaron ayer.

—A mí me echaron de la penitenciaría. La misma amnistía, ¿no?

—El destino nos junta —saltó presto el joven.

—¿Es una carta del alcaide?

—¿Por quién me toma, señor? ¡Es de un preso!

—¿De qué preso?

—Del *Enano* Lira.

—¿Una carta de recomendación de un gángster como Lira? Te sugiero que no pidas trabajo en un banco, chiquillo.

—Ábrala y léala, por favor.

El hombre la puso sobre la colcha, se apartó histriónicamente y la estuvo mirando un rato con el ceño fruncido. El joven la levantó de allí y volvió a entregársela. El otro se limpió los dedos en la polera como si quisiera borrar sus huellas digitales. Rasgó el sobre con las uñas y sacó un esmirriado mensaje que sostuvo en lo alto como la cola de un ratón.

—¿Qué dice? —preguntó ansioso el muchacho, cambiando de mano los libros forrados en papel de cuaderno de matemáticas.

—«Te presento a Ángel Santiago.» Firmado: el Enano.

—¿Eso es todo?

—Eso es todo el contenido de esta obra maestra del género epistolar. El *Enano* Lira escribe tan poco como su tamaño.

—Era muy comprometedor decir algo más. El resto se lo canto yo.

—Me alegro, joven, porque esta misiva es tan parlanchina como un muro.

—Antes que nada, le traigo de regalo un par de libros. Usados pero buenos.

—Gracias. Ajá *Corazón* y *Tres flores amarillas*.

—En *Corazón* siempre me identifiqué con Garrón. El chico bueno del curso.

—Supongo entonces que tu estadía en la cárcel fue un malentendido.

—No se burle de mí, maestro. En el otro hay un cuento que trata de la muerte de Chéjov. ¿Sabe quién es Chéjov?

—Me suena como un ajedrecista.

—Era un autor ruso.

—Nunca me interesó la política.

—Chéjov es de antes del comunismo.

—Bueno, ya te habrás dado cuenta de que no soy un gran lector. Gracias de todas maneras por los libros. Intentaré hojearlos.

Santiago manoteó despreocupadamente en el aire.

—Oh, no. ¡No hace falta que los lea, profesor! Lo que cuenta en este caso no son los libros, sino los forros.

Vergara Grey se rascó la cabeza y luego se palpó la mejilla sin rasurar.

—Tradúceme.

—En la cárcel no es posible hallar un forro para libros más sofisticado, así que los protegimos con papel de matemáticas.

—Así veo.

—Ordinariez que remediaremos de inmediato.

Uniendo las palabras al hecho, despojó a los textos de sus cubiertas y procedió a aplanarlas sobre la colcha.

—Señor Vergara Grey: el ingenio del *Enano* Lira es inversamente proporcional a su tamaño.

De una sentada dio vuelta las hojas de papel de matemáticas y en ese reverso apareció un delicado y complejo jeroglífico con la apariencia de un mapa. La miniatura de un plan arquitectónico.

—¿Qué es esto?

—Se trata de la estrategia de un Gran Golpe. Diseñado por el Enano paso a paso. Iba a ser su próxima obra maestra cuando cayó preso por una bagatela que no valía ni el décimo de su talento. Se lo manda en señal de admiración y con cordiales saludos.

—Lo siento. Estoy retirado.

—Permítame que se lo explique.

El hombre se tapó las orejas.

—No vale la pena. No quiero oír nada.

—Oiga por los menos esto: se trata de mil doscientos millones de pesos.

—¿En dólares?

—El informal está a 745 comprador, eso vendría dando exactamente un millón seiscientos diez mil trescientos ochenta y dos dólares.

—Escucha tú ahora este otro cálculo: por cada cien mil dólares, un año de cárcel. En un millón seiscientos diez mil dólares cabe cien mil dieciséis veces, por lo tanto, sumarías dieciséis años de chirona. Para echarle mano a esa bonita suma no bastará alzar el brazo y cortarla del parrón como quien saca un racimo de uvas. Una cifra de esa magnitud está siempre bien rodeada de pistolas y guardias. Pongamos que tengas buena suerte y sólo mates a uno de ellos. Por homicidio agrégate... ¿has matado a alguien antes?

—Todavía no.

—Entonces estamos bien. Por un asesinato primerizo te echarán diez años, más los dieciséis que llevamos, estaríamos sumando veintiséis añitos a la sombra. Pongamos ahora que, puesto que eres tan bueno como el Garrón de D'Amicis, te rebajen cinco por buena conducta, llegaríamos a un total de veintiún años. ¿Qué edad tienes ahora?

—Veinte, maestro.

—Saldrías con cuarenta y uno y probablemente con otros papelitos como el de Lira en el bolsillo.

—Si acudo a usted es porque sé muy bien que jamás ha disparado un tiro. Ésa es la belleza de su carrera.

—No soy infalible, chico. Ya viste que me tuvieron cinco años adentro. Hasta me salieron canas en el bigote.

—Pero no lo sorprendieron con el cuerpo del delito. El juez le dio diez años por callarse la boca.

—O sabes mucho o presumes demasiado.

—En la cárcel no se hablaba más que de usted, profesor Vergara Grey. Por supuesto que el *Enano* Lira aspira a una comisión.

—Una comisión «pequeña», espero.

—Sus ambiciones son mesuradas. Lira tiene un gran sentido del humor. Nos contaba historias del *Enano* Monterroso.

—A ver.

—Por ejemplo, ésta: «Los enanos tienen una especie de sexto sentido que les permite reconocerse a primera vista.»

El hombre se atusó el bigote y fue hasta la ventana para no exhibir la sonrisa. Prefería no admitir que estaba entreteniéndose con el rapaz, y temía que cualquier debilidad lo hiciera sucumbir en una tentación.

—Sería oportuno desayunar. ¿Té o café?

—Yo, café con leche. ¿En serio me va a invitar?

—Pediré que lo suban del bar. En tanto, habría que buscar pancito fresco de la panadería.

—Yo voy.

—Te agradezco la gentileza.

—¿Qué pancitos quiere?

—Surtidos. Tomo un desayuno fuerte pero luego no almuerzo.

—Comprendo.

—Trae dos marraquetas, dos colizas, tres hallullas, tres flautas, cuatro tostadas, tres bollitos con grumos de cebolla y tres porciones de kuchen con fruta confitada y pasas.

—A la orden, profesor. Perdone que lo moleste con una rotería, ¿pero podría pasarme un poco de dinero? Salí de la cárcel planchado.

El hombre extrajo un billete de cinco mil de su cartera y se lo puso a Ángel enrollado en la oreja.

—Ahí tienes.

—Naturalmente el pan corre por mi cuenta. Este préstamo es a cuenta del botín.

—De los mil cien millones.

—De mi parte de los mil cien millones.

El joven se dispuso a salir, pero el hampón le cruzó la pierna por delante.

—¿Cómo se le ocurrió al *Enano* Lira que tú y yo podríamos trabajar juntos?

—El *Enano* Lira dijo: «La técnica y la experiencia de Vergara Grey y la energía de Ángel Santiago.»

—Es un elogio bastante melancólico.

El joven indicó el mapa del asalto sobre la colcha.

—¿Qué le parece así, a primera vista?

—Se ve que hay trabajo aquí.

—Sólo tres años. Al comienzo el chicoco tenía miedo de dejar huellas. No quería dibujar nada, pues temía que le robaran el filón de oro. Así que nos sentábamos en el patio de tierra, y me explicaba una y otra vez el plan dibujando con la ramita de un árbol. Cuando se acercaba un guardia, lo borrábamos con los pies. Les decíamos que estábamos jugando al Gato. Hasta que se me ocurrió forrar los libros con papel de matemáticas. Una idea simple pero luminosa, ¿no cree?

—¿De modo que eres bueno para retener cosas que te dicen una sola vez?

—No me tome por vanidoso, pero justo tengo ese talento. Voy a la panadería y vuelvo.

Avanzó hasta el pasillo y allí lo alcanzó perentoria la voz del hombre:

—Una curiosidad, señor Santiago. ¿Qué es lo que va a comprar?

—Pan, por supuesto.

—¿Cuáles?

El joven pestañeó durante diez segundos, asomó una vez la punta de la lengua entre los dientes y luego dijo, rascándose la nariz:

—Dos marraquetas, dos colizas, tres hallullas, tres flautas, cuatro tostadas, tres bollitos con grumos de cebolla y tres porciones de kuchen con fruta confitada y pasas.

—Ve con Dios, chiquillo.

—Y usted no se olvide de hacer lo suyo.

—¿Lo mío?

—Pedirme el café con leche.

SIETE

Victoria tomó el primer autobús de la madrugada, el mismo que llevaba a los albañiles de los barrios periféricos a la zona de los ricos, y se apretujó contra el asiento, sin conseguir refugiarse del frío. Los hombres iban con el pelo mojado, las bufandas envueltas hasta las narices, y casi todos traían una bolsa de lona donde llevaban un sándwich y un termo con café para el almuerzo.

Al descender en la esquina del colegio, estuvo a punto de sobrevenirle un desmayo: pese a haber leído muchos artículos sobre los riesgos de la anorexia, sabía muy bien que unos gramos de más podían frustrar la inspiración de un *barrido* o el salto hacia los brazos del *partenaire*, y prefería el hambre a perder la figura de bailarina. Después del violento desahogo de anoche, Ángel Santiago se había deleitado horas recorriéndole la piel, y ella se sintió más flaca que nunca trabajada por esas manos rudas. Era como si fuera escribiendo algo sobre su piel con sus dedos ásperos, y ella se dejó hacer, sumisa a ese tacto protector.

Pero esa súbita influencia sobre su vida al mismo tiempo la desequilibraba. Hacía un mes que la habían expulsado del colegio y ahora, en vez de ir a meterse en los cines rotativos tempraneros, estaba de vuelta ante el portón, tiritando y sin saber exactamente qué hacer en cuanto sonara la campana. Los argumentos de Santiago eran más elocuentes que los silenciosos reproches de su madre: estaba en el último año del liceo, a cinco o seis meses del bachillerato, y no podía permitir que le demolieran su vida por una crisis de rendimiento escolar.

«Los maestros están para enseñarte, y si no lo logran, el fracaso es de ellos y no tuyo», había sentenciado Ángel en su oído.

La chica le explicó, sin mirarlo y hablándole a la almohada, que muchas veces era incapaz de expresarse, que para ella desde lo más nimio hasta lo más profundo se transformaba en movimiento. «Puedo bailarte una pena, pero no llorarla.»

«La Escuela Superior de Arte te exige bachillerato para entrar. Ésa debería ser tu meta, *la* Victoria, o no tendrás otro destino que ser corista de espectáculos frívolos o educadora de párvulos. ¿Te ves enseñándole a bailar "Arroz con leche, me quiero casar" a chiquillos moquillentos y a niñitas con muñecas de trapo? ¿Tú crees que tu padre aprobaría tanta desidia? Seguro que cuando lo mataron, él quería para ti algo grande. ¡Quería la libertad de la gente!»

«Pero en vez de eso dejó a mi madre esclava de mí, viuda, preñada —había dicho Victoria, dándose vuelta—, desinteresada de sí misma, de mí, de la vida. ¡Qué vienes tú a hablarme a mí de libertad.»

Ángel Santiago sonrió ante esa frase. «Es totalmente una minúscula pendejada en la historia del universo que un grupo de maestritos te echen de la escuela pulverizando tu vida y cagándose en el sueño de tu padre. Si es así, significa que los que lo mataron vencieron. Que te ganaron a ti. Que lo borraron del mapa.»

Ella se había cubierto la cabeza con la almohada. No quería oír sermones, dijo. Estaba harta de parlanchines.

Y, sin embargo, ahora iba entrando al liceo con su uniforme azul entierrado, sucio de jugos de frutas y derrames de lápices Bic y con el bolso de cuero sobre el lomo y la vista en las baldosas del pasillo.

Fue la primera en llegar al aula. Desarrugó su delantal de cuadritos azules y se lo puso, tratando inútilmente de plancharlo con las manos. Tomó asiento en el mismo banco de siempre y vio nuevamente el nombre del bailarín Julio Bocca, el único que había tallado ella con la punta del compás entre los febriles homenajes que generaciones de chicas habían hecho a sus ídolos o noviecitos de ocasión.

—¿Te perdonaron? —le preguntó la rubia Ducci, al sentarse a su lado.

También las otras chicas la miraban desde sus pupitres.

—No.

—¿Y entonces qué haces aquí?

—Voy a ver qué pasa.

—Te van a echar a patadas. Eso es lo que va a pasar.

—No tienen derecho. Estamos en una democracia y yo quiero estudiar.

El primer ramo era artes plásticas y, según la chica pudo espiar en el cuaderno de croquis de su compañera, estaban estudiando las tendencias pictóricas del siglo xx. La maestra les había repartido láminas fotocopiadas con una docena de imágenes, y las estudiantes debían explicar a qué escuela pertenecían y fundamentar con una frase por qué. Al pie de la página venía el repertorio de posibilidades: expresionismo, surrealismo, puntillismo, impresionismo, cubismo, abstracto.

—Cézanne es cubista —le sopló la compañera—, porque distorsiona las figuras como si fueran volúmenes geométricos.

—¿Por qué hizo eso? —preguntó Victoria.

—Porque le dio la real gana. Todos los artistas que hacen lo que no se había hecho antes se transforman en fundadores de una escuela.

—¿Y Dalí?

—Ése es surrealista. Por ejemplo, ahí tienes el reloj derretido en el desierto. No es por el calor; es porque el tiempo es inútil, sin frutos, como el desierto. ¿Entiendes?

—¿Dónde aprendiste todo eso?

—Aprendo lo que me interesa. En el número tres anota «Van Gogh». Ése ve primero los colores y después las cosas. Cuando le mete las cosas que ve a los colores es como si las viera por primera vez.

—¿Como el girasol?

—Y eso que es una estúpida fotocopia. Si lo ves en Amsterdam, te vuelas.

—¿Has estado en Amsterdam?

—¡Con qué ropa! Anota ahí «Van Gogh».

—¿Qué vas a estudiar cuando termines el liceo?

—Voy a trabajar. Secretariado bilingüe. Mi familia son unos muertos de hambre. Llévale la carpeta a la maestra.

La señora Sanhueza poseía unos bondadosos ojos verdes que rodaban sobre sus mejillas mofletudas, y solía repartirles tareas a las chicas para evitar desplazar su amplio volumen por la sala y ser objeto de los chillidos de espanto que fingían las alumnas cuando su muelle trasero avanzaba entre las hileras de bancos. Mientras ellas trabajaban, la maestra se sumergía en una revista con puzzles dedicados a la carrera de artistas de cine. Compartía con sus alumnas el fanatismo por Hugh Grant, pero se consideraba a sí misma más cercana a un galán maduro tipo Richard Gere.

Una vez había participado en un test televisivo del doble o nada y había estado a punto de ganar cien mil pesos con vida y obra de Jeremy Irons, y justo falló en la pregunta de cuál era el reparto completo de mujeres que lo había acompañado en *La casa de los espíritus*. Haberse caído justo con un tema chileno la enfermó de reumatismo dos semanas, período en el cual no miró a nadie a los ojos.

—¿Terminaste ya? —se asombró ante la hoja de Victoria.

—Sí, maestra.

Revisó los cuadros y sus comentarios y los marcó con un lápiz Faber.

—Está todo correcto.

Al buscar el nombre de la alumna en el cuaderno de clases para estamparle la nota más alta, encontró que su nombre estaba eliminado con un feroz rayón rojo.

—¡Mijita! —exclamó—. Usted no existe. Vea aquí: «Expulsada por reiterado mal rendimiento el 20 de mayo.»

La chica sonrió inocente:

—Fui y volví, maestra. Y en cuanto a mi rendimiento, usted puede ver que ya no soy la misma.

—Un *siete* en historia del arte es un golpe a la cátedra, preciosa. Rara vez le doy a alguien la nota más alta.

—Es que he madurado, maestra. Antes no sabía qué hacer con mi vida. Ahora lo único que quiero es estudiar. Ganar una beca. Ir a la universidad.

La maestra asintió, puso otra vez la exitosa hoja sobre el cuaderno de clases y comparó las notas anteriores con ésta.

—¿Y qué le gustaría estudiar, jovencita?

—Pedagogía en artes plásticas —exclamó.

No supo cómo ni de dónde le había salido esa frase, pero le pareció increíble que la hubiera pronunciado. Asoció ese desatino con un recuerdo fugaz de Ángel. ¿Así como la rubia Ducci le había soplado en un santiamén las respuestas correctas, ahora su amigo la había hipnotizado para hacerle pronunciar tamaña barbaridad?

Si el rostro de *madame* Sanhueza era de suyo dulce, ahora había ascendido a las glorias de lo almibarado.

—¿En serio, chiquita?

—En serio, maestra.

—Nunca nadie en mi larga vida había optado por mi profesión. Quizás porque he sido una mala docente, ¿no?

—Todo lo contrario, maestra. Es justamente su dedicación a nosotras lo que me ha inspirado.

—Como profesora de liceo nunca ganarás plata y te saldrán canas.

—¡Tengo sólo diecisiete! Usted comprenderá que por ahora me puedo reír de las canas. Lo que me importa es seguir mi vocación.

Se puso la mano en el pecho como quien jura fidelidad a la bandera. La señora Sanhueza borró de un manotón la lágrima que despuntó en sus ojos.

A las diez de la mañana era la pausa larga. Las chicas la usaban para bostezar en los corredores, narrar confidencias sobre sus amigos, intercambiar música bajada de sus ordenadores, fumar en los baños, aplicarse ungüentos contra el acné, intentar hacer la tarea pendiente para la clase siguiente, y coquetear con el profesor de francés, apenas cinco años mayor que ellas y con un aire a lo George Clooney que las desestabilizaba epidérmicamente.

En tanto, la señora Sanhueza había invocado cierto reglamento del Ministerio de Educación solicitando que todos los maestros se convocaran en el bufete de la directora para tratar el caso de la alumna Victoria Ponce, un asunto de vida o muerte.

En la oficina, llena de cuadros al óleo de próceres de la patria y rectoras de la institución, la chica fue sentada en el medio, el preciso punto donde brillaba a esa hora una lámpara de lágrimas modesta pero lo suficientemente rellena de bujías como para espantar la miseria de ese invierno.

La maestra expuso sus argumentos con una vivacidad y energía que trajo color a sus mejillas blancas y mofletudas: el castigo que justamente le había aplicado la comunidad académica a Victoria Ponce había causado su efecto, y la oveja negra volvía al redil no sólo compungida por su antigua conducta, sino pletórica de deseos de estudiar, ansias de superación, obediente y cortés con sus profesoras, cordial y solidaria con sus compañeras de pupitre.

No sólo eso: acababa de deslumbrarla con una tarea de historia del arte consumada con tal maestría que, por primera vez en ese año, su pluma había estampado en el libro de clases la máxima calificación en Chile: un siete.

—¿Qué nos quiere decir en definitiva, profesora Sanhueza?

—Creo que para todos está claro que a esta niñita hay que levantarle la expulsión.

La directora hizo girar una sonrisa irónica en el cuerpo docente.

—¿Ha considerado usted que la alumna Ponce fue separada del colegio tras dos suspensiones más el ultimátum de la expulsión? ¿Que sus apoderados ni siquiera se aparecieron por el colegio para notificarse del pésimo desempeño de su hija, floja y rebelde?

La maestra Sanhueza se alzó del asiento con un dedo impugnador.

—Usted bien sabe, señora directora, que su padre no pudo venir porque fue asesinado en la puerta de esta misma escuela, donde fue un gran maestro. Desde entonces parece que todos en el colegio estuviéramos chupados por el miedo.

La directora hizo un gesto de fastidio y miró la lámpara pidiendo paciencia al cielo.

—¡Qué miedo ni qué ocho cuartos! Eso sucedió hace diecisiete años y desde hace diez años hay en Chile democracia. Hasta cuándo le vamos a seguir echando la culpa de todo a Pinochet. ¡Esta niñita ni siquiera conoció a su padre!

Un tono granate y una violenta transpiración estallaron en la frente de la profesora de dibujo.

—¡Pero conoció su ausencia!

Jadeando, miró a todos y cada uno de sus colegas y esperó cualquier réplica con la alerta de una fiera a punto de saltar sobre su víctima. Los profesores bajaron dóciles las miradas y sólo el docente de matemáticas, Berríos, habló mientras controlaba que sus uñas estuvieran limpias y bien cortadas.

—Tengo gran simpatía por su elocuencia algo patética, madame Sanhueza. Pero el rendimiento en mi materia de esta señorita es inferior al de una alumna en la escuela primaria. Dudo que sepa las tablas de multiplicar.

—A ver, mi amor —se dirigió la maestra a Victoria—. ¿Cuánto es nueve por nueve?

—Ochenta y uno, maestra.

La dama hizo una pausa triunfal, del tipo abogado defensor que entrega ahora a su cliente al examen del fiscal.

—Era una forma de decir —suspiró Berríos—. No sabe nada de álgebra.

—¿Sabía álgebra Picasso?

—¡Qué sé yo!

—¿Y Dalí?

—No creo. Ése estaba loco de bola.

—¿Y para qué necesita saber álgebra la alumna Ponce, que sólo aspira a ser una humilde profesora de artes plásticas?

—¡Pero hay un currículum básico, profesora! No tiene la menor importancia que un arquitecto confunda el hígado con el riñón, pero cualquier persona civilizada tiene que conocer el sistema sanguíneo!

—La sangre sabe mejor lo que hace que usted. El aire va y viene por sus pulmones sin que usted se dé cuenta. Los perros y los pájaros no necesitan clases de educación sexual para aparearse

Berríos se tapó la cara con un pañuelo.

—Me da vergüenza estar aquí. Oír sus argumentos me rebaja, me degrada, profesora Sanhueza.

—Álgebra aprende cualquiera, colega. Pero el Moulin Rouge sólo lo pudo pintar Toulouse-Lautrec.

La directora golpeó las palmas de sus manos interrumpiendo los alegatos. El reloj le indicaba que el recreo terminaría sin que hubiera desayunado. Los otros maestros parecían impacientes.

—¿Qué dicen, colegas? ¿Le damos otra oportunidad a la alumna Ponce?

Entretenidos o abrumados por otro tipo de problemas, los maestros se alzaron de hombros.

OCHO

Durante una semana, Vergara Grey marcó un par de veces al día el número de teléfono de Teresa Capriatti. Cuando le contestaba, él literalmente rezaba su nombre, y ella procedía a cortar la comunicación. Varias veces fue víctima de la misma dosis, y en tres ocasiones su esposa le pidió simplemente que no volviera a llamar nunca más, y culminó el rechazo con un golpe del auricular sobre la tecla.

El desprecio le producía tal desconcierto que no atinaba sino a mezclar el mazo de naipes en su habitación, soñando con un golpe de suerte. Al anochecer atravesaba al local de Monasterio, quien le indicaba al barman que le sirviera a su socio un vodka con jugo de naranja, y pretextando algo urgente que resolver, le farfullaba que la próxima semana hablarían largo y tendido sobre tantas cosas pendientes.

—Sólo una cosa pendiente cuenta —dijo Vergara Grey, cogiéndolo sin amabilidad de la solapa, al mismo tiempo que lo alzaba del piso—. Mitad y mitad. O en buen chileno, *miti mote*. Ése fue el acuerdo y quiero que lo respetes.

—No necesitas recordármelo, Nico. Repartiremos lo que haya fraternalmente.

—Fraternalmente, no, Monasterio. Fifty-fifty.

Después se daba algunas vueltas por las calles vecinas y

69

podía comprobar que el repertorio de niñas había cambiado en los últimos cinco años. Casi todas eran frescas, juveniles, y a modo de uniforme, lucían un peto y pantalones *jeans*, encima de los cuales se asomaban los *slips*. Entre ambas prendas brillaba una argolla prendida del ombligo que coronaba una piel tersa exenta de gramos. Desde los senos hasta el vientre, la vista de los hombres resbalaba como en una tersa pista de patinaje.

Ése era un barrio para muchachas prolijas. Bebían sólo agua mineral sin gas con sus clientes, y en las pausas se hacían llevar a la mesa un par de hojas de lechuga con un tomate, sin sal, ni aceite, ni vinagre, ni la sombra de un aliño. Cenaban en trance, mascando lentamente, cual si esa merienda desprovista de calorías fuera caviar.

Las heroínas de su tiempo de hamponaje habían abandonado el campo de batalla heridas por los kilos y las arrugas. De seguro no sabían usar los *compact disc players* portátiles ni serían capaces de entonar las canciones de moda en inglés como lo hacían estas bellezas de Providencia que seducían a los prepotentes ejecutivos. Mientras más observaba el ambiente, más lo hería la soledad. Se había imaginado su libertad tan distinta, que hubo alguna noche en que sintió nostalgia de la penitenciaría.

El sábado, después de echarle una mirada al dibujo de un ascensor que incluía el croquis del *Enano* Lira, tomó resignado el teléfono y digitó el número de Teresa Capriatti anticipando el dolor que le provocaría su rechazo. Pero esta vez la mujer no lo cortó, aunque con tono estrictamente desinteresado le preguntó cómo estaba.

—Bien, mi amor. Estoy muy bien.

—Me alegro, Nico. Esta vez no colgué el teléfono porque tú y yo tenemos que hablar.

—Es lo que intento lograr desde hace una semana.

—Se trata de algo importante que te concierne a ti, a mí y a tu hijo.

—Mi trío de ases —sonrió el hombre.

—Lo hablaremos personalmente. Quiero que nos veamos mañana de una vez por todas.

—¿Nos juntamos a almorzar?

—No. Un almuerzo tarda mucho. Es mejor que nos veamos a la hora del té. Es menos complicado.

—¿Dónde?

—Hay un salón de té en Orrego Luco, al llegar a la Costanera. Se llama Flaubert. Iré con Pablito mañana a las cinco.

—¿Seguro que irá?

—Él no quiere verte para nada, pero como se trata de algo importante...

—Es mi hijo. No debería tener esa actitud.

—Le has hecho mucho daño, Nico.

—¿Yo? ¿A él? ¿Al ser que más quiero en el mundo? ¿Yo, daño?

—Trata de calmarte, si no el encuentro no tendrá lugar.

—Está bien. Es mejor que discutamos eso personalmente.

—El Flaubert es un lugar decente. Tómalo en cuenta.

—¿Qué quieres decir?

—Bueno, la gente se fija en cómo uno va vestido.

—Comprendo.

—La moda ha cambiado. En fin, tú sabrás a qué atenerte.

Al colgar, se precipitó escaleras abajo, atravesó la calle hasta el local del socio y le pidió a la cajera que le pasara algo de dinero. Ésta le dijo que a esa hora tempranera no había dinero en los cajones. La plata se encerraba la noche del viernes en la caja fuerte y el lunes venía el furgón de Seguranza a llevarla al banco.

El hombre dijo que quería una cantidad modesta, unos doscientos mil pesos para una chaqueta de corte moderno, una corbata de seda y una buena camisa de rayas, tipo inglés. La cajera apretó el botón electrónico y pudo exhibir que en su registradora no había sino monedas para dar un eventual cambio por compra de cigarrillos o algún vodka *sour* de un borrachito madrugador.

Acariciándose el bigote, Vergara Grey quiso saber dónde estaba la caja fuerte y cuál era la clave. Sonriendo, la mujer le aclaró que ignoraba meticulosamente los números para abrir el tesoro, pero que el armario metálico, de unos doscientos kilos, se encontraba en la pieza contigua remachada con pernos al piso y la pared.

—Echémosle una mirada —pidió el hampón, guiñándole un ojo.

—Con todo gusto, Nico. Sólo que te puedo asegurar que esa estructura es inviolable.

—No lo dudo. Es sólo por curiosidad.

Frente a la caja de fondos, Vergara Grey suspiró profundo. ¡Cuántas veces se había visto enfrentado a esas estructuras tras filtrarse por corredores laberínticos de bancos o tiendas comerciales y se había tenido que devolver humillado por la derrota, incapaz de acertar con la combinación para abrirla! Ese modelo tenía cierto encanto. Al centro pesaba una suerte de timón tradicional al que habría que maniobrar para que cediese la primera lámina de acero, y por cierto que adentro no faltaría un sistema electrónico, quizás ligado a una alarma, que requeriría una voluntariosa carga de dinamita o acaso la fina digitación de minúsculos destornilladores.

Hizo girar a izquierda y derecha el timón, lo reubicó en su centro, acercó el oído a la caja de combinaciones y comprobó con una sonrisa que la música de ese mecanismo no le era ajena. Si mal no recordaba, estaría frente al mismo modelo Schloss de la joyería Petzold en el conflictivo mes de setiembre de 1973.

Los dueños habían izado la bandera chilena en el mástil de su tienda para expresar su complacencia con el golpe militar que derrocaba al socialista Allende y se habían ido a su mansión en la costa de Zapallar a esperar que los soldados terminaran de matar izquierdistas por las calles.

Esa misma bandera había sido la inspiración para subirse la noche del miércoles 12 de setiembre con un taladro al techo de la joyería y, sin preocuparse del estruendo que provocaba su perforación —ruido congruente con los bombardeos y balazos que quemaban la ciudad—, abrió un forado que le permitió de un solo salto caer sobre la caja fuerte. Había sido la faena más rápida y mejor cubierta de su vida.

Cuando los dueños fueron a la policía a quejarse de la desaparición de sus joyas más valiosas, el capitán los vejó llamándolos mezquinos mercanchifles que le pedían un mero trámite policial mientras ellos arriesgaban la vida luchando contra los terroristas de Allende. Les dijo que salieran de inmediato de la comisaría si no deseaban ser internados a un calabozo donde la sangre de los torturados empapaba el piso de cemento.

Calculó que con sus tres destornilladores de joyero, más la pequeña pinza dental, podría despanzurrar la caja fuerte de Monasterio en cosa de dos horas, siempre y cuando la cajera y los borrachitos matutinos le permitieran trabajar tranquilo.

—Elsita —le dijo a la cajera—, si yo le entro un par de horitas a la dama aquí presente, ¿qué conducta asumirías?

—Tendría que avisarle a Monasterio, Nico.

—¿Sabes que tu patrón tiene una deuda conmigo?

—Todo el mundo lo comenta.

—¿Ah, sí? ¿Qué dicen?

—Que se trata de mucha plata.

—¿De cuánto?

—Tú te quedaste callado y las especies robadas no se recuperaron. Si fueron bien vendidas en el mercado internacional, debe de tratarse realmente de mucha plata.

—¿Y por qué no encerraron a Monasterio si todo el mundo conoce la historia?

—De eso no quisiera hablar, Nico.

—Han pasado tantos años. Háblame de esto como si fuera una leyenda, una película que alguien te contó.

—Es que no puedo tomarlo tan a la liviana, porque yo misma tuve algo que ver con la historia. Para que me puedas entender: hace diez años, yo tenía diez kilos menos de peso y mantenía a raya las arrugas con maquillajes que me traía mi sobrina del Duty Free del aeropuerto.

—¿Y eso?

—Te quiero decir que Monasterio se fijaba en mí.

—¿Eras su amante?

—¡Ay, ésa es una palabra como tan cochina!

—Eras su amiga.

—Su amiga.

—Íntima.

—Podría decirse. Pocos meses después del Golpe en que caíste, era necesario reducir las joyas. Pero había que hacerlo de manera astuta.

La cajera pareció de pronto advertir que había hablado demasiado. Fue hasta el refrigerador y extrajo dos botellas de agua mineral. Le puso a cada vaso una rebanada de limón de Pica e invitó al hombre a brindar. Después bebió largamente y humedeció la lengua en el líquido que se había posado en sus labios.

—Si te cuento todo esto es por Monasterio. Quiero que lo sepas para que sigan siendo amigos. Eres más que un socio para él. Te considera un hermano.

—¿Qué pasó con las joyas?

—Tuvo el soplo que los detectives vendrían a apretarlo y se le ocurrió la genial idea de adelantárseles. Pidió ver a la primera dama, le llevó la mitad del botín y regaló las joyas para la reconstrucción del país que hacían los militares.

—¡Dios mío!

—Eso le permitió quedarse con la otra mitad sin que volvieran a molestarlo. Yo quiero a Monasterio y no me gustaría que por cosa de pesos más pesos menos una amistad terminara.

—¡Pesos más pesos menos! ¡Me condenaron a diez años de cárcel!

—Él hizo lo que pudo por ti.

—¿Por ejemplo visitarme en la cárcel?

—Le mandó por vía indirecta todos los meses una suma a Teresa Capriatti.

—¿Qué vía indirecta, Elsa?

—La vía *indirecta* la estás viendo *directamente*.

La mujer puso sobre el mostrador un talonario de cheques y detectó la fecha desde un calendario con una imagen de la Virgen María y el Niño Jesús que hacía publicidad a un fábrica de velas: «Luminosas de punta a punta.»

—¿Qué vas a hacer?

—Extenderte un cheque para sacarte del apuro.

—Elsa, soy un hampón, pero no un cafiche. Sólo quiero que Monasterio me entregue lo que legítimamente me pertenece.

La mujer sonrió mientras intentaba sacarle pasta al Bic rayando un periódico.

—¿Qué te causa tanta gracia?

—La palabra «legítimamente», Nico. ¿Con cuánto te las arreglas?

—¡No quiero caridad te digo!

—No es caridad, maestro: es un anticipo.

Vergara Grey se acarició la barbilla, luego el bigote, en seguida una sien, y concluyó solemne:

—Planteado en esos términos, me parece un trato honorable.

—¿Doscientos alcanza?

—Pon ahí trescientos.

NUEVE

«En el mundo de los hampones sólo funciona la violencia o la paciencia. La primera te hará rico o te traerá de vuelta a la cárcel, la segunda te mantendrá pobre pero libre», había dictado cátedra el *Enano* Lira.

A medida que pasaba el tiempo, la pobreza se le hizo insoportable.

Quería llegar hasta el estudio de ballet y luego invitar a su «hermanita» a algún *restaurant* chino y enterarse de su aventura en el colegio. Si le había ido bien, le propondría tras la cena una noche de amor. Pero una en forma, con camas y petacas.

Quería borrar esa imagen de amante atolondrado que dispara alocadamente su esperma sin preocuparse de procurarle placer a su amiga. Se consolaba con su autoexplicación: esa descarga era pura energía acumulada en meses de fantasías y deseo sin ver otras mujeres salvo las modelos de revistas satinadas en las paredes de los calabozos. Nadie tenía derecho a pedirle contención. Pero no le había confesado a ella que el viaje de ese día no tardó las cuatro horas del ferrocarril Talca-Santiago, sino las tres horas y dos años desde la cárcel hasta el cine rotativo donde la conoció. Ella podría haberse formado así, con justicia, la idea de un tipo arrogante y grosero.

Además, la chica le gustaba. En *segundo lugar*, el cuerpo,

una pura delicia por donde lo pulsara: esas maravillosas nalgas disciplinadas con los ejercicios baletómanos que evocaban sin esfuerzo a una nativa de Brasil y los palpitantes senos, que se endurecían sólo con el ritmo de su respiración.

Pero antes que nada lo seducía su precariedad, esa indefensión de alumna floja expulsada del colegio que rodaba por cines de barrio, aprovechando la calefacción con mechero y parafina. Allí, hundida en un butacón, se interesaría menos por las hazañas de los karatecas y los sabanazos eróticos que soñando con los ejercicios que haría en la noche cuando llegara a la academia de ballet.

Al verla en ese ambiente estaba claro que la chica deslumbraba y seducía. A su alrededor se encontraban artistas a quienes no les era indiferente un *pas de deux* milimétricamente preciso o un torniquete de dichosa exaltación. Pero cuando la música paraba y se barría la arena del circo, afuera estaba la calle, la incertidumbre, la madre depresiva, la pobreza, y —sacó la cuenta con precisión— él: Ángel Santiago.

Él. Él era apenas un fulano con quien ella había tropezado. Un entrometido, hambriento, intruso, inseguro de su destino, pero al fin y al cabo alguien con quien había estado en la cama. La había sermoneado, meditó, con la virulencia de un cura de aldea. No para fastidiarla, sino como un acto espontáneo de su corazón: desinteresado afecto. La mandó fletada al colegio.

Necesitaba dinero, aunque fuera para llegar en autobús a la academia, y sentía las manos congeladas tanto por el frío como por el terror de ser sorprendido birlándole la billetera a algún gordiflón en el metro y ser devuelto vía expreso a la correccional, donde el alcaide se sobaría las manos sabiendo que por un par de años podría ahorrarse las pesadillas de su asesinato.

78

No tenía otra posibilidad que la vía de la prudencia, y tras dos horas de merodear el cajero automático a la salida del Hipódromo Chile, comenzaba a desesperarse y a aburrirse. Se puso alerta.

Una mujer altiva y chillona hizo parar al taxi junto a la vereda, dejó la puerta abierta y le gritó al chofer que la esperara. Entró al pequeño salón jadeando, y digitó el número de su clave dando paraditas de impaciencia contra la máquina. Justo cuando ella recibía el dinero, Ángel Santiago se le acercó inocente y le preguntó si la máquina daba también billetes pequeños. La dama miró su fajo, comprobó que no, y sin despedirse volvió corriendo al taxi. Cualquiera que fuese la prisa que agitaba a la señora, había hecho exactamente lo largamente esperado por el joven: dejar la máquina abierta con la pregunta: «¿Necesita algo más?»

Él apretó la tecla «Sí», y pidió tentativamente cien mil pesos, que el dispensador le dio con prontitud y precisión. Con el bulto en el bolsillo, estimó prudente dejar a la máquina dialogando consigo misma, y no se llevó la tarjeta de la dama sólo para no tentarse en otro tipo de fechorías para las cuales carecía de experiencia.

Al atravesar Vivaceta, un caballo volvía de su apronte, y el chico le hizo un cariño en la crin.

—¿Es manso el rucio?

—¿Mansito? Una taza de leche —replicó el capataz.

—¿Cuántas carreras ha ganado?

—¿Éste? Una, cuando tenía tres años. Pero está a punto de repetir la gracia porque ya cayó al *Índice 1*.

—¿Cuánto pone en mil doscientos metros?

—Uno quince dos. Si baja un quinto esa marca, los gana.

—¿Y en cuánto evalúa el costo del rucio?

—Estaría caro para trescientos mil. Pero mío no es.

—Si le ofrezco cien mil, ¿me lo vende?

—Tampoco ofenda, joven. Hay caballos de seis años que se han compuesto. Si lo vendo sería robo.

—Te lo compro en cien mil.

—No ofenda, caballero. Este caballito tiene futuro.

—*Índice 1*. Ganó una cuando tenía tres años. ¿Cuántos tiene ahora?

—Ochito.

—Ochito. Podría ganar en el desierto de Antofagasta, pero olvídate de Santiago.

—¿Cuánto me dice que me ofrece, señor?

—Ochenta mil.

—¿Precio conversable?

—Conversable. Se lo estás robando al preparador, así que te doy setenta mil y ni una palabra más.

—El preparador lo tiene como seda. Me va a matar.

—Te doy sesenta mil al contado y olvídate de lo demás. ¿Cuánto dijiste que pone en mil doscientos?

—Uno dieciséis. No le puedo mentir a su nuevo dueño.

Camino a la academia, buscó los senderos menos vigilados. Había olvidado preguntar por el nombre del rucio y en cierto modo eso le producía felicidad, pues cuando uno nombra una cosa por primera vez la hace suya. Lo bautizaría con Victoria Ponce en la pila de alguna parroquia. Iba lento por Einstein hacia arriba, atento a la guía de la Virgen del Cerro San Cristóbal. En cuanto le dio largona, el rucio reaccionó dócil y voluntarioso a sus apremios.

No había pasado una semana en libertad y el balance no podía ser mejor: poseía una «especie» de caballo con el cual se disponía a recorrer la ciudad palmo a palmo tal cual lo había hecho en los pastizales de Talca cuando niño. Además, tenía una «especie» de novia, pues aunque no existía nada formal entre ellos, había tenido lugar la *apertura del marcador*. Era preciso sumar también esa «especie» de hotel que era el estudio al cual entraba clandestino por la noche, tras haberle hurtado una copia de la llave a la maestra. Y por otra parte, contaba con una «especie» de fortuna que le alcanzaría para llevar a su espigada amiga a comer con palitos en el *restaurant* Los Chinos Pobres.

De los pocos elementos de su utopía estaba ya al menos en posesión del rucio: un animal derrengado, de pelo opaco, ancho de caderas y gordo de cañas, pero al fin y al cabo, alguien que al igual que él soñó en la infancia ser príncipe en las pistas del mundo, aunque sólo supo desbarrancarse finalmente en una modesta serie *Índice 1* para bestias de cualquier edad. Si la sociedad a los veinte años les había bajado el telón, Ángel Santiago revertiría la suerte de ambos.

Enumeró otra vez su arsenal para el futuro: mujer, caballo, golpe del *Enano* Lira y —¡trompeta más redoble de tambores!— don Nicolás Vergara Grey.

DIEZ

Una hora antes de la cita, merodeó el salón de té Flaubert, husmeándolo como un sabueso. Se acodó en la balaustrada de una casa del frente, y estuvo un rato considerando el tipo de clientela, los coches de los cuales descendían y el aire de antiguos parroquianos. Dedujo que no era una clase de local para gente con la cual él conviviría, sino más bien de aquella a la cual solía robarle. Por otra parte, se alegró del buen gusto de Teresa Capriatti, y se atuvo a la convicción de que la educación de su hijo estaba en buenas manos.

Pese a su postura altiva, sabía que podría desmayarse. Tanto había trajinado la cinta roja del regalo que traía para Pedro Pablo que ya se veía deshilachada, como de segunda mano. No quiso verlos entrar antes que él, y huyó hacia la vera del río y fumó dos cigarrillos, contemplando transcurrir el agua turbia sin fijar ningún pensamiento.

Desde hacía años venía preparando el discurso conciliatorio que les probaría que era un hombre digno y que nada en su actitud ni en sus planes lo devolvería a la delincuencia. Lo había intentado todo en la vida, y su decisión por los valores de la ética y el trabajo honesto se fundamentaba nada menos que en la condena por una década. Si eso fuera poco, habría que agregarle que fueron cinco años completos sin su esposa y sólo con fugaces visitas de Pedro Pablo, un colegial que hacía la tarea de visitarlo con un talento insufrible para ocultar su desgano.

A las cinco horas cinco minutos hizo su entrada al Flaubert y el instinto lo llevó directamente al lugar más oculto y lejano del salón de té, aquella mesa del fondo junto a la estufa, donde parecía concentrarse el olor de la pasticería. Si siempre había pensado que Teresa Capriatti era la mujer más bella de su vida, al verla allí de un solo golpe, enfundada en un flexible traje sastre de color negro con el pañuelo perla en la garganta y el prendedor de su boda en la solapa, lo acometió la angustiosa sensación de que no la merecía.

La madurez no le había hecho daño. Al contrario, las arrugas disfrazadas con el maquillaje y los gramos que rellenaban sus mejillas parecían haber completado su perfección. Y ahora vino, inoportuna, la sospecha de que tendría un amante. Eso hizo que el soberano ex convicto llegara a la mesa con una sombra de dolor que le perjudicó la sonrisa largamente preparada.

Alguien de la mesa vecina se lo quedó mirando, hurgando en su memoria de dónde es que conocía a ese hombre. Vergara Grey, cauto, se inclinó sobre un pómulo de su esposa y depositó con unción su beso. Esto, que para ella era un mero chasquido, para él lo era todo. Pedro Pablo se levantó de la silla y su padre hizo ademán de abrazarlo. El hijo, no obstante, le tendió la mano, separando aguas. Se sentó entre ambos, sin articular durante un minuto nada.

—Nosotros ya pedimos dos aguas minerales.

—¿Agua mineral? ¡Pero si hay que celebrar este encuentro! ¡Qué idea, pedir agua mineral!

—Tú toma lo que quieras, pero nosotros pedimos agua mineral.

—Vean entonces qué quieren comer.

—No tenemos mucho tiempo, Nico. Lo de la comida dejémoslo para otra vez.

—Pero mira esos pasteles. ¿Cómo no se tientan?

El mozo trajo el pedido y encaró al hombre.

—¿Qué se va a servir, señor?

—¿Yo? Un té.

—¿De cuál?

—Un té. Un tecito nada más.

—Es que tenemos una carta con treinta tipos de té.

El mozo se la extendió como proporcionándole una estocada. Al considerarla pudo darse cuenta que esos nombres de infusiones orientales le decían maldita cosa.

—Tráigame la mezcla «Flaubert».

—Si, señor. ¿Algo más?

—No sé.

Hubiera sido deseable pedir algo que detuviera el tiempo, que moderara la velocidad de las cosas, pero no se le ocurrió nada.

—¿Un pastelito?

—Eso es. Un pastelito.

—Tenemos una gran variedad. Aquí tiene la lista. Torta de moca, de lúcuma, «Selva Negra».

—¿Qué quieren ustedes?

—Estamos bien con el agua mineral.

—Entonces tráigame a mí también una agua mineral.

—¿Con gas o sin gas?

—¿Qué? —se extrañó Vergara Grey, de pronto absorto en los puntapiés impacientes que su hijo le daba al mantel.

—El agua mineral, señor.

—Con gas, si fuera tan amable.

Al retirarse, la ausencia del impertinente garzón había establecido entre ellos un enredoso silencio.

—Yo los quiero —dijo abruptamente el hombre—. Yo he venido para decirles que los quiero mucho, que ustedes son todo para mí.

Teresa Capriatti llevó hasta sus labios gruesos la copa de agua, y luego se secó la humedad de la boca con una servilleta de tela. Su esposo puso el paquete de regalo sobre la mesa y se lo ofreció al hijo.

—Gracias —dijo el joven.

—No. Así no tiene gracia. Tienes que abrirlo, Pablito.

—¿Es necesario? Todo el mundo nos mira.

—Nadie se va a enojar porque abras un regalo.

—Está bien.

El hijo intentó un par de veces destrabar con las uñas el nudo, y al no conseguirlo, cogió el cuchillo del servicio y cortó la cinta de un solo impulso. Apartó desprolijamente el papel y asintió sin emitir juicio.

—¿Qué te parece?

—Está bien.

Vergara Grey atrapó de un zarpazo la mano de su hijo y logró que la depositara sobre el cuero del maletín.

—Pálpalo, hombre. Acarícialo. ¿Sientes la nobleza del cuero?

Él mismo le ilustró con sus dos manos el movimiento que le proponía. Después puso sus dedos sobre la mano del hijo y se la estrechó con cariño.

—Está bien. Es un buen maletín, gracias —dijo el joven, soltándose de la caricia del padre.

—Ahora te voy a enseñar la mejor parte: cómo se abre. Cada cerradura tiene un número clave. Muchos maletines los tienen, pero en este caso las cifras de ambos extremos difieren. Tú tienes que aprenderte de memoria los números, y sólo tú, y nadie más que tú puede abrir el maletín. El número del lado derecho es la fecha del día y del mes de tu cumpleaños, y el del lado izquierdo el día y el mes en que yo nací. Un pacto entre padre e hijo. Ahora ábrelo.

—¡¿Aquí?!

—Quiero ver cómo funciona. Si hay algún defecto tengo la garantía. Puedo devolverlo.

Pedro Pablo se puso a manipular las claves y el padre siguió la ceremonia pronunciando sin volumen los números respectivos a medida que el joven avanzaba.

—Si te olvidas de los números, puedes preguntarme.

—¿Adónde? —intervino Teresa.

El hombre se echó atrás en la silla, estupefacto. Estuvo medio minuto rascándose el bigote, y luego dijo, casi inaudible:

—Es que yo había pensado que tú y yo... Es decir, tú y yo y Pedro Pablo... Tienes razón, Pablito, te anoto la clave en un papel —corrigió, nervioso.

Sacó una hoja de su pequeña agenda e hizo amago de escribir. El hijo lo detuvo.

—No es necesario que lo hagas. Ya aprendí bien las claves. Por el lado derecho...

—Calla —dijo seco el padre, mirando alrededor—. Ése es un secreto entre tú y yo. No lo digas nunca en voz alta. Si nadie se entera de las claves, nunca te podrán robar tus documentos.

Pablo se detuvo con una sonrisa suficiente, y luego se echó a reír a carcajadas, golpeando incluso la silla contra la pared.

—¿De qué te ríes?

—¡Del maletín, hombre! Solamente a un ladrón se le ocurre regalar un maletín tan seguro.

Un repentino temblor sacudió las manos del hombre y se las apretó bajo la mesa, entre las piernas, tratando de controlarse. Se sintió un bobo, cuando atinó a decir:

—¿No te gusta?

—Sí me gusta.

El mozo vino con una taza, el agua mineral y un jarrito de porcelana que contenía la infusión. Pedro Pablo hizo desaparecer el maletín de la mesa, abriendo espacio para que el garzón acomodara su servicio. Teresa Capriatti se sirvió un sorbo de agua y cuando Vergara Grey comenzó a verter su líquido, resumió:

—Nico, hay dos temas.

—Oh, sí. Hablaré con Monasterio para que te suba la cantidad que te gira al mes. Todo en Chile ha subido enormemente.

—¿Cuándo hablarás con él?

—Hoy mismo. ¿Cuál es el otro tema?

Teresa Capriatti miró al hijo, éste se limpió con un rápido dedo la punta de la nariz, se abalanzó confidencial sobre la mesa y extrajo un papel envuelto en plástico del bolsillo de la chaqueta.

—Nico, con la mamá hemos decidido que me voy a cambiar el nombre.

—No entiendo.

—Vergara Grey. Quiero cambiar el nombre Vergara Grey.

—¿Y cómo te quieres llamar?

—Capriatti, como la mami. Es totalmente legal hacerlo.

—Pero tú eres mi hijo, Pablito. ¿Por qué habrías de cambiarte el nombre?

—Trae problemas.

—¿Qué problemas?

—Bueno, cada vez que te preguntan el nombre y tú dices que te llamas Vergara Grey, todos me dicen «Vergara Grey, como...».

El joven hizo con la mano derecha el gesto de birlarle algo a alguien.

—¿Y?

—Bueno, uno se siente raro. El otro día postulé a un puesto en la Citroën para aprender mecánica. Escribí el nombre y debajo tenía que poner la profesión de mi padre...

—¡Contador! ¡Tengo título de contador!

—Es mejor para mí si me cambio el nombre, Nico.

—¡Pero hay cientos de Vergaras y a ninguno se le ocurre cambiarse el nombre!

—Pero hay un solo Vergara Grey. ¿Por qué tu familia tuvo la idea pretenciosa de usar un apellido doble?

—Para dejar en nuestra herencia el nombre de una famosa inventora inglesa.

—¿Cuál?

—Grey, hombre.

—¿Qué inventó?

Descoordinado, el hombre le puso otra vez azúcar al té y al beberlo hizo una mueca de disgusto.

—¿Qué es esto, hijo? ¿La Prueba de Aptitud Académica?

—¡Le pregunto no más!

—Fue la reparación de una injusticia que se le ocurrió a tu abuelo. Tu bisabuela, Elisha Grey, experimentaba en el campo de las comunicaciones. El día 14 de febrero de 1876 fue hasta la oficina de Propiedad Intelectual para patentar un nuevo invento: el teléfono.

—¿Grey?

—Grey. Pero sólo pocas horas antes Bell había inscrito el mismo artefacto en otra ciudad. La bisabuela perdió el juicio y la patente quedó a nombre de Bell.

—Una historia de perdedores —sonrió el joven.

—Así es.

—Eres muy chileno, Nico. En vez de conmemorar los triunfos, celebras las derrotas. Lo mismo que nuestro héroe

Arturo Prat; todo el mundo lo recuerda con cariño porque perdió el combate naval de Iquique contra los peruanos.

Teresa arrebató a Pablo el documento cuidado en una funda plástica y lo extendió sobre el mantel.

—El abogado ya llenó los papeles. Sólo falta tu firma.

La miopía hizo que Vergara Grey se inclinara sobre la mesa, y a medida que iba leyendo, su lengua se fue secando. Al terminar, echó la espalda en el respaldo del asiento y deseó estar en una silla de ejecución y que el alcaide de la cárcel bajara la palanca eléctrica.

Después de carraspear, dijo:

—¿Te has dado cuenta, muchacho, de que desde que estamos aquí nunca me has llamado «papá»?

El joven se alzó de hombros y Teresa Capritti le extendió la pluma de oro que él le había regalado cuando cumplió cuarenta.

ONCE

Cerdo mongoliano, pollo *shitan* a la almendra, pato laqueado con fideos *glasé*, congrio *fonshui*, camarones arrebozados, reineta en baño de soya, arrollado primavera, empanaditas de ostiones, gallina *shanghai* en su jugo con base de hongos y callampas, pato cinco sabores, albóndiga con ananás, *chopsuí* de verduras, y vino Santa Rita Estrella de Oro, Rhin Carmen y Cabernet Undurraga fueron sólo algunos de los platos y vinos que les ofrecieron en Los Chinos Pobres.

Victoria Ponce se inclinó por las bajas calorías del *chopsuí* y Ángel Santiago por el furioso fervor del condimentado cerdo mongoliano. Ella fue por el agua mineral Cachantún, él por una botella tres cuartos de tinto. Desde el estudio de ballet hasta la plaza Brasil la había llevado sobre su rucio, a tranco lento y noche estrellada, y Victoria tuvo que subirse la falda del *jumper* escolar para montar a horcajadas y después cubrirse desde la cintura y los muslos desnudos hasta los calcetines colegiales con el abrigo jaspeado en gris.

Desde la ventana del segundo piso, exultante de dragones y farolitos rojos, pudieron mirar al rucio, pacientemente atado a la palmera de la plaza Brasil y mordisqueando el pasto, mientras algunos chiquilines le acariciaban la crin. Habían pensado dispararse atropellados las novedades de los últimos días en cuanto se vieran, pero la ceremonia de montar el rucio y no tomar autobús, de meterse a un *restaurant* en vez de masticar un sándwich rápido en la calle, y las inhibiciones propias de quienes comienzan a cuidar lo que dicen porque ya la otra persona les importa y temen desilusionarla o ahuyentarla con un desatino los hizo callar con hermetismo y sonrisas. Cuando los platos estuvieron vacíos, y la ausencia de pan en el *restaurant* chino evitó que sopearan la salsa para postergar el diálogo, él le preguntó por el colegio.

—Me aceptaron condicionalmente. De aquí a diez días debo rendir un examen satisfactorio que cubra todas las materias en lo que va del año.

—¿Cosas como qué?

—Ciencias naturales, historia universal, historia de Chile, educación cívica, álgebra, física, química, francés, inglés.

—Yo sé algo de inglés.

—Dime.

—*One dollar, mister, please.*

—¿Dónde aprendiste eso?

—*In Valparaíso harbour.*

—¿En el puerto? ¿Qué hacías allí?

—Arreglármelas.

La camarera les trajo té jazmín y un par de bizcochos orientales con papelitos en su interior que pronosticaban el futuro del cliente.

—¿Qué edad tenías entonces?

—Siete u ocho.

—¿Y tu padre qué hacía?

—Se iba en los barcos.

—¿Y tú?

—Me quedaba por ahí.

—Con tu madre.

—Con varias madres. Escucha, Victoria. El inglés que sé no lo aprendí en el Grange School, sino en las casas de putas.

La chica jugó a revolver el té con la cucharilla, aunque no le había puesto azúcar.

—Me da pena lo que me cuentas.

—No es necesario que me tengas compasión. Me las he arreglado fenómeno en la vida. Antes que un lápiz para practicar caligrafía tuve un cuchillo en mis manos. Sé cómo pelar una naranja de un solo trazo sin que se raje ni un pedacito.

—Bueno, muchos lo hacen. Yo misma lo hago.

—¿Y sabes también dónde un cuchillazo es más eficaz?, ¿si en el hígado, el pulmón o la vejiga?

—En el corazón, supongo.

—Bueno, ésas son palabras mayores. Si se trata de causarle problemas al cliente sin llegar a matarlo, un cuchillazo en el corazón te puede costar cadena perpetua.

—¿Por qué me cuentas todo esto?

—Para que sepas que sé de todo un poco: anatomía, idiomas, código penal...

—Deberías ir a la universidad.

—Tengo otro plan. Pedí cuatro deseos a Dios porque los tres tradicionales no me alcanzan.

—Dime.

—Hay uno que no te puedo contar.

—Es algo malo.

—Malo, pero no para mí.

—¿Le vas a hacer daño a alguien?

—Algo de eso hay. Aunque «daño» es una palabra muy suave para describirlo.

—Es un eufemismo.

—¡Ahí sí que me pillaste!

—Son figuras del lenguaje. Lo aprendí en castellano.

«Eufemismo» es una manera suave de decir algo fuerte. Por ejemplo, tú le dices a un hombre gordo-gordo «qué sanito te ves».

Ángel Santiago se distrajo mirando la estatuilla de un buda sonriente envuelto en guirnaldas de colores.

—Eso sería una «ironía» —dijo después de un rato—. No un eufemismo.

—Se puede usar un eufemismo de forma irónica. No está prohibido. ¿Cuáles son los otros tres deseos?

—Bueno, el caballo ya lo tengo.

—¿Dónde va a vivir?

—Donde yo viva, por supuesto.

—Es decir, ¿dónde?

—Tengo que darle una vuelta a eso. Por mientras, lo ofreceré como caballo carretero en el mercado.

Victoria aceptó una copa de vino y retuvo el líquido un rato en la lengua. Al beberlo sintió que un calorcillo le subía hasta los pómulos.

—Tú no tienes la cabeza en orden, Ángel. Careces de prioridades. Es normal en la vida que una cosa vaya antes de la otra.

—No me des lecciones sobre eso. En tu caso, el colegio debería haber estado siempre primero que los cines rotativos.

—El cine te hace soñar.

—Sí, pero los que se la pasan soñando terminan mal del coco. Si uno no transforma sus sueños en realidad, va a dar al loquero. Menos mal que volviste al colegio.

—Gracias a ti.

—No me gustaría que fueras una amargada porque no pudiste hacer lo que querías.

—Hay que dar ese maldito examen. En la mochila cargo como diez libros. Me los tengo que aprender prácticamente de memoria. Esta noche debo empezar.

—Esta noche, no.

—¿Por qué?

—Ahí estaríamos entrando en el tema del tercer deseo.

Ángel puso su mejor sonrisa en los labios, y tras apoyar los codos sobre la mesa clavó el mentón entre las manos. La joven se arregló el pelo sobre la sien una y otra vez, como si con esa caricia pudiera calmar las turbulencias en su vida. No tenía certezas en ningún rubro: claro que su sueño era el ballet, el Municipal, el Colón de Buenos Aires, el Teatro de Madrid, el Metropolitan en New York. Ganas no le faltaban, y podría inmolar todo lo demás para alcanzar esa meta. Pero para eso necesitaba el bachillerato, dinero, y talento. ¿Quién le aseguraba que tenía talento? La maestra del estudio, que repartía promiscuamente elogios a cada una de sus discípulas como si fueran todas una Tamara Kasarvina, una Isidora Duncan, una Martha Graham, una Margot Fonteyn, una Pina Bausch, una Anna Pavlova, estaba más provista de delirio que de objetividad, y su juicio *valía callampa*.

Cualquier mocosita de barrio de piel lisa, nalgas altivas y ombligo impúdico se sentía una profesional sólo por haber aprendido en su versión más fofa alguna coreografía de Madonna o Shakira, y revoloteaba por los estudios de televisión y las discotecas con la esperanza de que algún productor de la tele la descubriera.

En cambio, nada que implicara el sofisticado ejercicio de años que ella había hecho en la academia tenía la menor posibilidad en el mercado local.

Incluso no asociaba la danza con un trabajo rentado. Había visto a tanta gente venderse y comprarse para sobrevivir —ella misma, en primer lugar— que el baile clásico o moderno le parecía un espacio sagrado que nada del mundo exterior podía corroer: ni su madre depresiva, ni el asesinato del papá, ni los profesores que la despreciaban por su mutismo o desgano, ni la indolencia con que ganaba algunos miles para pagar la academia.

Si algún día llegara a bailar profesionalmente, aunque fuera en la sala cultural de una ínfima municipalidad de provincias, no exigiría un honorario. La gratuidad era el triunfo del arte sobre los bellacos que traficaban muerte y fealdad en todas partes. El comercio no tenía derecho a proteger a las artes.

Si Ángel Santiago quería acostarse otra vez con ella, significaba que no la conocía bien. Habían compartido algunas horas, un revolcón en la colchoneta, y la inspiró, con éxito, para que volviera a clases. Estas nimiedades, en su mundo tan vacío, constituían la relación más intensa que había tenido en años, si acaso no en toda su vida.

Antes de que esa convivencia fuera inevitablemente molida por el desamor, la pobreza, la grosería en su vida que él ignoraba, el estigma de su silencio atónito que sólo en la danza se redimía, acaso más valiera echar ese incipiente amor al tacho de los desperdicios, como esa servilleta arrugada encima de la salsa del *chopsuí*. «¿Quieres que conservemos una dulce memoria de este amor? Pues amémonos hoy mucho y mañana digámonos ¡adiós!»

—¿Y el cuarto deseo? —dijo muy suave.

—Un campo. Grande. Con todo tipo de animales. Es decir, un zoológico: vacas y burros, pero también pavos reales y cisnes de cuello negro.

—En cambio, yo me veo viviendo en una gran ciudad. París, Madrid, New York.

—New York te la hicieron mierda.

—Pero la gente no se va a olvidar de eso. Yo no quiero olvidar lo que me pasó. Siempre recordaré a mi padre.

—Te comprendo. Yo mismo sé muy bien lo que es una obsesión. Pero estoy a un paso de realizar mi sueño.

—¿Cómo?

—Terminaré de convencer a un gran hombre llamado Nicolás Vergara Grey para que se asocie conmigo.

—¿En qué?

—En una sola, única y prodigiosa aventura que nos hará ricos y que quedará en los libros del futuro.

—¿Un asalto?

—No, Victoria Ponce: una obra de arte.

Las vecinas de la plaza Brasil, encantadas con el caballo, le estaban ofreciendo tallos de alcachofa, y la bestia parecía agradecer azotándolas con la cola, una acción que provocaba la dicha de los niños, que le ponían las cabezas para que el rabo se las despeinara.

—¿Cómo has estado, bien mío, rucio de mis ojos, compañero mío? —saludó literaria y versallescamente a su bestia antes de montarlo junto a su amiga, y conducirlo a paso lento hasta el próximo retén de la policía montada. Pidió a los carabineros que le permitieran amarrarlo en su corral, y se despidieron de los guardias y del animal con la promesa de ir a retirarlo al día siguiente.

En la recepción del hotel estaba atendiendo la cajera Elsa, y al ver llegar a la pareja, apagó el pequeño televisor que emitía el *reality show*.

—Buscamos alojamiento —dijo Santiago, mostrando los billetes sobre el mostrador.

—¿La niña es mayor de edad?

—Es mi novia desde hace años.

—¿Cuántos tiene?

—Veinte.

—A ver, mijita, ábrase el abrigo.

—¡Con este frío, madame! —protestó Victoria.

97

—O lo haces o se van.

La chica se abrió el sobretodo y no tuvo la maña suficiente para disimular el *jumper*.

—Pero si esta niñita es una escolar. ¿Quieres que me clausuren el hotel?

—En primer lugar, tiene diecisiete cumplidos. Segundo, soy su hermano.

—Peor todavía, pues, mijito.

—Y tercero, venimos por recomendación de Vergara Grey.

La cajera se puso los lentes y miró un momento hacia el televisor apagado como si estuviera funcionando. Abrió el libro de huéspedes y lo extendió para que la pareja inscribiera sus nombres.

—Usted comprenderá que somos del equipo del maestro Vergara Grey. No podemos darle nuestros nombres verdaderos.

—Eso ya lo había cachado.

—Yo lo decía para que no se le ocurriera pedirnos nuestras cédulas de identidad.

—Soy una zorra con años en esta guarida, precioso.

Ángel Santiago puso el registro cerca de Victoria y le hizo una seña de que firmara.

—Pon cualquier nombre.

—¿El de mi profesora de dibujo? Se me ocurre ella por el cariño que le tengo.

—Perfecto. ¿Cómo se llama?

—Sanhueza. Elena Sanhueza. Le gustan mucho las películas con Jeremy Irons.

—Les voy a dar la pieza contigua a Vergara Grey. No sean muy efusivos durante la noche para que el maestro pueda descansar.

La cajera hizo un ademán de alcanzarles la llave, pero recogió el gesto y la puso sobre sus labios haciendo una cruz.

—Tienen que jurarme que si hay control de la policía, ustedes dicen que entraron ilegalmente. Yo a ustedes no los he visto. Yo he visto al señor Enrique Gutiérrez y a la señora Elena Sanhueza, quienes se marcharon tras hacer sus cochinadas con rumbo desconocido. ¿De acuerdo?

—De acuerdo. Páseme la llave, ¿quiere?

En vez de concederle el pedido, la cajera se puso el artefacto sobre la nariz y lo aspiró profundamente.

—¿Es algo grande?

—¿Qué?

—Lo que planean con Vergara Grey.

—Si no fuera algo grande, no trabajaría con él. ¿O usted me ve apequeñado?

—Por ningún motivo. Pero si es algo verdaderamente grande, me gustaría participar. Dile a Nico que la cajera Elsa te lo pidió.

—Dígaselo usted misma. Yo no soy recadero de nadie.

Ella alzó las cejas, hizo una mueca ofendida y colgó la llave en el casillero.

—Entonces vayan a echarse la cacha al Ejército de Salvación.

Ángel Santiago advirtió que Victoria se retiraba humillada hacia la puerta y puso una mano sobre el hombro de la conserje.

—Está bien. Trataré de influir a su favor.

—Porque si de favores se trata, él me debe varios.

—Así se lo diré.

—Primer piso, tercera puerta a la derecha.

—Pregúntame —le ordenó Victoria a las dos de la mañana, justo cuando él lamía el interior de sus muslos.

—Dame una tregua.

—Por favor, cualquier cosa.

—¿Física?

—Está bien.

—¿Qué escribió Stephen Hawking y qué teoría propone?

—Eso fue lo último que repasamos, ¿no?

—Deberías acordarte.

—Hawking escribió *Historia del tiempo* y dice que el tiempo no tiene comienzo ni fin.

—Perfecto.

Apartó la sábana y fue lamiéndole una nalga hasta las inmediaciones del ano.

—¡Para ahí, roto!

El joven siguió su ruta imperturbable y jugó con la nariz entre sus piernas.

—¿Qué pasó en 1989 en la plaza de Tiananmen?

—Hubo una masacre con militares y tanques en Pekín.

Él ascendió con la cabeza hasta su pecho y dibujó círculos alrededor de un pezón.

—¿Qué es y qué forma tiene una aerolámina?

—Son las láminas que sirven para el vuelo. Son planas en la base y curvadas en el tope, y cortan el aire creando presión debajo, lo cual la ayuda a elevarse.

—¿Qué pasaría con nuestros cuerpos si cambiáramos repentinamente de presión atmosférica?

—Estallarían.

—Perfecto. ¿Cuál fue el lema de la vida de Ignacio de Loyola?

—«A mayor gloria de Dios.»

—Correcto. ¿Cómo se llamaba el primer arquitecto de las pirámides de Egipto?

—Imhotep.

—¿Qué es un milagro?

La muchacha hundió los dedos en el pelo revuelto del joven, indomable a cualquier peine, y quiso alisar sin éxito el más rebelde de sus mechones negros.

—Un suceso que ocurre contra las leyes de la naturaleza, realizado por intervención sobrenatural de origen divino.

—¿Cuál es el nombre científico del aromo?

—Acacia farnesiana.

—¿Cuál es el compuesto orgánico que cuando se acumula en el cuerpo produce gota y reumatismo?

—El ácido úrico.

—Es fantástico, Victoria. No has fallado ninguna.

—Estudiando contigo resulta más fácil. Se me graban las materias. ¿Tú sabías todo esto?

—¡Ni idea! Lo aprendí ahora, mientras hacíamos los ejercicios.

La muchacha le tomó el pene y corrió hasta el fondo su piel, dejando expuesto el glande. Se acercó a olerlo y aspiró profundamente su olor.

—Hace una semana ni siquiera existías en mi vida. ¿Qué te atrajo a mí?

—La primera vez no pude controlarme.

—¿Qué quieres decir?

—Me vine rápido y todo eso.

—Eres un tonto. Ésas son bobadas machistas. Las mujeres no le dan tanta importancia.

—Pues a mí sí me importó.

—Se ve que eso te comió el coco. Pero hoy...

—¿De veras acabaste esta noche?

—¿No te diste cuenta?

—En las revistas dicen que las mujeres fingen.

—Dios mío, Ángel Santiago. ¿No te fijas que estamos flotando en un charco?

—Está bien. ¿Qué es la partenogénesis?

—La reproducción de seres vivos con ausencia del elemento masculino. A propósito, ¿usaste condón?

—Esta vez, no. La próxima, seguro.

—¿Y qué pasa si esta vez le acertaste?

—Nunca pienso en cómo resolver un problema hasta que se presenta.

—Es jodido para la mujer.

—Tú...

—No quiero hablar de eso ahora. Geometría.

—¿Qué enuncia el teorema de Pitágoras?

—En el triángulo rectángulo, la suma de los cuadrados construidos sobre los catetos es igual al cuadrado construido sobre la hipotenusa.

—¿Qué es la bilis?

—La secreción del páncreas.

—Nombre de los hijos machos de Edipo.

—Eteocles y Polinices.

—Síntoma patognómico de la intoxicación por mordedura de la Araña del trigo.

Victoria se montó sobre el miembro de Ángel y comenzó a galoparlo buscando lentamente el roce de su clítoris.

—No lo sé.

—Sí lo sabes.

—Me da vergüenza decirlo.

—¿Y no te avergüenzas de lo que estás haciendo?

—Es que el lenguaje es sagrado. Mira todas esas palabras dando vueltas en el mundo. Me excitan.

—No tienes necesidad de ser tan académica. Puedes perfectamente decir «me calientan».

—Sí, mi amor.

—Atención. Acaba de debutar la palabra «amor».

La chica apretó los dientes, sorbió con los músculos de la vagina el grosor de su pene y lanzó su descarga sobre el vientre del amante.

—Me hiciste acabar, bestia —dijo, derrumbándose sobre su pecho.

DOCE

Según Fresia Sánchez, dueña de la panadería sita en el cruce de las calles Salvador Allende y General Schneider de la población de San Bernardo, el hombre que cruzó por su puerta en la madrugada, muy pegado a las paredes de adobe, como si tratara de deshacerse en las últimas oscuridades de la noche, era propiamente Rigoberto Marín.

Dijo que lo seguían una docena de perros callejeros olisqueando la tierra y el aire, como si quisieran detectar algún peligro. Los quiltros estaban poseídos de un silencio fantasmal, concentrados en una tarea superior a mojar árboles o los postes de alumbrado.

Era la hora en que los obreros se iban a la esquina de la avenida para esperar los autobuses hacia las construcciones del centro, y fue notorio el contraste que Rigoberto Marín hacía con ellos. Éstos venían comenzando el día; Marín, terminando la noche.

«No me hubiera gustado que entrara a mi tienda», pensó la panadera.

Tampoco tuvo envidia de la persona que le abriera la puerta. El hombre atraía la muerte como la carroña a los buitres. Terreno que pisaba era propicio para reyerta con cuchillos, hasta que un balazo ponía fin al alboroto y entonces aparecían los carabineros, a envolver en una bolsa plástica al muerto y a interrogar con golpes a los testigos.

Era conocido en el barrio que Marín debería haber enfrentado varias veces el pelotón de fusilamiento y que sólo un decreto emanado de un presidente sentimental le había cambiado el destino por dos o tres perpetuas irrevocables. Si se había fugado de la penitenciaría y buscaba refugio en San Bernardo, pensó Fresia Sánchez, derramando las marraquetas doradas en el horno dentro de un enorme canasto de mimbre, el bandido procedía con astucia. Por una parte, nadie se atrevería a delatarlo, y por otra, un amplio repertorio de mujeres de distintas edades, desde adolescentes a abuelas, que se habían visto beneficiadas por su intensidad sexual se esmerarían por protegerlo. Contaban que poseía un ardor matizado con una violenta ternura que las confundía y las excitaba.

Ella misma había tenido una madrugada de confidencias con la Viuda, quien recordaba con precisión fotográfica que, tras haber descargado su esperma, Marín se había quedado casi una hora acariciándola sin dejar de llorar. Aunque todos lo temían en la población, las damas estarían dispuestas a permitir que sus aprehensiones se licuaran si el hombre las clavaba con la mirada y acertaba con el camino de la insistencia.

Había una excusa práctica para alentar la aventura: ninguna de las víctimas del asesino había sido mujer, aunque en cierta ocasión resultara difunto el marido de una de ellas. Lo que no obstó para que, tras los funerales, la Viuda y Marín tuvieran un revolcón en un hotel parejero de Conchalí, entre flores fúnebres y candelabros con velas a medio consumir. «Porque a ti te quiero, y a él lo respeto», le dijo la mujer tras esparcir el decorado por la habitación.

La fogosidad de Marín despertaba entre los hombres sornas algo menos líricas. Decían que el fulano era tan caliente que planchaba sus camisas con las manos.

Según Fresia Sánchez, fue precisamente en la casa de ladrillos de la Viuda donde el criminal buscó refugio. La prueba concluyente es que más de diez perros se expandieron a rascarse el lomo desde el zaguán de la doña hasta la vereda del frente, molestando el paso de las carretelas que llevaban frutas al mercado y resistiendo sufridos los baldeos de agua helada con que las vecinas trataron de dispersarlos.

En el comedor de la Viuda, aún rigurosamente vestida de luto, había una repisa con san Antonio de Padua, y sobre la mesita redonda cubierta con un hule de motivos campesinos chilenos, un vaso hacía de florero para sostener dos margaritas. Marín lo apartó y dispuso un espacio donde derramó un par de decenas de almejas y dos limones. Abrió los mariscos descerrajando de un solo golpe de puñal las conchas y poniendo una gota cítrica en la presa. Tras comprobar satisfecho que ésta se encogía de frescura, se la puso en la lengua a la Viuda, quien la masticó con deleite antes de tragarla.

—Obsesiones —dijo Marín—. Durante los últimos diez años he soñado con un desayuno como éste.

—¿Con mariscos chilenos?

—Y contigo, Viuda. Te la jugaste conmigo.

—Fue mi cuerpo el que habló. Estaba confundida de dolor y placer. Sé que Dios no me perdonará esta brutalidad.

Marín indicó hacia la repisa del santo con un gesto grave.

—Has sido atenta con él. Todavía guardas esa foto del finado. En cambio, no hay rastros de mí.

—Tú no dejas fotos, Rigo; dejas llagas.

La mujer avanzó hasta el hornillo y trajo agua hervida que volcó en dos tazas de Nescafé. El hombre masticó con deleite otra almeja y apuntó a la Viuda con el puñal, como si fuera una prolongación de su índice.

—Desde que salí a la calle, los pasos me trajeron solitos hasta aquí.

—¿Te fugaste?

—Algo por el estilo.

—¿Cómo es eso, Rigo?

—Me dieron libertad condicional.

—¡A ti! Toda la prensa informó de que tienes dos condenas perpetuas y cinco años y un día. No me puedes mentir a mí. Te fugaste.

—Lo hice por ti, Viuda. Nadie lo aprieta como tú cuando lo tienes dentro.

La mujer puso su mano en la mejilla sin rasurar del delincuente. Se la acarició con ternura y luego le subió el labio de arriba y se quedó mirando divertida la cavidad entre los dos dientes centrales.

—No te voy a delatar.

—Nadie en el mundo debe saber que estoy fuera. Si alguien se entera, soy hombre muerto.

—¿Alguien te ha visto entrar aquí?

—Me vine despacito por las sombras.

—No me gustaría que la gente hociconeara que el asesino de mi marido está en mi propia casa.

—¿Tu propia casa? Si en verdad te hubiera querido, se habría esmerado por sacarte de esta pocilga.

—Tuvo sus buenos momentos, Rigo. Pero el vino y la cesantía lo hundieron. Esta casa es del difunto, y te pido respeto. Si no te gusta, te vái.

—Me quedo callado, entonces.

Cogió las conchas vacías de los moluscos, las agitó en un puño y las hizo rodar sobre el hule como si fueran dados.

—¿Sabís sacar la suerte en este desparramo?

—Las conchas no sirven para eso. Te puedo leer la baraja.

—No es necesario. Siempre me sale sol de oros.

Llevó el tarro de café a su boca y lo devolvió a la mesa con un gesto de dolor.

—Me quemé la lengua, por la cresta.

La Viuda se lo sopló y le puso una vuelta de agua fría. Revolvió la infusión con una cucharilla y le hizo un gesto invitándolo a que la sorbiese. Marín obedeció sin perder de vista los espaciosos ojos negros de la mujer.

—La verdad es que me soltaron para matar a un tipo, Viuda.

—¿A quién?

—A un pobre pájaro sin prontuario cuyo único delito aún no ha tenido lugar.

—No entiendo.

—Se trata de un chico muy lindo que el alcaide tiró en la celda de los presos rematados para que lo bautizaran. El mismo alcaide se lo montó. Ahora el muchacho está libre y el viejo está seguro de que lo va a matar.

—¿Cómo lo sabe?

—El joven se lo dijo a todo el mundo en la cárcel y el día de la salida se lo prometió en su cara al mismo alcaide.

—Los chicos de esa edad son fanfarrones. Lo que les falta en experiencia les sobra en labia.

—Éste, no. Éste hace lo que se propone.

—¿Y tú?

—El alcaide me dio un mes de plazo. Está bien pensado, porque todos creen en la cárcel que estoy en la celda de castigo. Nadie podrá sospechar de mí.

—¿Por qué aceptaste hacerlo, Rigo?

—Treinta días, treinta canas al aire. La primera contigo. Me vuelves loco, Viuda.

La mujer le puso la mano en una rodilla y subió la caricia por el muslo hasta merodear su sexo. La llama de la estufa de gas comenzó a ser dominada por la luz que se filtraba desde los bordes de la cortina de cretona.

—¿Qué pasa si te agarran?

—El pelotón de fusilamiento.

Dijo esas palabras como conjurando una maldición y, electrizado, fue hasta la ventana y abrió algunos centímetros la cortina. Los perros seguían ahí, con sus hocicos en el polvo, esperándolo.

—Desde niño me siguen los perros. Se me acercan, me huelen y me acompañan a donde vaya.

La Viuda colocó sus manos frías en el hornillo, luego las llevó hasta sus mejillas y, frotándolas, esparció el calor. La cama estaba en desorden, tal cual había quedado cuando se levantó con prisa al oír los golpes de Marín en la puerta.

—Métase adentro, mijito. Le va a hacer bien un sueño.

—No quiero dormir, mujer. Hay que aprovechar cada minuto de esta libertad.

—La libertad de los perros —sonrió ella.

Se arrojó en la cama, se puso de rodillas y con un trabajoso movimiento hizo bajar su *panty* hasta que sus fuertes nalgas cobrizas quedaron expuestas. Con una mano entre los muslos, desbrozó la enmarañada crin que cubría su pubis, y abriendo sus labios percibió con deleite la abundante secreción y el musculoso palpitar de su vagina.

Rigoberto Marín dejó caer los pantalones y, sin sacarse

la raída chaqueta de *tweed* café, fue hasta la cama y abordó
a la Viuda tal cual ella lo provocaba.

Se lo puso desde atrás.

Exactamente como ella lo quería.

A lo perro.

TRECE

Tras el almuerzo, Vergara Grey estuvo caminando a lo largo del Mapocho. El río acumulaba su tono barroso de las escorias de la ciudad. En él fluían neumáticos reventados, trozos de chozas, astillas de las construcciones vecinas, fecas y tarros de conserva oxidados, legumbres podridas, ramas derribadas por temporales, perros tiesos, palomas trizadas por la piedra de una honda, y de vez en cuando el cadáver de un hombre. Tras el golpe militar, los transeúntes se asomaban sobre los puentes y con sus dedos apuntaban a los muertos que flotaban con los pechos y los cráneos demolidos por las balas militares. Hubo días en que los parientes de los detenidos se sentaron en los bordes del Mapocho con la esperanza de que los cuerpos que no encontraban en las comisarías ni en los cuarteles navegaran en esas aguas. Alguno encontró a su padre y pudo darle sepultura.

Ahora la ciudad se había modernizado. El Mapocho se hizo dócil a los designios de los ingenieros, que desviaban el curso de las aguas a su amaño para construir rasantes autopistas por donde los ricos bajarían raudos a los bancos del centro. El río había dejado de ser el nido de chicos palomillas y pequeños hampones que robaban carteras en el Mercado Central o en la Vega, para convertirse en una suerte de remanso que incluso atravesaba la ciudad a las puertas del centro financiero de Santiago. Cuatro o cinco edificios altos y cromados fingían ser rascacielos, y el humor de los chilenos había bautizado esa zona arrogante con un juego de palabras: *Sanhattan*.

Vergara Grey quiso gastar su angustia caminando hasta extenuarse. Su ánimo podría haberlo llevado a desnucarse contra el empedrado del río cuando cruzó el puente frente a la Escuela de Leyes, pero la idea se evaporó en menos de un minuto. Consideraba el suicidio poco pulcro. Había que carecer de todo pudor para exhibirse más tarde a los lugareños en algún recodo de su trayecto con las ropas desgarradas por las zarzamoras o las filudas ramas de los arbustos, y las cuencas de los ojos vacías tras haber sido roídas por las ratas.

Sólo al amanecer, cuando el cambio de luz transformó la angustia en simple y llana tristeza, se animó a encaminar su tranco hacia la calle de las Tabernas en busca de su cuarto. Su fosa, se dijo. Su lápida.

A esa hora se despedían del mundo los que sabían morir, rezaba uno de sus tangos predilectos. Se aflojó la corbata mientras subía la escalera y se desabrochó el botón superior de la camisa sin que esto le procurara alivio.

Cuando abrió la puerta de su cuarto, creyó haber confundido la habitación. En el centro, alrededor de una mesa cubierta con un decente mantel blanco, sobre una cafetera humeante y una cesta desbordante de panes, estaba la sonrisa infinitamente limpia del joven Ángel Santiago, a quien lo acompañaba una vulnerable colegiala flaca como una bailarina.

—El desayuno está listo, maestro. ¿No se molestará si lo acompañamos?

—¿Qué hace esa chica en uniforme liceano en este burdel? Si la descubren en mi pieza voy preso. Maldita cosa me habría valido la libertad si caigo como un chorlito por depravado.

El joven saltó de su silla para acomodar el asiento del hombre y, tras ubicarlo, lo incitó a que estrechara la mano que la chica le tendía por encima de la mesa.

—Es *la* Victoria Ponce. La estoy ayudando a calentar un examen que tiene esta semana en el colegio.

—En este hotelucho me parece muy congruente la palabra «calentar».

El muchacho apuntó directamente a la frente de la chica.

—¿Qué caracteriza a una ameba?

—Estar compuesta por una sola célula —dijo ella rápido.

Ángel Santiago se sobó las manos y luego las expandió al máximo, llamando la atención sobre los manjares de la mesa.

—Sírvase, maestro. Dos marraquetas, dos colizas, tres hallullas, tres flautas, cuatro tostadas frías, porque el hornillo hizo cortocircuito, tres bollitos con grumos de cebolla y tres porciones de kuchen con fruta confitada y pasas. Feliz cumpleaños, don Nico.

—Hoy no es mi cumpleaños.

—No sea tan detallista, profesor. Apuesto a que si va a un funeral hará que le muestren el cadáver, y si lo llevan a un bautizo exigirá ver la guagua. ¡Disfrute de su cumpleaños sin tanta fumarola!

Vergara Grey se dejó servir la leche en el Nescafé y luego le puso una lámina de mantequilla a una marraqueta. Junto con el primer mordisco, estudió sin tregua a la muchacha. La chica respondió a su asedio moviendo como un conejo las paredes de su nariz.

—¿Qué estamos celebrando realmente, señor Santiago?

—La puesta en marcha del plan del Enano.

—¿Cómo así?

—Ayer entré al servicio de mantención de la planta Schendler. Estuve en el casino donde almuerzan los que reparan ascensores. Es lo más fácil del mundo. Dejan sus chaquetas colgadas, con la credencial puesta, cuando se sientan a la mesa.

—Me alegro que entretengas a esta niñita con cuentos de hadas.

—¡Qué cuentos de hadas ni qué ocho cuartos, maestro!

Uniendo el gesto a las palabras, levantó desde el lecho una bolsa plástica azul y procedió a sacar dos chaquetones de *jeans* subiendo cada uno de ellos en un puño, como un pescador que levanta los gigantes peces de su faena.

—¿Y cómo calza esto con el plan del Enano?

—Ya le dije que estábamos celebrando el comienzo del plan. Ahora falta su parte.

—¿De qué hablas, loco?

El muchacho acercó las chaquetas al hombre, exhibiendo ahora las credenciales que las identificaban. En ambas, los rostros de sus dueños habían sido ya cambiados por los de Ángel Santiago y Vergara Grey.

—¿Apreció el detalle? —se ufanó el muchacho.

—¿De dónde sacaste las fotos?

—La mía me la tomé en el pasaje Matte. La suya la bajé de Internet. Está expuesta toda su trayectoria. Es cosa de trabajar la documentación y escribir la novela de su vida.

Masticando con el ceño fruncido una marraqueta untada en mantequilla, el hombre prestó atención a las credenciales, cambió luego la mirada a Victoria, quien se la devolvió sorbiendo en silencio su café con leche, alerta a lo que éste le diría una vez que hubiera tragado el pan que amasaba lento en la boca.

—¿Qué es la «epidermis»? —murmuró él finalmente.

Victoria se relegó en la silla y buscó sin palabras la ayuda de Ángel. El muchacho se rozó significativamente con una mano la piel de la otra.

—¡Sin soplar, joven!

—Bueno, la epidermis es el conjunto de tejidos que constituyen el límite del organismo frente al medio externo —dijo la chica, enfática.

—¿Y usted de dónde sacó el timbre de Ascensores Schendler para estampar nuestras fotos?

—Eso fue lo más fácil del mundo, maestro. En cada ascensor de la ciudad hay una pequeña vitrinita donde consta con el sello de la Schendler el día que fue la última revisión técnica. Quebré una de ellas con un martillito, y el resto es un montaje hecho en un computador, reducido todo después en una fotocopiadora a color, dos tijeretazos, goma de pegar, funda plástica y listo.

Vergara Grey desprendió las credenciales de las chaquetas y con buena puntería las hizo desembocar en el basurero junto a la ventana.

—No, maestro —exclamó el muchacho, poniéndose de pie—. ¡Así no se trata una obra de arte!

El joven se dejó caer abatido en la silla y el hombre sorbió con ruido su café. Le extendió la mano a la chica y ella se la sostuvo un momento.

—De epidermis a epidermis, te deseo buena suerte en el examen, chiquilla.

—Si me va mal, me expulsarán del colegio. Tengo que rendir todas las materias de lo que va del año en un solo día.

—¿Cuándo?

—La próxima semana.

Ajustó con un elástico el moño que le sujetaba el pelo y se levantó del asiento. Recogió el bolsón escolar y le indicó a Ángel Santiago que la acompañara fuera de la pieza. En la oscuridad del pasillo, dejó que el joven le pusiera el abrigo sobre el uniforme liceano, y al abrazarlo le dijo en un susurro al oído:

—Hay muchas cosas de mí que aún no sabes, Ángel Santiago.

—¿Qué cosas, por ejemplo?

—Cosas de mí que no son buenas.

—Ya me las contarás. Ahora lo peor que podría pasarnos es que llegaras tarde al colegio.

—Mañana es fin de mes y debo pagarle a la profesora de baile sus honorarios. ¿Tienes algo que me prestes?

—¿De dónde, muchacha? Gasté hasta el último peso en el desayuno.

—La maestra no me dejará entrar.

—Pagaremos uno o dos días más tarde. No se va a morir porque te atrases un mes.

—Por un mes, no. Pero le debo ya *tres* meses. Tiene que pagar el arriendo, la calefacción.

—Debería darse con una piedra en el pecho de que tenga una discípula como tú. Nunca nadie hace con tanta gracia tantas piruetas. Podrías estar en el Municipal, en vez de congelarte todas las noches en esa piojera.

—Jamás entraré al Municipal, Ángel. Allá bailan los cisnes; en mi barrio, las ratas.

—Concéntrate ahora en el examen. Las amebas, la epidermis, cuándo va acento en palabra grave.

—«Fácil».

—«Fácil», por ejemplo. ¿Tienes plata para la micro?

—Me alcanza para pagar escolar.

—¿Y la vuelta?

—Me las arreglaré.

—¿Qué dice tu madre?

—Sigue con la depresión.

El chico se frotó fuertemente el rostro, como si quisiera borrárselo.

—Todo cambiará luego. Ya viste que puse en marcha el plan.

—No creo que resulte. ¿Te fijaste en cómo reaccionó el abuelo?

—Es natural que se asuste. Estuvo cinco años en la cárcel y todo el mundo sospecha que debe de estar preparando algo. Se mueren por trabajar con él. Pero sólo yo soy su socio.

La chica se limpió con la manga del abrigo la punta de la nariz y bajó la escalera hacia la calle.

CATORCE

Al entrar a la habitación, Vergara Grey estaba atacando el *kuchen* al que había untado con una capa de mermelada. Lo masticó comedidamente con la boca cerrada, pero al mismo tiempo levantó un dedo admonitorio insinuando que luego vendría un importante comunicado. Ese mismo dedo le ordenó al joven que se sentara en la punta del lecho.

—La primera ley de los mandamientos de la jungla es «no te metas en líos», y yo no me meteré en un lío ni contigo ni con alguien menos imberbe que tú.

—Entonces se pudrirá en este cuarto, maestro.

—Ni tampoco con alguien tan insolente como tú.

—Perdone, maestro. Pero usted no se está tratando a sí mismo como se merece. Cualquier profesional del ambiente estaría orgulloso de tener el currículum que usted tiene.

—El «prontuario» que yo tengo. No me vengas con eufemismos.

El joven sonrió y destapó un envase de *yoghourt* líquido sabor piña. Se lo sirvió de un impulso, manchándose el bozo con un bigote blanco que no se limpió.

—Sé perfectamente lo que es un «eufemismo», don Nico. Permítame que le hable en términos comerciales. Usted, metido en este hotel de putas y corazones partidos, escuchando boleros y tangos de mala muerte, no está moviendo su más valioso tesoro. ¡Su capital! Está tirando su vida al vacío sin pena ni gloria.

—Tranquilo. Monasterio me debe mucho dinero y mi esposa quizás algún día me lleve de vuelta a casa.

—Lo felicito.

—Además, jamás en la vida intentaría algo que sea un delito. En el tiempo que me tuvieron preso, perdí a mi mujer, a mi hijo, mi dinero y mis ilusiones. Estoy harto de ser un paria.

—Un hombre con su fama no es un paria. Muchos darían sus huevos por estar en su lugar.

—Una cosa es la literatura y otra la realidad. Se imaginan nuestra vida con coches de lujo y fumando habanos, y no conocen el olor de tu propia orina cuando el guarda está borracho y no te abre la puerta para ir al baño, ni el número de cucarachas por metro cuadrado que tienes que aplastar en tu celda en verano, cuando el sol transforma tu cama de fierros en una parrilla.

—Este cuchitril no me parece más alentador.

—Es un sitio transitorio.

—Todo el mundo sabe que Monasterio no le va a pagar. No porque no quiera, sino porque gastó todo su dinero sobornando a los mafiosos de Pinochet.

—Gastó su parte; la mía está intacta.

—¿Por qué no se la entrega, entonces?

—Tendrá problemas de caja.

—¿Por qué no enfrenta la verdad, maestro?

—Porque si la oigo tendría que matarlo. Y no quiero la cárcel.

—Pues yo le propongo otra alternativa con la cual mata varios pájaros de un tiro sin caer en chirona.

—El plan del Enano.

—El Enano se guardó este Golpe como una joyita, hasta que le echaron perpetua. El hecho de que no se lo lleve a la tumba y se lo regale es un gesto de amor y admiración al gran Vergara Grey. No tendrá la arrogancia de rechazarlo.

—No es por arrogancia que lo rechazo, sino por prudencia.

—Segundo pájaro que mataría, maestro: la caja de fondos a la que entraremos pertenece al jefe de los servicios secretos del dictador, el general Canteros.

—Pero a ése ya lo metieron a la cárcel.

—Le construyeron un hotel cinco estrellas para guardarlo. Le dieron cinco años de cárcel y ahora anda por las calles riéndose de los peces de colores. Toda la plata que ha acumulado la ha conseguido con sus servicios de seguridad. Ahí tiene agrupados a todos los torturadores que trabajaban con él en la dictadura y que quedaron cesantes con la democracia. Les pone uniformes de guardia y les promete a los empresarios que sus hombres les cuidarán sus negocios. Los que son poco colaboradores reciben una paliza.

—Eres un chico obsesivo. Olvídate del pasado.

—Usted, si quiere, olvide su pasado, que es largo. El mío es corto y mi padre me lo hizo mierda.

—Cuéntame.

—No quiero entrar en detalles. Pero me gustaría levantarle todos esos billetitos al cerdo de Canteros.

—Si te resulta, me alegrará leerlo en la prensa.

—Sin usted no hay golpe, maestro. Lo sabe Vergara Grey, lo sabe el Enano y lo sabe Ángel Santiago. Muchos dependen de que se decida.

—¿Muchos? Me gustaría saber quiénes.

—Usted, yo, su esposa, su hijo, Victoria Ponce, la profesora de baile y hasta el Enano, que podría cambiar sus raciones de porotos por filete.

El joven desató la cinta rosa que ataba el rollo de cartulina, puso otra vez el diseño del Enano sobre la cama y sujetó ambas puntas con un par de zapatos raídos de Vergara Grey.

—Aparta eso, muchacho.

—Sólo quiero que me diga una cosa.

—Saca eso de mi cama.

—Independientemente de que usted actúe o no actúe en el Golpe, si usted juzga objetivamente el plan, ¿cómo lo calificaría? Le pido una simple opinión de experto. ¿Bueno, malo, regular?

Vergara Grey se sirvió en la taza el resto que quedaba en la cafetera y luego lo bebió, agradecido del sabor que impregnaba ahora su lengua, tras tantos malos ratos.

—¿Un juicio objetivo?

—Exacto. La opinión de un profesional.

—¿Sin compromisos?

—Libre de polvo y paja.

Vergara Grey se aclaró la garganta y le pasó el dorso de la mano a los bigotes para secar la huella del café. Con entusiasmo interior pero expresión sombría, dijo:

—Genial. Ángel Santiago, el plan de Lira, pese a un factor azar que le aporta Dios, es total y absolutamente genial.

El muchacho tiró los zapatos del hombre hasta estrellarlos contra el techo, se abalanzó sobre él y, abrazándolo, le puso dos sonoros besos en cada una de sus mejillas.

Monasterio hizo su entrada en la habitación sin avisarse. Juzgó con gesto irónico el espectáculo que se le ofrecía y sin pedir permiso levantó las sábanas del lecho.

—Ojalá que no me salgas con la frase «no es lo que te imaginas, socio».

—¿Qué haces en mi habitación?

El hombre fue hasta el ropero, lo abrió de par en par, introdujo un brazo y atravesó con él la ropa tendida, y miró las tazas vacías sobre el mantel.

—Tres cosas, Nico. Primero recordarte que en un sentido muy exacto del término, esta habitación es mía. Segundo, me advirtieron de que los señores habían metido a esta pieza a una colegiala. No quisiera que me cerraran mi única fuente de ingresos y que tú aparecieras ligado a mi local esta vez como seductor de menores. Tercero, que no me gusta que me agarren a zapatazos el piso de mi oficina. Y cuarto —se inspiró de improviso—, lamentaría mucho que lo que vi al entrar significara que se te dio vuelta el paraguas.

Ángel Santiago echó hacia atrás el puño para darle volumen antes de golpear la mandíbula de Monasterio, pero Vergara Grey le contuvo el brazo con una fuerza de acero.

—¡No voy aguantar que ningún viejo ladrón dude de mi virilidad!

—Yo no dudo, chiquito. Yo sé. Ya estoy enterado de que en la cárcel te decían el Querubín. Tu culo está más transitado que el paseo Ahumada.

QUINCE

El joven sintió que un vértigo le desordenaba las entrañas, los ojos se le hincharon de lágrimas y sangre, y aunque la garganta pugnó por soltar un grito, no había aire en sus pulmones. Las manos comenzaron a temblarle y una fiebre súbita y violenta aceleró su corazón. La furia le manchó de rojo la piel, y con un arrebato visceral logró desprenderse de Vergara Grey y acometió el cuello de Monasterio, hundiendo ambos pulgares sobre su nuez de Adán, y no dejó de presionar hasta que el hombre cayó de rodillas en una asfixia que le impidió implorar compasión.

Quiso unir a ese estrangulamiento los gritos y las palabras que bullían en su lengua, pero se encontró en una situación previa a la articulación de sonidos, tenía que matar, aunque no pudiera decir «te mataré». Era puro instinto, había retrocedido a un tiempo sin memoria ni ideas.

Vergara Grey consiguió desmontarlo de su víctima empleando la fuerza que se necesita para doblar a un caballo, y con un envión lo mandó hasta la ventana y lo arrojó a la vereda. En la calle, el joven se levantó, la sangre manando de sus narices, el dorso de las manos rasmillado por el asfalto, y enfrentó incrédulo la mirada de Vergara Grey y su orden imperiosa de que abandonara corriendo ese lugar y se pusiera a salvo.

—Diré que yo fui —le gritó—. Dado que todo el mundo sabe que me robó mi plata, les resultará convincente y hasta elogiable que lo haya zurrado un poco. Ahora escapa, muchacho.

—¿Adónde voy?

—Lejos, y con pasaje sólo de ida.

—¿Es que no oyó lo que me dijo? Nunca nadie me había basureado de esa manera.

—No es razón para perder los nervios. No conviene ser tan irritable cuando se tiene un proyecto como el tuyo.

—¿Y entonces qué hago?

—Por el momento, piérdete.

—Está bien, maestro.

El joven miró a su alrededor y pudo recién darse cuenta de que estaba rodeado por un grupo de curiosos: el chico lustrabotas, el canillita, la vendedora de flores, el viejo Santelices, que cuidaba autos. Éste levantó la vista hacia el primer piso, y luego fue a sacudirle la solapa de la chaqueta.

—¿Se cayó, joven?

Vergara Grey se fue de la ventana hacia el interior de la pieza. Ángel Santiago levantó la cara, y respirando profundo, trató de tragarse la sangre que le manaba de la nariz.

—¿Quiere que llame una ambulancia?

—No te preocupes, viejo. Desde chiquito soy delicado de las narices. Sangro con frecuencia.

—Mire que eso es una hemorragia.

—La sangre da susto, pero es nada más que humana. ¿Cuánto ganas diariamente cuidando autos?

—Como ocho mil pesos diarios.

—¿Me harías el favor de prestarme dos lucas para un taxi?

—Yo a usted no lo conozco.

—Trabajo con Vergara Grey.

—¿Y a mí qué?

—Que esos dos mil que me pasas hoy pueden ser una fortuna mañana.

Santelices se acomodó la gorra gris de cuidador con una suerte de insignia municipal en la visera. Después cambió de mano el paño de fieltro amarillo con el que desempolvaba los coches o les hacía señas a los automovilistas para que se estacionaran en el hueco que él presumía de haberles reservado personalmente, y hurgó en el bolsillo izquierdo de la chaqueta haciendo tintinear algunas piezas de metal.

—Tendría que ser en monedas, no más.

—Ningún problema.

—¿No quiere que le llame una ambulancia?

—Ni loco, ñor. Junto con la ambulancia aparece la patrullera.

—No le gustan los pacos, ¿no?

—Pocazo.

El joven tendió la mano ahuecándola, y el cuidador fue poniendo una a una las piezas de cien pesos hasta completar los dos mil. Al terminar, se le acercó, confidente.

—Usted no se cayó nada de la ventana, joven. Yo vi cómo Vergara Grey lo tiró del primer piso.

—Sí, siempre lo hace.

—¿Tuvieron una pelea?

—No, hombre. Una discusión —dijo, escupiendo un cuajarón de sangre que se había movido hasta su lengua—. Una discusión fraternal.

La ambulancia llegó, sin embargo, diez minutos más tarde, pero para atender a Monasterio. Lo llevaron a su cuarto, le inyectaron un relajante muscular y le aplicaron oxígeno durante casi media hora. En la garganta tenía unos cardenales del tamaño de una naranja, y se dejó untar por la cajera una pomada homeopática para los ardores de la piel. Vergara Grey no lo quiso dejar solo y lo acompañó en todos sus ajetreos y dolores, haciéndose cargo de la culpa del muchacho. Cuando Monasterio se vio del todo restablecido, su socio le pidió que despidiera de la pieza a su amante y acercó una silla para establecer esa intimidad de amigos que disfrutaban antes de la traición.

—Siento lo que pasó, Monasterio. Pero fuiste muy rudo con el muchacho.

Tendido en la cama, sorbió la infusión de yerba mate y arrugó despreciativo la nariz.

—Por poco me rompe la yugular. Es un marica artero.

—No es marica. Lo *bautizaron* en la cárcel, y por cierto que no le gusta que se lo recuerden.

—Hombre, se lo dije con buenas palabras.

Vergara Grey estuvo un minuto acariciándose pensativo el bigote y después se alisó las sienes canosas.

—Es hora de que tú y yo hablemos, muchacho. Me debes la mitad del botín y hasta el momento no has dicho esta boca es mía.

—Lo sé, chiquillo. Sólo estaba esperando una situación más favorable. Pero si es por hablar, hablemos, pues las cosas empeoran.

—Vamos por partes. ¿Dónde está mi plata?

Monasterio apartó el pocito de yerba mate y lo puso sobre el velador.

—Ten presente que tu cómplice acaba de zurrarme y que a mis años no sobreviviría a otra paliza como ésa.

—Sabes que no soy un tipo violento.

—Primero puse mi mitad en la Bolsa. El banco me dio todo tipo de garantías y la cosa pintaba bien hasta que vino la crisis asiática. Todo perdió valor. Después hubo el ataque a New York y el derrumbe internacional. Nuestro sueño se hizo polvo, Nico.

—*Tu* sueño y *tu* plata se hicieron polvo, Mono. ¿Dónde está mi dinero?

—Le hemos entregado mensualidades a Teresa Capriatti.

—Hace seis meses que no le pagan nada. Yo no te hablo de migajas, socio. Yo te hablo del millón de dólares que me corresponde.

—No era tanto. Casi novecientos mil dólares, solamente.

—Conforme. Quiero esos novecientos mil dólares.

—Bueno, para que entrara algo hubo que invertir. El local, el hotelito, soborno a los inspectores. No tenía sentido, estando tú en la cárcel, tener el capital parado.

—Usaste mi parte sin mi autorización.

—Sin tu autorización, pero en tu beneficio. Mientras tú estabas tranquilo en la peni, nosotros le dábamos religiosamente su mesada a Teresa Capriatti.

—¿Sabes cómo se paga lo que has hecho en el ambiente?

—Me sé el abecé de memoria. Pero tú no eres un tipo violento, Nico. Tienes fama de tener un corazón de oro y todo el mundo te admira. En cambio, a mí me desprecian hasta los lustrabotas. Soy un perfecto don nadie. Si me permites una confesión, Nico, te envidio.

Vergara Grey se apretó ambas manos entre las rodillas para impedir que éstas perfeccionaran el estrangulamiento que había iniciado el joven.

—Vamos por partes —dijo con voz pastosa—. Si el local y el hotelito se compraron con mi dinero, yo soy el dueño de ambos.

Monasterio hizo como que se acomodaba el almohadón bajo la cabeza, pero en verdad se aseguró de que la Browning 45 estuviera al alcance.

—Técnicamente, sí. Pero habría que descontar algunos costos y otros imponderables.

—¿Cómo así?

—Los gastos de administración, el capital pasivo, los tragos, el amoblado.

—Conforme. Pero todo eso se va pagando con las ganancias.

—No hay ganancias, Nico. Por eso hace seis meses que no le hacemos llegar el sobre a tu esposa.

—Y si no hay ganancias, Monasterio, ¿por qué sigues con todo esto?

—No lo entenderías.

—Es mi plata, voy a tratar de entenderlo.

—Si cerrara, el personal no tendría trabajo. Hay una cesantía feroz en Santiago. La cajera no sabría dónde ir.

—Tu amante.

—Las chicas del bar están aclimatadas aquí. En otras partes abusan de ellas. Después tienes el barman, los mozos, el personal del aseo, el portero, las mucamas que hacen y deshacen las camas. En fin.

—De modo que eres el buen samaritano, Monasterio.

—Sé que no soy un ángel, Nico. Pero tengo mi corazón.

—Con todos, menos conmigo, cabrón. Me tienes viviendo en un cuchitril y mi mujer y mi hijo me desprecian.

—Lo sé. Lo siento, socio. Son tiempos muy complicados en todo el mundo. Hasta en Alemania hay recesión.

Vergara Grey fue hacia la ventana y la abrió. Esperaba encontrar una ráfaga de aire tonificante que le disipara sus confusiones, pero sólo recibió la húmeda grisura del *smog* invernal. Monasterio parecía un santo agónico, y sus argumentos lo habían enredado: era *su* dinero el que había hecho polvo, jamás lo visitó en la cárcel, nunca fue alguno de sus recaderos con un pavo o una botella de vino para la Navidad. Y ahora el sibilino *gangster* quería hacer pasar sus desaciertos y hurtos como obras de caridad social.

—¿Qué vas a hacer, Nico?

—Estoy pensando.

—Que yo sepa, nunca has matado a nadie.

—No, hasta ahora.

—No lo harás con un viejo amigo. Te fui leal hasta que, de tanto estirarla, se rompió la cuerda.

Monasterio le echó un poco de agua hervida al mate y revolvió la yerba con la bombilla.

—Me encanta matear. Me calma los nervios, me da lucidez.

—Me alegro, vas a necesitar estar muy lúcido para lo que viene.

—Cuando joven, canté una canción publicitaria para la yerba mate. Fue un gran éxito. ¿La oíste alguna vez?

—Jamás.

—Es que la cantaba en Radio Rivadavia de Buenos Aires. Aquí, los chilenos no descubrieron nunca el mate.

—Mate, mato, mataré —susurró lúgubre Vergara Grey. Y luego en voz alta—: ¿Cómo era la letra de la canción del *mate?*

—¿En serio te gustaría oírla?

—Me encantaría.

—¿Así, a cappella? ¿Sin guitarra ni nada?

—Dispárala así. A sangre fría.

—Lo dices con un tono como que preferirías no oírla.

—Me muero de ganas de oírla.

—Está bien. A pedido tuyo, entonces. La voy a cantar rápido, porque así sale mejor.

> *Toma mate y aviváte,*
> *que la cosa, ché, hermano,*
> *es muy sencilla:*

mate dulce, mate amargo,
con bombilla o sin bombilla,
es la octava maravilla
de la industria nacional.

—¿Te gustó?

—¡Vendes! —dijo Vergara Grey con voz áspera.

—No te entiendo.

—Vendes todo: el hotel, el bar, las camas, la caja fuerte, el letrero de neón, y me pagas lo que me debes, Monasterio.

Cambiando de posición, el hombre empuñó esta vez el arma bajo la almohada y encajó el índice en el gatillo.

—No hay nada que me gustaría más que complacerte, Nico. Pero no es posible.

—¿Por qué no?

—Todo lo que ves y aun todo lo que no has visto está hipotecado. El banco nos tiene agarrados de los cojones. Vivimos de prestado, muchacho. Pasó de moda el tango. Lo único que nos queda es el «chan-chán» final.

Vergara Grey se asomó a la ventana y justo al aspirar el aire envenado de la calle sintió que su corazón era apremiado por una violenta punzada.

Se desmayó a los pies del lecho y Monasterio discó el número con parsimonia.

—Pídanle a la ambulancia que vuelva —dijo.

DIECISÉIS

Los carabineros estaban de excelente humor cuando el joven fue a desamarrar al rucio del palenque. Habían recibido una especie de aguinaldo para comprar ropas invernales, y sus familias llegaron rápidas tras el dinero, y antes de volver a casa pasaron por la comisaría a compartir con los guardias la cazuela y mostrar los abrigos y las botas de goma. No había necesidad de leer más los pronósticos meteorológicos en la prensa: el invierno se había instalado y sobraba escarcha en las ventanas y olor a parafina en los cuartos. Los mecheros sucios de las estufas de parafina contribuían en todas partes a envenenar el aire. Un cabo había tenido la generosidad de cubrir al caballo con una manta y ahora la retiró alegre antes de devolvérselo a su dueño.

—Búscale un pesebre, hombre. Si el campeón se resfría, no podrá correr el Gran Premio del Hipódromo Chile.

—Pone un minuto dieciséis para los mil doscientos.

—Entonces llévalo a correr a La Serena. Allá, en provincia, los caballos hacen ese tiempo en los clásicos.

—¿Y qué tal son los animalitos de ustedes?

—Lentos, pero valientes. Tienen que aguantar las pedradas de los estudiantes y hasta la bombas molotov de los comunistas. Están acostumbrados. Nada los asusta. ¿Hace mucho que tiene al rucio?

—Nos criamos juntos en el campo.

—¿Pa' dónde en el campo?

—Pa'llá pa' Talca.

—Allá sí que la vida es sana. Aquí hay pega, pero mucha tristeza.

—Pa'llá quiero volver, mi cabo. No me hallo en la ciudad. Mi sueño es ser dueño de un fundo.

—Juega al loto.

—Tengo mala suerte en el juego.

—¿Y en amores?

—Más o menos.

—¿Tenís novia?

—De tener, tengo.

—¿Y cuál es su gracia?

—Victoria. Le gusta que le digan *la* Victoria.

Al ver que del hocico del caballo se despedía una humareda producto del frío penetrante, le volvió a acomodar la manta sobre el lomo.

—¿Sabís qué más, cabrito? ¡Te regalo la manta!

—¡No me esté hueveando!

—En serio. En este mismo instante la doy de baja en la lista de bienes fiscales.

—Se lo agradezco, ¿cabo...?

—Zúñiga. Cualquier problema policial que tengas, aquí estoy en el retén. Si te pasan un parte...

—No tengo auto.

—¡Si le pasan un parte al caballo! Diles que el animalito es de Carabineros de Chile. Del cabo Zúñiga. La prueba está en la manta.

—Gracias, mi cabo.

—Portáte bien, chiquillo.

Ángel Santiago lo llevó al trote hasta La Vega y, cuando atravesó entre los carretones con frutas y verduras, los comerciantes le metieron en el hocico tallos de alcachofa y otras verduras. Al mediodía le dio hambre, pero su orgullo le impidió pedir comida por caridad, y se conformó con mordisquear media zanahoria que arrancó de la dentura del animal.

Si Vergara Grey no se atrevía a participar en el Golpe, las opciones en su vida se reducían considerablemente. No podría volver al hotelito del maestro, porque su maldito socio lo haría acribillar por algún *gangster*, después de haberle estampado esos gloriosos y merecidísimos cardenales en el cuello. Todo lo condenaba a ser un transeúnte. Un jinete fantasma viviendo de pequeños robos —«hurto famélico», recordó—, de mendrugos ocasionales, de limosnas, y metido acaso en establos con olor a estiércol y tapándose con heno y sacos de harina para apurar la noche y el filudo viento de los Andes.

Claro que sin el viejo maestro él podría llegar vestido de ascensorista hasta la caja fuerte del general Canteros, pero allí se estrellaría contra esa cordillera de metal sin saber cómo descerrajarla. Los detectives lo sorprenderían atónito ante los cerrojos y manijas sin atinar a nada, y lo llevarían de vuelta a chirona, donde el *Enano* Lira lo degollaría por haberse farreado el golpe del milenio de manera tan torpe. Eso, si es que antes los secuaces de Canteros no lo sometían a una antología de las mejores torturas que aplicaban a los presos políticos durante la dictadura de Pinochet y se lo despachaban en algún calabozo clandestino.

¿Tenía algún buen argumento para seguir viviendo? Descartado el Golpe, le quedaban tres o cuatro cositas en las cuales ensoñarse. En orden de importancia —se dijo, cabalgando hacia el liceo de Victoria Ponce—, el ajusticiamiento del alcaide Santoro. La infamia que le había infligido ya circulaba por los círculos de hampones, e incluso el vil Monasterio se la había escupido en su propia cara. Difícil que su corazón encontrara la calma hasta no dirimir ese pleito. No podía tardar mucho, pues su promesa ante la colonia penal podría pasar por una jactancia infantil.

Odiaba el apodo «el Querubín», que antes que exaltar su belleza, lo ponía en las leyendas del ambiente como alguien que se hubiera dejado sodomizar con placer. Si el rostro expresase lo que bullía en su alma, tendría la nariz ganchuda de un cuervo, los ojos inyectados en sangre de un demente, los tajos en las mejillas de un filibustero, el pelo grueso y enredado de un salvaje, los colmillos de un tigre. De sólo mirarlo, la gente entraría en pánico.

Pero ni aun practicando gestos adustos y muecas cínicas, podía ocultar su perfil delicado, el cuerpo esbelto y la nariz fina, la dicción aprendida en un buen colegio público, y las enormes ganas de reparar las injusticias cometidas contra él y los vejámenes infligidos a seres vulnerables. Tenía una cuenta pendiente con el alcaide, pero también con su país de oro y mierda, que no se atrevía a castigar a los asesinos y a los violadores, y que sin embargo le había dado a él, un niño de diecisiete años entonces, una condena larga por haberse robado por amor, por simple y enloquecido amor de aventurero, el caballo azabache de un ricachón feudal.

Lo capturaron una noche de verano comiéndose una sandía a la luz de la luna, junto a una encina, mientras el negrísimo potro abrevaba agua del río Piduco en una calma de grillos y luciérnagas, de Vía Láctea y esporádicos ululares de lechuzas. Tuvo la ilusión de que el caballo torcía la cabeza como despidiéndose de él cuando los peones y los *pacos* lo llevaban de vuelta a su dueño.

Su padre concurrió al juzgado de menores con el arrastre de un inquilino, la obstinada convicción de los hombres con dos o tres principios groseros, y delante de su propio patrón le pidió al juez un «castigo ejemplar para que Ángel se haga hombre, porque desde que salió del liceo no hace más que vagar por los campos como un señorito con la cabeza en la luna, leyendo libros que le llenan el coco de locuras, y haciéndole el asco a las faenas de la tierra: si hasta las frutas del patrón se pudren caídas de los árboles, porque el niño es muy delicado de lomo para agacharse a recogerlas».

DIECISIETE

Pudo atar al caballo en un sitio eriazo que servía para estacionar camiones, y alisándose sin éxito los pliegues de su chaqueta, entró al colegio en una hora cuando los patios estaban vacíos y las pupilas llenaban las aulas.

Una mujer regordeta, de ojos anchos como una moneda de cien pesos, vino apuntándolo con el índice.

—¿Qué hace un joven tan guapo metido en un colegio para señoritas? Con esa pinta, usted va a causar sensación aquí, joven.

Ángel Santiago se miró humilde los zapatos y alzó de a poco la vista para contestar.

—Lo que pasa es que tengo un recado urgente para mi hermana.

—¿Quién es ella?

—Victoria Ponce.

La maestra se golpeó las palmas de las manos jubilosa y tomándolo del codo lo condujo detrás de la palmera centenaria.

—Conozco a esa alumna al revés y al derecho.

—¿Quién es usted?

—Su profesora de dibujo.

—Claro que sí. Ella la estima mucho a usted. Gracias a su ayuda no la expulsaron del colegio.

—Aporté mi grano de arena. Pero lo decisivo para salvarse es que ella cambió. Le dieron ganas de vivir.

—Más bien de bailar. Ella tiene la ambición de ser una artista.

—Todas las chiquitas de su edad tienen los mismos pajaritos en la cabeza.

—Ella, no. Jamás iría a dejarse manosear a esos *shows* para aficionados de la tele.

La maestra vio que el chico no dejaba de aplancharse las solapas mientras hablaban, y contribuyó a ordenarlo poniéndole la parte izquierda del cuello de la camisa sobre el jersey verde.

—Victoria no tiene ningún hermano. ¿Quién es usted, entonces?

—Soy un amigo. Casi como un hermano.

—¿Su novio?

Las enormes pestañas de la señora se abanicaron cómplices.

—Bueno... «Novio» es una palabra tan formal.

—¿Amante?

El joven bajó la cabeza de un golpe, como si lo hubieran decapitado.

—¡Tan guapo y tan tímido! Se puso color fucsia.

—Ése es un color que sólo una profesora de dibujo puede inventar. Me dio plancha lo que me dijo.

—Pero no es ninguna razón para ponerse carmesí. Puede lavarse la cara en el agua de la fuente. Le recomiendo que espere a Victoria en la calle. Yo le daré el recado.

—Gracias, maestra.

—Dígame una cosa, joven. ¿Usted la ama?

—¿Cómo?

—Como se ama en las películas. Como Tom Cruise ama a Nicole Kidman en *Eyes wide shut.*

—Creo que los dos somos demasiado pobres para amarnos así.

—¿Usan algo?

—¿Perdón, maestra?

—Para protegerse. Cuando se meten a la cama... ¿Cómo se lo explico?... ¿Lo hace con *sombrero*?

—¿Con condón dice usted?

—Usted lo ha dicho. Yo nunca digo palabras tan francas.

—Creo que somos demasiado pobres también para eso.

La profesora extrajo de su bolsón un paquete de preservativos marca Éxtasis, con la imagen de una odalisca desnuda en un harem, y se lo puso en una mano, que procedió a cerrarle hasta convertirla en un puño.

—Soy católica. Pero imagínese a su Victoria bailando con un globito en el vientre. Sería el fin de todas sus ilusiones. Supongo que la querrá un poquito y no le hará ese daño.

—Se lo prometo, maestra.

—Es una chica sensible, pero lamentablemente triste. Su pintor favorito es Edward Hopper. ¿Lo ubica?

—No, maestra. Soy malazo para el dibujo.

—Bueno, Hopper... Guárdese eso en el bolsillo, que me pone nerviosa.

Condujo al joven hacia el portón y desde allí lo fue empujando suave hasta la calle.

—Hopper es un artista triste. Si pinta una casa, es la casa más solitaria del mundo. Si dibuja una acomodadora de cine dentro de un teatro lleno, esa acomodadora es la mujer más abandonada del mundo. Es decir, desparrama melancolía con ventilador.

Las campanas del recreo repicaron, y junto con ellas, los gritos de júbilo de las alumnas, que se desbordaban sobre los pasillos y el patio. Ángel se frotó la nariz helada y se encontró con un sorpresivo discurso en la punta de los labios.

—Pero que a uno le gusten las cosas tristes no significa que uno sea triste. Por ejemplo, Victoria está haciendo una coreografía con un poema de Gabriela Mistral: «Del nicho helado donde los hombres te pusieron, te bajaré a la tierra humilde y soleada.» Es triste, pero cuando ella baila lo hace con una sonrisa.

La maestra de dibujo acomodó las gafas sobre el tabique de la nariz, bajándolas, para mirar sin intermediario dentro de los ojos del joven.

—¿Sabe usted cómo termina ese poema de la Mistral?

—Ni idea, maestra, soy malazo para castellano.

—«Porque a ese hondor recóndito la mano de ninguna bajará a disputarme tu puñado de huesos.» ¿Sabe cómo murió el padre de Victoria?

—Algo. Ella me ha hablado más de su madre.

—Victoria es una chica muy triste. Y muy frágil. Cualquier cosa puede quebrarla. Si usted no la puede proteger, apártese de ella.

Pasaron algunos minutos antes de que la chica saliera a la calle acompañada de un maestro que le contaba concentradamente algo. Cuando se separaron en la esquina, él la abordó:

—No conseguí dinero para tus clases de ballet, Victoria. Lo siento.

—Está bien. Hablaré con la maestra. Quizás me dé un nuevo plazo.

—¿Cómo le pagabas los meses anteriores?

—Antes tenía ahorros. ¿Por qué viniste?

En medio del tráfico de la avenida, Ángel Santiago quedó atónito. Esa pregunta lo dejaba más expuesto que nunca a los ruidos y emanaciones de los tubos de escape, a los pitidos de los guardias del tráfico, a los pregones de los vendedores, a los grupos de estudiantes que pasaron junto a ellos entonando una canción de moda en inglés, a la molesta llovizna que le manchaba el rostro. Podía ser la pregunta más inocente del mundo, pero inyectada a esa hora del día, tras lo que había vivido hoy, le reprochaba con lucidez implacable su precariedad.

Hasta ahora, el plan de Lira y su eventual alianza con Vergara Grey constituía todo un proyecto de vida. Disuelto ese horizonte en una carambola de humillaciones, no tenía más que su presencia abominablemente disponible y a todas luces prescindible para la chica: «¿Por qué viniste?»

—Iba al campo —dijo, dándose cuenta recién que estaba tratando de unir jirones significativos en su vida para apalear la tristeza—. Necesito darle largona al rucio. Un caballo que no galopa se enferma, pierde la alegría.

—Comprendo.

—Y me gustaría que me acompañaras.

—¿Yo, ir al campo?

Victoria extendió los brazos abarcadores hacia la calle y prolongó su mirada hasta las nubes grises y los jirones de cordillera que asomaban entre ellas.

—Bueno, quiero que así como yo te vi bailando, tú vengas conmigo y me veas en el campo.

—No entiendo qué tiene que ver una cosa con otra. Bailar es hacer algo, es crear. Estar en el campo... Bueno, es eso no más: estar en el campo.

La lógica de la chica le pareció demoledora. Se sintió el más torpe e insignificante de los mortales. Su postura se había ido desinflando durante el día. Si al salir de la cárcel tuvo el tranco altivo de dueño del mundo, ahora era el último de los animales del planeta. Abrazó a la muchacha compulsivamente y le dijo al oído:

—Acompáñame, Victoria. Te lo suplico.

DIECIOCHO

Teresa Capriatti puso sobre la mesa del café la foto del hombre. Su rostro tenía un tono oliva, las mejillas escuetas, los labios delgados, y la gravedad que derraman todas esas imágenes de carnets de identidad. Efectivamente, en la parte inferior había un nombre y un número de siete cifras.

—¿De dónde la sacaste?

—Revisé su chaqueta cuando vino a la casa a hablar con Pedro Pablo. ¿Lo conoces?

Vergara Grey se acercó a la foto casi oliéndola. La levantó, la consideró de costado, y hasta la puso de reverso, como si estuviera tras una pista.

—¿Por qué se te ocurrió esto?

—¿Qué?

—Robarle una foto.

—Parecía un hombre que venía de otro mundo. Ni por edad ni por actitud tenía nada que ver con los compañeros de estudio o los maestros de nuestro hijo.

—¿Qué más observaste?

—Su ropa era completamente nueva. Desde la camisa hasta los zapatos. Todo le quedaba ancho, como si se la hubiera robado de una tienda sin probarla.

—¿Te dijo un nombre?

—Al entrar me dijo que me felicitaba por tener un hijo

tan despierto como Pedro Pablo. Dijo que era una suerte que, teniendo el niño la historia familiar que todos conocían, fuera como era: un buen estudiante.

El hombre se metió una mano en el bolsillo del pantalón y reprodujo en la memoria la cantidad de billetes que llevaba. Calculó si le alcanzaría para pagar otra ronda de café con leche. Llamó al mozo con un dedo y le indicó que repitiera.

—En casa hace falta un hombre, Teresa. Ya es hora de que me dejes volver.

—No veo por qué. Nada ha mejorado desde la última vez que me viste.

—Pero voy por buen camino.

—No se nota. Seis meses sin recibir la mesada. ¿Por qué crees que Pedro Pablo anda en conversaciones con ese tipo?

—No querría adelantarte nada hasta no estar del todo seguro. Pero si me apuras, debo decirte que tengo algo muy bueno por delante.

—¿Cuándo?

—Pronto.

La mujer le puso dos cucharadas de azúcar al café con leche y luego arrojó con desprecio la cucharilla sobre el mantel.

—¿Legal o lo de siempre?

—Qué te importa lo que sea.

—Porque la respuesta a esa pregunta hace la diferencia entre la libertad y la cárcel.

Ahora fue él quien tiró la cucharilla contra la panera.

—¡Qué considerada! Hace semanas que estoy en libertad y no me has visto.

—Te he visto. Ahora mismo te estoy viendo.

—Tú sabes lo que quiero decir, Teresa Capriatti. Te amo, y no me dejas entrar a mi propio departamento.

—El departamento lo salvaste de la ruina porque lo pusiste a mi nombre y yo te obligué en la boda a que conviniéramos separación de bienes.

—¿Qué tiene que ver todo eso con amor?

—Tiene que ver, Vergara Grey. Para mí no hay amor sin dignidad ni seguridad. Dos cosas que tú no tienes en oferta.

—Conforme con que no soy un santo, ¿pero sientes algo por mí?

—Estas conversaciones de bolero me revientan. Escucha, Nico. Pedí verte porque nuestro hijo anda en algo. En algo ilegal para conseguir la plata que tú ya no nos mandas. ¿Conoces al tipo de la foto?

—Está peinado de otra manera, con el pelo corto, y seguro que se cubrió una cicatriz en la mejilla derecha con algún maquillaje. Anda con fotos recién sacadas porque quiere circular con una nueva identidad. Pero esa mirada no la puede sumergir.

—¿Quién es?

—No puede ser el que es porque el que realmente es está preso con condena perpetua. Pero se parece a alguien.

—Entonces no es el que piensas. No puede estar simultáneamente preso y libre.

—En este mundo no siempre la lógica funciona. Ni la lealtad.

—¿Lo dices por mí?

El hombre revolvió con furia su café.

—Metes a cualquier tipo en mi casa y a tu propio marido le niegas la entrada.

—¿Qué es lo que viene ahora, Vergara Grey? ¿Me va a abofetear como en una película de gangsters?

—Jamás lo he hecho y nunca lo haré, Teresa.

—Cálmate, entonces.

El hombre puso las manos sobre el mantel y se estuvo

un rato en silencio, como si estudiara las líneas de su vida. Teresa Capriatti puso las manos de ella encima de las de su marido y mantuvo baja la vista en señal de recogimiento. El hombre pensó que hacía seis años exactamente que nadie tenía hacia él un gesto de ternura. Se agachó sobre la mesa y besó las manos de su esposa con unción. Luego se apartó discreto para que ella las retirara sin ofenderlo.

—¿Quién es el hombre de la foto, Nico?

—Tengo que hacer mis averiguaciones. Antes de que yo te contacte, no conviene que sepas su verdadero nombre.

—¿Por qué no me lo puedes decir? ¿No me tienes confianza?

—No se trata de eso. Si no te lo digo, es sólo para protegerte.

Levantó la fotografía y volvió a considerarla arrugando el ceño.

—¿Qué hago, entonces?

—Primero que nada, acepta sin más investigaciones el nombre falso que hay en la cédula. El fulano se llama Alberto Parra Chacón y punto. Si lo ves, lo llamas don Alberto. «Gusto de verlo, don Alberto.»

—¿Qué relación tiene con nuestro hijo?

—Si es el hombre que pienso, sería muy raro que buscara contacto con un chico de la universidad. Algunos traficantes intentan alianzas con jóvenes para meter drogas en las aulas. Le regalan un poco de *matute* a un chico en un bar o fuente de soda, y en un segundo encuentro ya le pasan otras dosis y algo de dinero en anticipo de alguna venta que pudiera hacer.

—No creo que Pedro Pablo ande en ésa. Es un chico sano, le gusta el deporte, se esfuerza en estudiar.

—Está bien, pero ni tú ni yo le hemos dado dinero desde hace meses.

La mujer se echó atrás en la silla y puso la nuca sobre la parte más alta del respaldo. Esta actitud le dio un aire distante.

—No soy yo quien tiene la culpa de eso.

—Ni yo creo que el tema sea drogas. Algo me dice que el tipo quiere llegar al padre a través del hijo.

—¿Cómo?

—Seguramente no sabe dónde vivo y acude a los lugares que le pueden dar una pista. Lo natural es comenzar con mi último domicilio conocido, es decir, mi casa.

—¿Y por qué habría de buscarte?

—En este ambiente, los muchachos tienen algunas habilidades y carecen de otras. Buscan el complemento que les falta y yo tengo fama de ser bueno para ciertas cosas.

—¡Nico!

—No estoy orgulloso de mis defectos, Teresa. Desde que salí de la cárcel no he delinquido.

—Ni lo harás.

—Ya no estoy tan seguro, amor. ¿Qué he sacado con mi libertad? Tú no me recibes, mi hijo me rehúye, mi socio me roba mi dinero, la pobreza me tiene podrido.

Cruzó una pierna sobre la otra y expuso un agujero en la suela de su zapato.

—¿Y cómo te las arreglas?

—Al agujero lo trato con papel de periódico y cinta adhesiva. Al ánimo, con nada. Lo importante ahora es que ni tú ni Pedro Pablo le digan a Alberto Parra Chacón dónde vivo.

—No tienes que preocuparte de eso. No lo sabemos.

—Mejor así. ¿Tienes una arma en el departamento?

—Siempre me dijiste que hay que evitarlas.

—Si uno no sabe usarlas con propiedad, mejor no tenerlas.

Su esposa se le acercó confidencial y le retiró un hilacha de la corbata.

—¿Estamos en peligro, Nico?

—Para nada. ¿Alguna otra cosa que te haya llamado la atención en el hombre?

—La ropa es nueva, pero se ve como alguien muy de conventillo. Como los que piden limosnas en la calle.

—¿Un roto?

—Justo. Un roto.

—¿Algún otro dato?

—No sé si te servirá para algo.

—Dime.

—Tiene olor a perro.

DIECINUEVE

Hacia las tres de la tarde el color ceniciento del cielo se aclaró levemente y poco después algunas nubes se deshilacharon y por allí penetró la difusa luz del sol. Ángel Santiago interpretó como un buen augurio esa súbita claridad, que sin llegar a entibiar, al menos descongelaba el aire. Hizo que el rucio cruzara el arroyo y luego le exigió que trepara por la suave pendiente de una colina. Desde lo alto, se podía ver una alfombra de trigo y, entremedio, una carreta tirada por dos bueyes donde tres niños arrojaban el cereal.

Dejó al caballo junto a un roble y condujo de la mano a Victoria por un sendero de trigo alto que desembocaba en un bosque de pinos. Se infiltraron entre los árboles, abriéndose paso entre matorrales sobre los que zumbaban abejas e insectos, y el muchacho apuró el tranco y la presión sobre la chica con una prisa excitada. No tardaron en llegar a un punto donde el bosque se abría en un remanso de luz, para dejarle espacio a un pequeño lago donde surcaban patos y cisnes.

Condujo a Victoria hasta dos troncos que habían sido raspados y pulidos para que oficiaran de asientos. Ella se quitó el abrigo y se sentó a horcajadas sobre uno de ellos, en tanto Ángel usó el otro para apoyar la cabeza y mirar el cielo.

—¿De quién es este terreno?

—Es una reserva natural. Pertenece al gobierno.

—Me encanta.

—Sabía que te iba a gustar. Aquí no se permite disparar a los pájaros ni agredir a ningún animal que venga a abrevar al lago. Es como Dios pensó el mundo, ¿ves?

—¿Qué puedes saber tú de lo que Dios quiso o no quiso hacer? Nadie puede estar en la cabeza de Dios.

—¿Y el papa?

—Con todo el respeto del mundo, el papa es un hombre como todos los demás.

—Pero tiene acceso privilegiado a lo que Dios piensa.

—Dices eso porque no has estudiado filosofía.

—Explícame, entonces.

—Mira, Dios...

—Dios, sin ir más lejos —acotó Ángel, sonriendo mientras imaginaba que dos cúmulos de nubes arrastrados por la brisa competían una prueba de velocidad por el cielo.

—... ¡Dios no puede pensar!

—¡Te volaste, loca! Dios es todopoderoso, y si es todopoderoso puede pensar. Mejor que tú, que yo, que el papa y que Vergara Grey.

—Si Dios pensara, tendría que ser Dios y el pensamiento de Dios a la vez, y eso no puede ser porque Dios es único, eterno, infinito e indivisible. Lo único que podría hacer Dios es pensarse a sí mismo.

—¿Para qué Dios haría semejante cuestión?

—¡Es que tienes que ponerte en un plano más sutil, Ángel Santiago! No puedes tratar a Dios como si fuera un leñador. Dios es el concepto de Dios, y en el concepto de Dios éste es único e indivisible.

—¿Quién dijo eso?

—Los filósofos presocráticos.

154

—¿Y Cristo?

—Ahí está la trampita. Porque Dios y el hijo de Dios son la misma persona. Él sigue uno e idéntico a sí mismo aunque tenga un hijo.

—No capto, Victoria.

—Lo mejor es que te imagines que todo es Dios. Es decir, las estrellas, los vientos, los mares, las personas, las montañas, los ríos, los árboles, los animales...

—¿El rucio es Dios?

—Si tú eres un panteísta, entonces crees que todo el universo es Dios. Si le haces daño a alguien, entonces dañas a Dios.

—Pero Dios perdona a toda la gente. Aun a los que hacen daño.

—Seguro que no. Al cabrón que degolló a mi padre no lo va a perdonar.

—A mí los curas me enseñaron que la bondad de Dios es infinita.

—Cosas que dicen los curas.

Santiago saltó de su posición, se equilibró sobre el tronco caído e hizo que su mirada recogiera los detalles y la totalidad del escenario.

—Si tú tuvieras que vengarte de alguien, una persona que te hizo un gran mal...

—¿Como el tipo que mató a mi papi?

—No quiero que te pongas triste. Pero... ¿esperarías a que la bondad de Dios lo perdonara?

—Yo no esperaría. El problema es que yo no sé quién asesinó a mi padre.

—Fue la dictadura.

—Pero la dictadura son todos y no son nadie al mismo tiempo. Tú te subes a una micro y el que está a tu lado puede ser el asesino de tu padre.

De pronto el joven se puso tenso y prestó atención a unos ladridos de perro hacia el lado de la cordillera.

—Deben de haber detectado que entró alguien.

—¿Vendrán hacia aquí?

—Puede ser.

—¿Qué hacemos?

—Estás conmigo. No te harán nada. ¿Te tocan preguntas de filosofía en el examen?

—De todo. No creo que apruebe.

—Vas a aprobar. Si no, no hay Municipal. ¿Qué es la filosofía?

—En vez de dejar que las cosas sean como son, pensar en qué son las cosas. Solamente el hombre es capaz de hacer eso. Toma por ejemplo el río. El río ni siquiera sabe que es río y hace su trabajo de río.

—Fluye. Eso que viste es un arroyo. En Talca hay tremendo río: el Maule.

—¿Y en qué piensas cuando estás a su orilla?

—En nada. Me quedo ahí no más, en la orilla.

—¿No se te ocurre pensar qué sentido tiene que el río fluya?

—Francamente, no.

—Está claro que no eres un filósofo. Los filósofos observan el Ser, y piensan sobre el Ser, y después inventan ideas que explican por qué las cosas son como son. Heráclito, por ejemplo.

—No sé lo que es el Ser.

—Bueno, pero te tiene que haber llamado alguna vez la atención que todo sea.

—No podría ser de otra manera.

—Dices eso porque no piensas.

—No te entiendo.

—Cierra los ojos e imagínate por una vez que no hay Ser. Es decir, que no hay nada de nada.

—Puedo imaginarme que no hay nada de nada, pero si estoy pensando que no hay nada de nada, entonces yo *soy*, porque para pensar que no hay nada de nada alguien tiene que pensarlo.

—Bueno, eso piensan algunos filósofos. Imagínate ahora que el hombre no existiese. ¿Habría mundo?

—¡Por supuesto que sí!

Los ladridos de los perros se aproximaron. Santiago levantó el índice y señaló a dos loicas que revoloteaban sobre el agua.

—¿Para quién?

—Para todas las cosas que son. Aunque no existieran hombres, habría río y mar y nubes y cielo y caballos y pájaros.

—Pero las cosas son sólo lo que son. Son en sí mismas. No saben que son. Sólo el hombre sabe que el Ser tiene ser. Es fantástico, ¿me comprendes?

—No, Victoria, no te comprendo. Pero si todo eso que sabes te sirve para bailar mejor, entonces me parece fantástico.

Tres perros llegaron a gran velocidad haciendo crujir las hojas caídas de los árboles y se detuvieron ante la pareja. Simultáneamente dejaron de ladrar y olfatearon los pies de los invasores. Uno de ellos era un labrador de tono café y miró largamente a Victoria. Los otros movieron las colas e indiferentes fueron a beber agua del lago.

El muchacho quebró una rama de un árbol y se puso a partirla en trocitos. Desde la cordillera soplaba ahora un viento frío, y las nubes se habían hecho más compactas, impidiendo el paso de la luz solar.

—Quisiera hacerte una pregunta, Victoria.

La chica se levantó y con un temblor puso la hebilla bien apretada en el cierre del abrigo. Los perros se tiraron sobre la hojarasca con la piel salpicada de hierbas del monte y del musgo vecino al lago.

—¿Materia del examen?

—Esta vez, no. Tú me has dicho que no te conozco bien.

—Así es. Pero ahora no voy a hablar contra mí, y menos en este lugar. Aquí estamos como en un santuario y no voy a esparcir porquerías sobre el pasto.

—Entonces, permíteme una pregunta que es más sobre mí que sobre ti.

—Dime.

—¿Qué somos nosotros?

Victoria explotó en una alegre risa, lo tomó con fuerza de la cintura, lo derribó del tronco y se tendió sobre él, oliéndolo en las sienes.

—¿Es una pregunta de filosofía en el sentido de *qué somos en el Ser*? Por ejemplo, ¿manifestaciones del Ser? ¿Apariencias del Ser?

El muchacho se abstuvo de entrar en ese juego. Bajo sus espaldas sentía la humedad de la tierra a punto de convertirse en barro, la elemental suavidad de la yerba, el áspero roce de las piedrecillas, el tránsito de las hormigas portando briznas de hierba hacia su guarida. En la altura, por los espacios que se abrían entre el cabello de Victoria sobre su frente, vio el cielo bajo y aplastante de invierno que de pronto urgía a su corazón a buscar un refugio. No una choza, ni una caverna entre los riscos de los montes, sino más bien una tregua. Se imaginó a su madre vestida con traje sastre y un sombrero de fieltro, despidiéndose de él en el puerto de Valparaíso. ¿Al irse, había decidido ya no volver? ¿Tanto despreciaba a su padre que le era indiferente dejar en sus manos a su único hijo? ¿O en algún momento desde alguna tierra oriental, como en un cuento de hadas, ella vendría a buscarlo y a darle un refugio?

Un refugio en ella.

—Ya no estoy bromeando, Victoria. ¿Qué somos nosotros? ¿Es decir, qué relación tenemos? ¿Somos...?

—... ¿novios?

—Te hablo en serio. Eso de los novios es de un bolero de Manzanero.

—No tengo nada contra Manzanero.

—Por favor, no te escapes.

—¿Sabes que por su gran corazón y pequeño tamaño a Manzanero lo llaman «El Napoleón del Bolero»?

El joven la apartó, fue corriendo hasta el sauce, se colgó del ramaje que caía en cascada e intentó columpiarse. Luego bajó a tierra de un brinco y silbó hacia lo alto de la colina, donde se apacentaba el rucio. El caballo levantó las orejas y, manso, inició el descenso hacia el lago.

—Me extraña tu actitud, flaca.

—¿Qué tiene de rara? Me pediste que viniera contigo y vine. ¿No estás contento?

—De estar contento, lo estoy.

—¿Y entonces?

—Que estoy contento de otra manera que cuando venía solo aquí. Yo siempre sentía que me bastaba estar a orillas del lago, entre los otros pájaros, respirar y exhalar, y eso era todo. Yo estaba completo. En cambio, ahora estoy contento, pero me duele estar contento.

La chica quiso entenderlo, sin embargo, el creciente frío la llevó a frotarse con las manos las orejas y no hizo ningún comentario.

Se sintió hondamente culpable cuando miró el reloj, calculando si aún tendrían tiempo para llegar a las clases de ballet y, aún más, si durante el trayecto podría desarrollar una estrategia que le permitiera entrar al estudio sin haber pagado los honorarios de la maestra.

—¿Qué relación existe entre nosotros, Victoria?

La muchacha se sobó fuertemente la nariz, clavó sus ojos en las pupilas del joven, y luego dijo con volumen seguro:

—Tú y yo estamos juntos.

VEINTE

Dos motivos condujeron a Vergara Grey hacia la cárcel. Primero, ver al alcaide Huerta, y tras el intercambio de efusiones, pedirle un par de favores. Necesitaba con urgencia —no, con *desesperación*— un cheque en buenas condiciones para sobrevivir hasta fin de mes.

La reinserción a la vida civil había resultado más difícil de lo que suponían. Monasterio estaba patinando sobre la ruina y difícilmente podría echar mano a su parte del mítico botín, a menos que la economía mundial repuntara. Algunos pesos le aliviarían la situación a Teresa Capriatti e hijo —«le hablo de cosas tan elementales como las cuentas de luz, teléfono, agua y gas»—, porque él mismo no tenía otras necesidades excepto sus paquetes de tabaco y un poco de tintura para el gris de los bigotes.

La segunda petición era más extraña, y se la iba a describir con pelos y señales, como corresponde a viejos amigos que han luchado en distintos frentes. «Situación que afina los sentimientos de afecto y los profundiza —dijo Huerta—. Uno respeta más la lealtad en el rival que entre los lobos de su misma jauría.»

¿Podría Huerta, a través de su red penitenciaria, averiguar si el reo Rigoberto Marín seguía en prisión cumpliendo una perpetua? ¿O acaso había logrado fugarse sin que se informara de tal desastre a la prensa para que no rodara la cabeza del alcaide Santoro? ¿Lo había beneficiado quizás alguna delirante amnistía populista del nuevo ministro de Justicia, tal cual lo había hecho recientemente el alcaide de Chicago con los reos que estaban en el corredor de la muerte, listos para ser electrocutados? ¿O estaba pasando algo raro, muy raro?

El señor Huerta no tuvo el menor inconveniente en deslizar su antigua Parker sobre un cheque del Banco Santander, y le alcanzó el documento a Vergara Grey con sobriedad y sin recriminaciones. Fue el mismo beneficiado quien dijo con más convicción que la que realmente sentía que dentro de un mes tendría esa suma de vuelta, pues estaba muy al tanto de los sueldos de los funcionarios públicos, y sabía valorar el sacrificio. Elegante, Huerta hizo como si no hubiera oído el comentario y se interesó vivaz en el otro tema.

Las posibilidades eran atacar frontalmente o mover delincuentes conocidos dentro de la penitenciaría. No tenían muchos palos blancos en esa zona, pues su cárcel era para profesionales distinguidos —«como tú, Nico»— y no para asesinos sanguinarios y presos rematados. Una llamada de alcaide a alcaide sería la vía más directa, pero al mismo tiempo, si había algo raro, y por qué no habría de haber en ese jabonoso, ambiguo, promiscuo Santiago del Nuevo Extremo algo muy raro, se podría estar alertando al mismo Santoro de que se sospechaba de alguna irregularidad administrativa en sus dominios, y eso podría acarrear algún peligro a su contorno familiar: el mismo Vergara Grey —«que te obligaran a hacer algo que no harías voluntariamente, por ejemplo»—, a Teresa Capriatti, o a Pedro Pablo Vergara Grey.

«Pedro Pablo Capriatti —corrigió con una sonrisa dolida el padre—. En homenaje a mí, el hijo de puta se cambió el apellido.»

«Seguiremos la vía más discreta», sentenció Huerta, palmoteando en el hombro a su ex convicto favorito.

Vergara Grey llevó el cheque en la calle y lo estuvo observando un rato con mayor detención. La elegancia de Huerta era escrupulosa. Había tenido el tacto de no hacer el cheque nominativo para evitarle el bochorno de que el cajero le pidiera su carnet de identidad, gritara asombrado su nombre frente a la cola de clientes, y luego lo traspasara a los sabuesos del banco, que examinarían con lupa el documento antes de pagárselo una hora después.

Mientras se acercaba a la calle de las Cantinas, se detuvo a conversar con un viejo periodista que le conocía el currículum y quien intentó, sin demasiada insistencia, improvisar una nota sobre éxitos del pasado y futuros proyectos. Vergara Grey se le sinceró. Estuvo contándole un rato la quinta parte de sus sinsabores, que incluía el empeño fracasado por reconquistar a Teresa Capriatti, con la seguridad de que ese veterano león de la linotipia no colocaría al día siguiente el titular «*Gangster* Vergara Grey muere de amor».

Ya sorteado ese peligro, el instinto lo avisó de que en la esquina del hotel lo acechaba otro. Con una mano como visera sobre los ojos, aguardaba su venida el joven Ángel Santiago.

—No tenemos nada que hablar —le dijo, antes de que el muchacho comenzara a enredarlo.

—¡Oh, sí que tenemos que hablar, profesor!

—En cualquier sociedad civilizada, incluso la chilena, quien decide si hay diálogo o no es la persona mayor. Ya los araucanos les hacían caso a sus caciques. Y entre tú y yo existe una desventaja a mi favor de cuarenta años.

—Está bien —concedió Ángel, corriendo a su lado—.

No lo voy a fastidiar contándole por qué estoy demolido emocionalmente. Lo único que quiero es que me devuelva las chaquetas de jeans de la Schendler.

—Con mucho gusto. Todo lo que sea sacarme de encima el cuerpo del delito y sobre todo tu presencia por tiempo indefinido e infinito lo hago con el mayor agrado.

—Gracias, maestro.

—Entremos en silencio para que no te vea Monasterio. Aunque te confieso que no me disgustaría verte difunto, no me da ningún placer darle un alegrón a ese bandido estafador.

—¿Por qué no lo mata simplemente?

—Por simple aritmética, chiquillo. ¿Cuántos años de cárcel me cuesta la alegría del minuto en que lo estrangule? ¿Y para qué? Antes, mientras cumplía mi condena, tenía al menos la esperanza de reencontrarme con mi capital y mi familia. Después de matar a Monasterio, la única entretención que tendría en chirona sería marcar los días del calendario hasta mi propia muerte.

—P'tas que es pesimista, maestro. No se entusiasma con nada de lo que le propongo.

El hombre abrió la puerta de su habitación y le indicó al chico que no tomara asiento. El armario crujió al sacar los chaquetones de *jeans* que puso sobre la cama.

—Sírvete.

Ángel los tomó, los ubicó bajo el brazo y comenzó a escarbar el basurero con la mano.

—¿Qué haces, chancho?

—Busco las credenciales.

—No vas a encontrarlas. Aquí retiran todos los días la basura.

El joven siguió escarbando, lanzando una risotada histriónica.

—Lo dudo. Aquí está «El Mercado» del domingo. Y aquí mis credenciales.

Las limpió sobre la pechera de la camisa y después las introdujo en los pantalones.

—¿Qué vas a hacer con ellas?

—Mire, don Nico. Si me hace una pregunta, entonces establecemos un diálogo, y usted me dijo que no quería diálogo.

—Déjate de esa retórica pedante y dime de una vez qué vas a hacer con ellas.

El muchacho alzó la vista y con un mohín grave dijo, rotundo:

—El Golpe.

—¿Con quién?

—Solo.

—Entonces para qué quieres las dos chaquetas.

—Una de repuesto.

El hombre empujó con un pie la puerta del armario y éste volvió a chillar en forma destemplada antes de cerrarse.

—Sabes muy bien que el trabajo no se puede hacer solo.

—¿Y qué quiere que haga si usted se niega a colaborar? Lira se lo manda en cuna de oro y usted lo rechaza de puro soberbio.

—Te dije que es un plan genial. Lo rechazo porque no hay plan por genial que sea que no te lleve a la cárcel.

—¡Mire, don! Yo sé que usted es «Manos de Seda». Nunca ha cargado revólver y nunca ha matado a ningún cristiano. Pero yo me la voy a jugar con todo. Si hubiera cualquier tropiezo en algún momento, guardo una bala para mí y otra para usted. Nos ahorramos la prisión y las bestias de los presos. ¿Qué le parece?

—¿En serio serías capaz de dispararme en caso de que estuviéramos en apuro?

—Así, en frío, no, porque a usted lo quiero y lo admiro. Pero si usted me lo pide, estoy dispuesto. En la cárcel leí un libro donde un amigo le decía al otro: «Siempre es bueno tener a alguien que llegado el momento te mate.»

—Pensé que de los libros sólo te interesaban los forros de papel de matemáticas.

—No crea, maestro. Últimamente me he educado una barbaridad. Es por el examen de Victoria. ¿Usted sabe algo del Ser?

—No tengo idea del Ser.

—¿Ve? Lo contrario de la Nada.

—Ya veo.

—Hágame la pregunta clave.

—¿Cuál?

—¿La Nada *es*?

—No, pues cómo va ser la Nada. La Nada es el No Ser.

—Pero si hay nada, la nada es y tiene Ser.

Vergara Grey fue hasta el lavatorio y se mojó la frente. Sintió que ese muchacho podía afiebrarlo en cosa de minutos.

—Toma tu chaqueta y te vas.

—Está bien. Tomo *las chaquetas* y me voy.

—¿Quién usará la otra?

—No le puedo decir.

—¿No me tienes confianza?

—Toda la confianza del mundo. Pero no sé qué sentirá mi socio respecto a usted.

—Ángel Santiago, conozco a todos los veteranos del ambiente. Dame su nombre sólo para evaluarlo y ver si con él tu Golpe podría tener la más mínima probabilidad de éxito.

—Está bien. Se llama Toño Lucena.

—¿Toño Lucena?

—Sí, señor.

—Tiene nombre de cantante español. En mi juventud había un tal Pepe Lucena que actuaba en el Goyescas y que hizo muy popular en Chile el tema *Castillito en la arena, que el viento se lo llevó.*

—Correcto, maestro. Este Lucena es español, pero no canta. Es un profesional de la ganzúa. Aunque tiene el oído de un músico para escuchar las melodías de las claves en las cajas fuertes.

—¡Mientras no sea el oído de Beethoven!

—¡Está celoso, profesor Vergara Grey!

—No estoy celoso, pendejo.

—¡Pero si su cara está completamente fucsia!

—¿Fucsia? ¿De dónde sacaste ese adjetivo?

—De una profesora de dibujo.

El hombre se refregó los párpados como si quisiera borrarse una pesadilla. Tenía razón el impertinente jovenzuelo. Su cara no sólo estaría fucsia, sino que su corazón le latía sin ritmo. Necesitaba aire.

—Acompáñame.

—¿Dónde vamos, maestro?

—A cobrar un cheque.

—¿Un cañonazo?

—No, hijo mío. Apenas un guatapique para ir tirando.

VEINTIUNO

A la salida del banco, el hombre invitó al muchacho a una fuente de soda. Pidieron sándwiches de jamón con palta, té con leche y dos paquetes de cigarrillos. Cuando llegaron, Vergara Grey puso uno en el bolsillo de Ángel Santiago, quien lo aceptó con una sonrisa. Tras probar el primer sorbo, el maestro se echó atrás en la silla, y limpiándose las manos con la servilleta como si fuera un juez que se pone la toga, le habló:

—Me dijiste hace un rato que estabas demolido emocionalmente y te he visto sin embargo dispuesto a comerte el imperio de Canteros. Una conducta contradictoria, cuando no esquizofrénica.

Educadamente, el joven puso fin al trozo de sándwich que masticaba y se pasó la mano por la boca, apartando las migas.

—Ni tanto. Yo me las arreglo, profesor. Si ando bajoneado, me doy una vuelta al campo y ahí, entremedio de los pajaritos, se me vuelan los problemas. ¿Le conté que soy panteísta?

—No me lo habías contado, ni tengo idea de qué es eso.

—Yo, tampoco, pero *la* Victoria me explicó. Yo creo que Dios está en el mundo.

—No en la azotea.

—Exactamente.

—¿Y?

—Nada. Me gusta creer eso.

—¿Y qué ocasiona entonces la «demolición emocional»?

—¿Se acuerda de la chica que traje a su pieza?

—¡Cómo no! *Miss Epidermis.*

—Ella misma. Bueno, la Victoria es bailarina. Estudia por las noches danza en una academia en Manuel Montt, y anoche la maestra no la dejó entrar al estudio porque no había pagado los tres últimos meses.

—¡Qué bruta!

—No es una mala mujer. Lo que pasa es que a mucha gente no le va bien hoy en Santiago. Esa profesora anoche no tenía luz porque le habían cortado la electricidad. Por lo mismo, ni una gota de calefacción. Las alumnas bailan con la música de un piano o de una radio portátil de baterías. Cuando se agoten, la vieja va a tener que silbarles las composiciones.

—¿Qué hicieron, entonces?

—La acompañé a la casa de la mamá para que pudiera dormir tranquila. Hoy tiene que dar un examen total de todos los ramos para ver si la dejan seguir en el colegio. Al separarnos me dijo: «Estoy demolida emocionalmente.»

—Lo mismo que me dijiste a mí.

—Es que estamos juntos.

—Comprendo.

—Dentro de un par de horas se reúne con la comisión.

—Deberías estar ahora cerca de ella, y no chateando con un viejo aburrido.

—Con usted me entretengo la mar, profesor. Es que a todos nos conviene que usted se anime al Golpe. A usted mismo, a mí, a Victoria, e indirectamente a su esposa y a su hijo.

—No los metas a ellos en esto.

—Lo que nosotros planeamos es un acto de justicia.

Nos han robado todo lo que teníamos y sólo aspiramos a tener una mínima parte de lo que nos pertenece.

—Mira, bambino. Yo leí *Robin Hood* cuando tenía doce años. Los cuentos de hadas me aburren a los sesenta.

—¿Por qué cuento de hadas? —se excitó Ángel Santiago, encendiéndole un cigarrillo al hombre—. Usted sabe que el plan del *Enano* Lira es tan real como esta mesa. Su diagnóstico fue que era «genial».

—Para cualquier otro pero no para mí. Para tu cantante de bulerías, por ejemplo.

—No hay cantante ni perro muerto, profesor. Lo dije no más para picarle la guía.

—Pues con eso no has tenido éxito. Lo que tú necesitas, chico, es un trabajo común y corriente que te permita ayudar a la colegiala y alimentar tu espiritualidad panteísta.

El joven se agarró la cabeza simulando desesperación y revolvió luego frenético el azúcar en su té.

—Los índices de paro son pavorosos. ¿Dónde voy a conseguir un trabajo?

—En una oficina del gobierno para cesantes.

—¿Esos trabajos para idiotas donde los tienes barriendo las hojas otoñales en las cunetas y les pagan quinientos pesos por día?

—No te hablo del plan de empleo mínimo. Tú puedes conseguir a tu nivel. Por algo tuviste educación secundaria.

—Sí, pero no me sirvió de nada.

—¿Por qué?

—Porque tuve la mala idea de robarme un caballo azabache cuyo dueño era un fascista, quien pidió para mí una condena de cinco años, y el juez rural, que era su hermano, se la concedió.

—¿Eso fue todo?

—Le parece poco.

Vergara Grey no pudo reprimir el gesto que le nacía. Adelantó la mano y con ternura acarició el cabello del muchacho.

—¡Pero, hijo! Si ése es todo tu prontuario, ante la sociedad estás limpio y puro como una virgen. ¡Te conseguirás un trabajo de puta madre!

—Lo dudo.

Levantándose del asiento, el hombre le indicó que se pusiera la chaqueta y abandonaron el pasaje Fernández Concha hacia la plaza de Armas. Allí contrataron a un fotógrafo con cámara de caballete vestido con un delantal blanco, que pudo haber sido pulcro y almidonado hacía una década, para que les hiciera un retrato. Detrás estaba la estatua del conquistador Pedro de Valdivia, y al frente, en diagonal, por edilicio decreto de la Ilustre Municipalidad de Santiago, se había instalado el equilibrio histórico: el valiente indio Caupolicán representaba la otra parte de la sangre chilena.

Las fotos salieron correctas. Vergara Grey pagó dos mil por cada una y mientras se alejaban en dirección a la estación Mapocho, filtrándose entre cúmulos de cesantes peruanos que intentaban vender medallitas o chalecos de alpaca, las fueron agitando para secarlas. Al llegar a General Mackenna, el hombre detuvo al joven frente a una oficina del Servicio Laboral.

—Entras aquí y te aseguro que cuando salgas tendrás un trabajo como cualquier ciudadano honorable.

—¿No quiere entrar usted también?

—Francamente, no creo que a los sesenta años pueda empezar de junior en una oficina. ¡Pero tú!

—¡Yo! ¿Yo, junior? Prefiero la cárcel, Vergara Grey.

El hombre le alcanzó su encendedor y le propuso que se peinara el cabello con los dedos.

—Ofrécele al funcionario que te hará la encuesta un cigarrillo. Si te lo acepta, enciéndeselo rápido, con decisión. Siéntate derechito y altivo en la silla. Muestra voluntad, ganas, alegría. A todos les gusta ayudar a un joven bien dispuesto y tan buen mozo.

—No me gusta que me digan buen mozo.

—Lo siento, pero en este caso ese defecto puede beneficiarte. ¿Qué me dirías de un trabajito como sobrecargo en un avión?

Vergara Grey se puso una mano de visera sobre las cejas y simuló estar mirando un paisaje desde la altura de un *jet*.

—¿Sobrecargo?

—¡Qué gran empleo para un panteísta! Imagínate tú en el cielo y abajo los mares, la cordillera, los ríos, los bosques, las selvas, los desiertos, las catedrales, los hombres y las mujeres como hormiguitas, pululando en el universo, y tú sonriendo allá en lo alto, como el dueño del mundo!

—Nunca he volado. Quiero decir en avión.

El hombre lo condujo hasta el portón de la oficina y le deseó buena suerte palmoteándolo en el hombro.

—Te espero en el café de la esquina.

El funcionario que le tendió la mano desde el otro lado de un escritorio que le recordó los pupitres de la escuela primaria apenas si tendría un par de años más que él. Se veía inmensamente más positivo que los muchachos que esperaban en la antesala. «Es justo —se dijo—, éste tiene trabajo y los otros no.»

Siguiendo el consejo del profesor, le extendió un cigarrillo y se lo encendió diligentemente. Así, al menos probaba que no estaba ya hundido en las cloacas. Tenía para fumar, y al encendedor no le faltaba bencina. Eso, sostuvo, le daba un toque de distinción en ese ambiente de reventados.

Le hizo un relato escueto de su biografía, que el burócrata registró en un cuaderno fiscal de forro gris, y luego se echó hacia atrás en el respaldo, fingiendo una sonrisa simpática.

—Si me permite un primer pronóstico y diagnóstico, señor Santiago, sus antecedentes, perdone la franqueza, no resultan nada promisorios.

—¿Por qué, señor? Mientras le contaba mi vida tenía la sensación de que no estaba tan mal.

El funcionario comenzó a sacarle punta al lápiz Faber con una Gillette. El joven pudo suponer que ese mismo acto lo había repetido con los otros postulantes. Gran parte de la mesa, y del piso sin alfombra, estaba cubierto por las virutas de madera.

—Es que en su vida hay mucho más en el «debe» que en el «haber». Además, de sus veinte años, casi tres los ha pasado en la cárcel.

—Tuve mala suerte. Cometí una chambonada infantil y me encontré con un juez severo. Pero aparte de eso, tengo educación secundaria y notas pasables. De no haber caído en desgracia, hubiera entrado a la universidad.

—¿Con qué plata?

—Ése era el problema. Como no tenía plata, me robé un caballo.

—¿Para venderlo?

—No, para galopar no más.

—Cualquier eventual empleador que mire este proyecto de currículum verá que, desde que salió del liceo, usted no le ha trabajado un peso a nadie.

—No lo necesitaba. Pero ahora tengo urgencia por trabajar.

—¿Por qué?

—Quiero casarme.

—Tenemos en este país cientos de miles de cesantes, algunos de ellos con formación técnica o universitaria terminada. ¡Con títulos universitarios y experiencia laboral! Con lo que usted muestra, sólo podrían ofrecerle vender barquillos en un buque manicero.

—Barquillos, maní tostado, maní confitado.

—Con un pequeño capital se compra un carrito, un hornillo para mantener el maní caliente, y aprovecha el invierno en Bellavista. El domingo es un día especialmente bueno, porque los padres suben por Pío Nono para llevar a sus niños al zoológico.

—En verdad preferiría vender maní en la calle a tener una pega como la suya, donde tiene que aplastar a gente que ya está reventada.

—Yo hago este trabajo con gran espíritu de servicio público.

—Ayúdeme, entonces. Tengo varias habilidades y, francamente, mis ambiciones son más altas que manejar un buquecito manicero.

—Pero esas ambiciones hay que mantenerlas dentro de la legalidad. Una temporada en la cárcel, como la que usted tuvo, en el ámbito laboral equivale a un hara-kiri.

—¿No me puede ofrecer alguna otra cosita? ¿Jardinero, limpieza en alguna oficina, electricista?

—No tengo nada de nada. Me puedo dar vueltas los bolsillos y no hay nada.

—¿Y para qué existe su trabajo, entonces?

—Estamos a la espera de que la economía mundial mejore. Entonces habrá más oferta de trabajo. Pero hay crisis en Alemania, en Asia, en Estados Unidos. Chile hace bien las tareas, pero si los otros países no crecen, ¿qué podemos hacer?

—¿Entonces usted no puede hacer nada por mí?

—Lo único que se me ocurre es darle un certificado que acredite que estuvo aquí y que no le pudimos ofrecer nada.

—¿Y para qué me sirve un certificado así?

—En el fondo, para nada. Pero puede comprobar ante cualquier persona que se esforzó en conseguir algo. Hay gente que valora cuando un joven es voluntarioso.

—Démelo, entonces.

—Con mucho gusto. Yo conozco algunos jóvenes de su edad que cantan en el metro y piden limosna y muestran el certificado. Eso les ablanda el corazón a los pasajeros.

—¿Limosna, dice usted?

—No es lo óptimo, pero la necesidad obliga.

El funcionario rellenó el formulario con partes ya rutinariamente impresas, y luego estampó dos timbres de tinta con optimista energía.

—Le deseo buena suerte, señor Santiago.

—Se lo agradezco.

—¿Qué piensa hacer con el certificado?

—Lo que usted me dijo, caballero. Nada.

El joven se puso de pie, barrió con una mano algo de la viruta sobre el escritorio y la depositó sobre la cuenca de la mano izquierda.

—No se ha inventado nada más grande que el lápiz Faber número dos. ¿No es cierto, señor?

—Es el que recomiendan en los colegios.

—Si uno le afila bien la punta, puede lograr una caligrafía muy elegante. ¿Veo que usted no usa sacapuntas?

—Gillette, no más.

—¿Y por qué?

—Cumple dos funciones: afila la punta al lápiz y calma los nervios.

VEINTIDÓS

Fecha de la primera guerra púnica, cuándo invadió Aníbal la península Ibérica tras cruzar los Alpes, en qué año murió Julio César, en qué se diferencia un gobierno aristocrático de uno oligárquico, qué nombre reciben los hidrocarburos saturados, cómo se llama la cetona cuya fórmula es $CH_3\text{-}CO\text{-}CH_3$, quién tradujo la Biblia al alemán, nombre tres novelas de Blasco Ibáñez, quién fue la madre del emperador Carlos V, quién elaboró la máxima «la imaginación no sabría inventar tantas y tan diversas contradicciones como existen naturalmente en el corazón de cada uno», qué es, según Husserl, la *epogé fenomenológica*, quién dijo «Zamora no se ganó en una hora», con qué producto químico se fabricó en 1948 el primer transistor, en qué año se firmó el alto al fuego que dividió a las dos Coreas en forma permanente, cómo se llamaba la sacerdotisa de Apolo que daba los oráculos en el templo de Delfos, qué nombre se adjudica a las plantas de una de las dos clases de fanerógamas que tienen un solo cotiledón en la semilla, qué relación existe entre Gandhi y la masacre de Amristar, «Estoy seguro de que él es culpable», ¿es un enunciado directivo, asertivo, declarativo, compromisorio, o expresivo?; analice la siguiente situación comunicativa y marque la opción correcta: «Un destacado periodista entrevista al futbolista del año y lo compara con grandes jugadores de todos los tiempos como Pelé o Maradona.» ¿Quién(es) cumple(n) el(los) rol(es) de emisor y receptor: a) El periodista es el emisor, y el futbolista, el receptor; b) el futbolista es el emisor, y el periodista, el receptor; c) futbolista y periodista intercambian los roles de emisor y receptor; d) el periodista, Pelé y Maradona son los emisores y el futbolista es el receptor; e) ninguna de las anteriores. Qué tienen en común el egipcio Anwar el Sadat y el israelí Menajem Beguin, a qué región se llama el Cuerno de África, cómo se designan a las unidades básicas cuando las partículas subatómicas absorben o liberan energía, de qué animal se extraía la insulina, cómo se conoce el efecto que se produce cuando aumenta el dióxido de carbono en la atmósfera, qué novela comienza con la frase «¿Encontraría a la Maga?», qué es un megaterio, cómo se designa la inflamación de la membrana mucosa que tapiza interiormente la uretra.

Las preguntas y sus eventuales respuestas eran piedras bajo la almohada de Victoria Ponce. En los párpados se agitaban como verdaderas astillas de metal los recuerdos de la humillación en el estudio de la maestra de ballet. Desde los ventanales se había quedado mirando y la lección seguía perfectamente natural sin ella. El dolor de esa prescindencia le produjo asfixia. Santiago trató de animarla: mañana conseguiría dinero, y puesto que no había mal que por bien no viniera podía concentrarse durante esas horas en el repaso de las materias. Una vez despejado el camino del colegio, ya veríamos, juntos, dijo, «la mejor manera de que llegaras a ser una artista del teatro Municipal». Se subió a un autobús con el tubo de escape roto. Sus emanaciones se confundían con el viento helado de la noche y la venenosa fórmula le incendió las mejillas.

La madre no se sorprendió de verla llegar temprano. Tras unos pocos minutos, le puso sobre la mesa una sopa de arvejas con trozos de tocino y se sentó a hacerle compañía, acariciándose su chal negro con filigranas. Cada cierto tiempo bebía de un vaso de vino tinto, y se pasaba después la punta de la lengua por los labios. Una vez desvió la vista hacia el televisor apagado y estuvo un rato mirándolo fijo, como si hubiera algún programa. La chica le dijo que había corrientes de aire frío en el autobús, y que quizás se hubiera pescado una gripe. La madre le sirvió una copa con agua de la llave y una aspirina.

En todas las habitaciones de Santiago hacía frío. Algo pasaba en la ciudad que las paredes chupaban el calor de los cuerpos y lo expulsaban hacia afuera. Los sillones recubiertos de plástico estaban gélidos, las alfombras tenían la misma temperatura que el cemento.

Sobre el sofá, Victoria acumuló los libros con las distintas materias y los fue hojeando en un intento de recuperar algún brío para aprovechar esas horas. Quiso visualizar el conjunto de la comisión que mañana la sometería a la prueba definitiva, y al lograrlo un temblor sacudió su cuerpo. Cerró los ojos y se propuso una imagen que recordaba del ballet *La bayadera*: su imagen se centuplicaba en una eterna fuga hacia un bosque.

Así, cien, mil veces, se veía huyendo por las calles de Santiago después del escarnio al que la había sometido la maestra. ¿Por qué se había desacostumbrado a la rudeza? ¿Un par de noches de amor con un chico experto en desatinos más un trote hacia el lago en un día de pájaros y perros habían sido suficientes para abrirle una ruta que la devolviera al entusiasmo?

Claro que Ángel Santiago fue testigo de su naufragio en la puerta del estudio de ballet y sólo atinó a mirar suplicante a la maestra. Luego la condujo abrazada hacia el paradero y no permitió que ella echase a correr en desbande, cegada por el dolor. Con la garganta áspera, alcanzó a reprocharle entre rápidos lagrimones que no había cumplido su promesa. Dos veces le había dicho él que encontraría una solución para el tema de la deuda y el respectivo ultimátum que le había planteado la maestra. Mas a la larga sus promesas parecían haber sido consumidas por la impotencia.

Juntó las manos sobre su pecho en un gesto de oración que conservaba desde niña. Pero igual que las otras noches no le rezó a nadie, no pidió la ayuda divina, no invocó a un ángel de la guarda, no le dijo nada a la pequeña efigie de la Virgen María sobre el pedestal. Ángel Santiago le había gritado desde la calle, cuando el vehículo ya había partido, que mañana a primera hora iría al colegio con la plata para la maestra. ¿Lograría hacerlo o sería una fanfarronada?

Si tenía éxito, acaso esa alegría le levantara la mandíbula y pusiera un poco de color en sus pómulos antes de enfrentar a la comisión. Pero si no llegaba a tiempo, ¿con qué aliento lograría resistir la ironía del profe Berríos de matemáticas, que no la miraba al hablarle, pues «se sentía herido en su ser docente» de tener una alumna con pretensiones de rendir la Prueba de Aptitud Académica y que ignoraba olímpicamente las tablas de multiplicar.

La noche no transcurría. Sus oídos captaban las riñas de los gatos en los tejados, el crujir de las puertas en las casas vecinas, el lejano rugido de una moto con escape abierto trepando la calle empedrada, las sirenas de las ambulancias y las patrullas policiales.

Se tocó el plexo. Los conocimientos devorados rapazmente en los últimos días parecían haberse estancado como un alimento mal digerido en la boca del estómago. La madre se quejaba a ratos en la habitación vecina y otras veces se creaba un silencio espeso que era aun más inquietante que los ruidos.

Antes de que el despertador sonara logró dormir una hora, acaso dos. Los párpados le pesaban, y saltar desde la colcha chilota al hielo la hizo sentirse casi a la intemperie. Temerosa de tentarse con el calor del lecho, avanzó hasta el baño, llenó el lavatorio, y durante un minuto hundió la cara en agua fría, conteniendo la respiración.

Calentó el agua en el hornillo de la cocina, bebió un té sin azúcar, y al abrir el *closet* tuvo un pensamiento de ternura hacia la madre que le tenía planchada la blusa escolar con el cuello suavemente almidonado. Aunque le gustaba sentir el roce de esa tela sobre sus senos, optó por la formalidad de un *brassière*. Quería aparecer ante la comisión disciplinada, la perfecta alumna de un colegio de monjas, como si no tuviera otra ambición que rendir esa prueba para dedicarse tras el bachillerato a buscar un trabajito de secretaria en alguna repartición ministerial.

Iba a domesticar su rebeldía de artista. Apagaría de un manotazo el incendio de sus venas que le hacía imaginar sin tregua los mejores pasos si llegara a ser la heroína del ballet *La bayadera*. Las viejas maestras verían en ella un espectro pálido y sumiso, resfriado y entumido, un pobre gatito regalón que pide leche tibia y algo de cariño.

Por un momento se detuvo en la puerta del colegio, tratando de calmar el escalofrío que la acometió de repente. No era el invierno rutinario que llenaba de gris Santiago, se trataba ahora de una escarcha que le subía desde los huesos. Le dolieron las articulaciones, el ceño se le había apretado y tres hendiduras le cruzaban la frente. Si las preguntas habían sido un juego infantil desnuda junto a Ángel

Santiago, ahora le parecían un catálogo de jeroglíficos indescifrables.

A las once de la mañana se convocaría el comité en la biblioteca, y por tal motivo, los maestros darían asueto a sus alumnas hasta el mediodía. Esa tregua que sus compañeras disfrutarían chillando en los patios también la aterraba. Seguro que su grupo más íntimo asomaría las narices en la sala del interrogatorio y serían testigos de su mudez.

Victoria no quiso asistir a las primeras horas. Nadie tomaría como una grave falta de disciplina que se sumergiera en recogimiento espiritual ante una prueba tan decisiva, en vez de entrar a la banalidad de las clases. Aunque su verdadero objetivo era esperar a Ángel Santiago. Se lo imaginó saltando desde el peldaño de una micro con un paquete de billetes en la mano liados por un elástico, corriendo a abrazarla, mientras iba haciendo piruetas balletómanas que harían reír a los transeúntes.

Así le indicaría alegre y fehacientemente que le había conseguido el dinero para la maestra de baile. Entonces ella entraría calma y soberana a la biblioteca, la prueba de fuego la atravesaría sin quemarse los pies, iba a triunfar en ese examen de desatinos porque era un paso gigante para llegar algún día a las tablas del Municipal. Sus macizas cortinas de terciopelo granate se abrirían y allí estaría ella, tallada en la fina luz de un cenital, en una composición alerta, aguardando que el director bajase la batuta.

Entonces, sí, la locura. En cuanto la música irrumpiera, ella iba a *bailarse,* y para *bailarse* iba a ser más que ella misma. Sería toda la historia de su vida hecha un cuerpo presente para servir a la música. Sin vanidad, humilde, recogida de espiritualidad como santa Teresa de Jesús. En el movimiento encontraría la quietud del alma, en la quietud inmóvil todo sería movimiento.

Por mucho que apuró el paso innumerables veces entre el portón del colegio y la avenida, su deseo no produjo la aparición del joven. Sentada en el banquillo del paradero protegido por un techo plástico comprobó que los minutos roían su fe y que se había aprendido de memoria los titulares de los periódicos en el quiosco de la esquina.

A las once de la mañana, con más deseos de estar en África que en la biblioteca de su colegio en Santiago de Chile, tomó asiento frente a la comisión. La profesora de dibujo levantó el pulgar deseándole suerte, y el maestro de física le hizo la primera pregunta sobre los quantas, y Victoria respondió, le tocaron el tema de la ameba y pasó piola, le endilgaron la secreción del páncreas y cero problema, enunció el teorema de Pitágoras y lo cantó sin olvidar ni los catetos, ni el cuadrado, ni la hipotenusa, de dos pestañeadas evacuó los nombres de los hijos machos de Edipo como Eteocles y Polinices, de un suspiro definió la partenogénesis, abrevió en una frase el pensamiento de Stephen Hawking, supo que «acacia farnesiana» es el nombre científico del aromo y que Imhotep fue el arquitecto de las pirámides de Egipto, sostuvo ante la aprobación del maestro que Anwar el Sadat y Menajem Beguin compartieron el Premio Nobel de la Paz, «Zamora no se ganó en una hora», «efectivamente, señorita, proviene de Cervantes» y el profesor de matemáticas (en vista de que todo pasando, que a réplica contra réplica la chica se defendía como gato de espaldas y que ya ganaba por puntos, que sabía que la insulina se sacaba del chancho, que Martín Lutero había traducido la Biblia al alemán) se abstuvo por el momento de ninguna pregunta y le cedió el turno a la maestra de castellano, que no la examinó sobre emisores y receptores, sino acerca de las *Coplas a la muerte de su padre*, de Jorge Manrique, momento en que Victoria Ponce se iluminó porque era ése su poema favorito de la historia mundial de la literatura, incluidos los de Neruda.

Y vamos echándole con cuán presto, etc., y los ríos y la mar, y el acabóse de los señoríos, y la filosofía estoica, y todo suavecito calzándose guantes de seda, con calorcillo desde el vientre al corazón, porque el verdadero saber abriga, señorita, hasta el momento en que la maestra de castellano le pidió a Victoria Ponce que dejara de recitar las coplas de Manrique y de reflexionar sobre el sentido de la vida y la muerte, y le planteó con voz biliar y ronca que ésos eran detalles, pero que «vayamos a la contribución estética del poema», inquisitoria que cambió la atmósfera de la prueba y que según el relato de la maestra de dibujo, doña Elena Sanhueza, fue puntualmente así:

—Señorita Ponce, ¿cuántas metáforas, aliteraciones, metonimias e hipérboles contiene el texto de Manrique? Identifique también el tipo de rimas usadas y determine la actitud del hablante lírico: ¿es carmínica, apostrófica o enunciativa?

—No sé, señora Petzold.

—¿No sabe ninguna de las cosas que le pregunté?

—Lamentablemente, no, profesora.

—Pero sabrá decirme si entre los versos aparece de pronto alguna imagen que sea un polisíndeton, una anáfora, alguna sinécdoque...

—No sabría decirle, maestra.

—Pero al menos podrá indicarme quién es el hablante lírico.

—El poeta.

—¡Que cosa más graciosa! ¿Así que usted confunde al autor de la obra con el hablante lírico, ese sistema de símbolos creado para emitir un discurso?

—Yo no confundo nada, señora Petzold. Es el hombre de carne y hueso, Jorge Manrique, quien sufre y se desangra verso a verso en las palabras que encadenan las imágenes de su obra.

—¡Qué ingenuidad, qué ignorancia y qué soberbia!

—Señora, es Jorge Manrique mismo quien habla de la muerte de *su* padre don Rodrigo. ¿Se acuerda cuando dice: «Mas, como fuese mortal, metiole la Muerte luego en su fragua»?

—¿Es usted, insolente, quien me está tomando examen a mí o yo a usted?

—Perdone, profesora.

—¿No sabe que la calidad de un poema depende de cómo se introduzca el ritmo? Si éste es yámbico o trocaico, por ejemplo. ¿Cuántos grandes textos de nuestra lengua no deben su inmortalidad al simple hecho de ser escritos en endecasílabos?

—Lo siento, señora Petzold, pero yo llevo llorando la muerte de mi padre desde hace años y no me calma la angustia ninguna metáfora, ni ningún ritmo yámbico, ni ninguna metonimia. Cuando Jorge Manrique se entera de la muerte de su padre, abandona la corte y se encierra en un castillo, donde escribe el poema desde un profundo dolor.

—Mijita, todo eso está muy bien, ¡pero es pura copucha historiográfica! Yo le pido un análisis literario.

—Perdone, profesora, pero yo no voy a hacer ninguna mierda de análisis del hablante lírico. El poema es demasiado hermoso para esa canallada.

Puesto que jamás nadie había gritado la palabra «mierda» en la biblioteca del liceo, el sustantivo pareció amplificarse en el cuarto y quedar suspendido en el aire.

No contribuyeron a disipar el silencio que se produjo en el comité ni el rubor calcinante en la mejilla de la profesora de castellano, ni la secreta dicha con que el maestro de matemáticas se rascó la nariz, ni el bullicio de las colegialas en el patio, que tomaba la forma de un zumbido tras los cortinajes.

Hubo una pausa larga, donde todos sujetaron sus carraspeos, y en la que Victoria Ponce se secó la súbita transpiración de sus dedos en las rodillas.

—Por el momento no habría más que decir —pronunció la directora, cerrando su libreta de apuntes.

Aliviados, los miembros de la comisión se levantaron, y los más viciosos se pusieron cigarrillos en las bocas, dispuestos a prenderlos en cuanto salieran del recinto. Ése fue el momento en que la maestra de dibujo Elena Sanhueza alzó la mano.

—Pido la palabra, señora directora.

—No, profesora Sanhueza.

—Según el estatuto docente...

—No insista, Elena.

—Quisiera sólo decir...

—Diga lo que diga, no quedará en acta. La sesión ha sido suspendida.

Pese a su voluminoso cuerpo, la mujer corrió hasta la entrada y cubrió sus dos puertas crucificándose en ellas e impidiendo que la comisión saliera.

—«El colmo de la estupidez —pronunció con grave intensidad— es aprender lo que luego hay que olvidar.» No soy yo quien lo dijo, sino Erasmo de Rotterdam.

La directora fichó con desprecio los dos brazos tendidos de la mujer y dijo con voz autoritaria:

—Permiso.

—Aquí se ha sacrificado una víctima a los dioses del oscurantismo y la pedantería.

—Basta ya, profesora Sanhueza. Baje sus brazos.

La mujer obedeció abatida, y con los ojos ausentes, vio pasar a los miembros del comité por el marco de la puerta. Luego fue hacia Victoria Ponce y le alzó la cabeza, levantándola desde ambas mejillas.

—Ibas tan bien, muchacha.

La chica fue guardando lento sus papeles en la mochila y al finalizar se quedó sentada en profunda quietud. Aunque no quería mirar hacia ningún punto, su vista fue atraída por el retrato de Gabriela Mistral: el pelo corto, la nariz voluntariosa, los ojos invitando a sumergirse en ella. A su alrededor, cientos de libros en empastes lujosos de otras décadas. Y un poco más allá, el lerdo reloj de comienzos de siglo cuyo minutero se clavaría en pocos segundos en el mediodía.

VEINTITRÉS
—

—Muchacho, las campanas de la catedral acaban de dar las doce.

—Lo siento, maestro. En la Oficina del Trabajo había muchos perros pero ninguna salchicha.

—No me interesan historias de perros. ¿Cómo te fue a ti?

—Excelente, don Nico.

Le extendió alegremente el certificado con sus ampulosos timbre. Vergara Grey lo leyó de una pestañeada y lo puso de vuelta sin humor sobre la mesa, junto a su taza de café vacía.

—Pero esto es un fracaso. No conseguiste nada.

—Nada de nada —exclamó el joven, apoyándose con desfachatez en el respaldo y rascándose dichoso la nuca.

—¿Y qué te pone tan contento?

—¿No capta, profesor? No nos queda otro camino que el Golpe.

El hombre le hizo señas al mozo para que fuera a cobrarse.

—Perdona que no te ofrezca un café. Desde que te fuiste he bebido cinco. Tengo la presión por las nubes.

—¿No aprovechó para leerse la suerte en el poso? En la cárcel había un viejo árabe que lo hacía. Déjeme que le vea la suya.

189

Sin esperar permiso, atrajo la taza hasta su nariz, y agitándola un poco, quiso discernir alguna figura que le permitiera un argumento.

—Veo un montón de dinero en su futuro.

—Por quinta vez hoy: no cuentes conmigo, Ángel Santiago.

—Lo veo en otro país fumando un habano y paseando del brazo con una chica guapa.

El mozo le extendió la boleta y Vergara Grey le dijo que se quedara con el vuelto.

—¿Qué más dice el poso del café, Aladino?

—Que me va a prestar treinta mil pesos —murmuró el joven con mirada humilde y sonrisa zorra.

El hombre se había puesto de pie. Asentó sobre la frente el sombrero de fieltro gris y pluma verde bajo la cinta y luego envolvió su garganta con una bufanda de cachemira negra. El chico se levantó también con un rictus sombrío.

—Hace un frío que penetra hasta el hígado. ¿No tienes un abrigo? ¿Una bufanda?

—De tener, tengo.

—Entonces, úsala, gil. ¿O quieres que te vaya a visitar a la Asistencia Pública en la sala para indigentes?

—¿Usted haría eso por mí si cayera enfermo?

—Eres un adulto y deberías hacerte responsable de tus actos. Al invierno chileno corresponde abrigo y bufanda.

—Yo siempre con chaqueta de cuero. Invierno o verano. ¿Qué me dice del préstamo?

Ya estaban en la calle y Ángel tuvo la sensación de que Vergara Grey no sabía con qué rumbo arrendar. Se lo confirmó el hecho de que sacara un cigarrillo y, protegiendo la llama del encendedor bajo la bufanda, aspirara la primera pitada con parsimonia y profundidad.

—¿Para qué quieres el dinero, chiquillo?

—Hay que pagarle hoy las clases de ballet a Victoria. Si esta noche la maestra vuelve a dejarla fuera, se mata o se muere.

—Debo confesarte dos cosas.

—Sí, profesor.

—Primero, que conseguirme esta platita prestada fue una paliza para mi amor propio de la cual aún no me he repuesto. Me da pavor ver que se evapora entre los dedos.

—Se la devolveré con creces.

—Segundo, que no te creo el cuento de que es para las clases de ballet.

—Es decir, no confía en mí, maestro.

—Confío en ti, pero ni a mi propio perro lo amarraría con salchichas. Me gustaría complacer a la colegiala, pero sin la mediación de intermediarios.

—¿Es decir?

—Llévame donde ella y yo le paso directamente el dinero.

Ángel Santiago se colgó propiamente del cuello de Vergara Grey y le impuso dos efusivos besos en cada pómulo. El hombre lo apartó oteando al mismo tiempo a diestra y siniestra.

—¡Déjeseme de andarme besando, ñor! ¿Qué va a decir la gente?

—¡Que somos padre e hijo, don Nico! —gritó el muchacho dichoso, y le estampó un beso preciso como un flechazo en la mitad de la frente.

—Vámonos de aquí, rápido —gritó Vergara Grey, cubriéndose el rubor con la bufanda, mientras echaba a caminar en dirección a la Alameda.

Su acompañante lo siguió durante cuatro o cinco cuadras de ritmo sostenido hasta que, poniéndose a la par, le dijo:

—Profesor, si al préstamo de treinta lucas le suma cinco, lo invitaría a que fuéramos en taxi.

—¿Cuánto falta hasta el colegio?

—A pie, un par de horas; en taxi, unos quince minutos.

—Tenemos poco dinero. Hay que ser ahorrativos.

—Como en la fábula de la hormiguita y la cigarra.

—Exacto. Sólo que a nosotros ya nos llegó el invierno y no tenemos nada en la despensa.

—No lo tome tan a pecho. Imagínese que la fábula es una metáfora.

—No sé de qué me hablas.

—Me explico: el trabajo que ha hecho la hormiguita es nuestra experiencia de la vida. Hemos, por así decirlo, acumulado lo que somos. Nosotros somos nuestra propia despensa. Es cosa que abramos la puerta y aparecerán todas las maravillas del universo.

El viejo ladrón se detuvo ante un buquecito manicero y le compró al comerciante de delantal blanco dos paquetes de maní tostado. Mordió uno, escupió la cáscara y mascó con energía los tres granos sin sacarle la capita roja.

—Están calentitos.

El joven molió la cascarilla entre los dedos y se puso dos granos sobre la lengua.

—¿Qué me dice de la metáfora, profesor? ¿Captó la moraleja de la fábula?

—Todas tus historias concluyen en la misma moraleja: que tenemos que dar el Golpe del *Enano* Lira. Y todas mis respuestas son de una elegante monotonía: no. O si lo prefieres en chileno: ni cagando.

—Está bien, profesor. No quiero que se enoje conmigo, ahora que Victoria lo necesita más que nunca.

—En eso estamos. Vamos en su socorro y de paso bajamos la barriguita con esta caminata.

—Lo que me temo es que lleguemos demasiado tarde. Por su culpa no estuve en el colegio antes del examen...

—¡Por mi culpa!

—Por su manía de mandarme a conseguir trabajo. ¿Sabe lo que me sugirió el funcionario?

—¿Qué?

—Que me consiguiera un buquecito manicero.

—Una gran idea. Ya viste que por dos paquetes le tuve que pagar seiscientos pesos. Imagínate que vendas por parte baja veinte paquetes por hora durante ocho horas. Serían seis mil pesos diarios. Ciento ochenta mil lucas al mes, tanto como un ministro y sin peligro de que te metan en la cárcel por desfalco al Estado.

El joven se detuvo y tiró iracundo su paquete de maní a los pies del hombre. Éste evaluó de una pestañeada los sentimientos del muchacho, y con aire resignado recogió humilde el cucurucho y se lo puso en un bolsillo.

—Si esta noche consigo que alguien me invite a un whiskey, ya tengo algo para picotear.

Hizo parar el taxi, y puesto ante la alternativa de la puerta abierta del vehículo y una retirada ofendida del escenario, el joven optó —en nombre del amor— por subir al coche y hundirse en el asiento con la cabeza oculta entre los hombros y un mohín taimado en los labios.

—¿Cómo crees que le habrá ido a tu calcetinera?

—Bien —bufó el muchacho—. Le tiene que haber ido *bien o bien,* porque no tiene otra salida en la vida.

—A tu edad se dicen cosas así tremebundas. Pero cuando no se encuentra una salida por la puerta principal, uno siempre puede hallar un resquicio.

—Usted se conforma con poco, maestro. Pero ni Victoria ni yo somos personas tan pusilánimes.

—¿Tan qué?

—Pusilánimes.

—Por suerte no entiendo lo que significa, pero mi intuición me dicta que debería romperte la nariz de un puñetazo. ¿De dónde sabes palabras tan extravagantes?

El joven se tapó y destapó los orificios de la nariz como si la amenaza se hubiera cumplido y quisiese constatar la hemorragia. Después se detuvo en la imagen de la Virgen María que el chofer tenía colgada sobre su espejo retrovisor.

—Tuve un profesor que nos decía que los chilenos teníamos un vocabulario máximo de cien palabras. Nos hacía leer libros, y cada vez que encontrábamos una palabra que no entendíamos la escribíamos cien veces y mirábamos en el diccionario su significado.

—El viejo se olvidó de Neruda.

—Ya, va uno.

—Y la Gabriela Mistral.

—Serían dos. Y pare de contar.

—Hay locutores de fútbol que son bastante locuaces. El otro día uno describió un gol del Colo-Colo como «lúcido».

—Debía de querer decir «lucido».

—Y cuando Herrera quedó solo a un metro del arco y no metió el gol, hasta habló en latín.

—¿Qué dijo?

—«Herrera humanum est.»

A medida que se alejaban del centro, los barrios de Santiago volvían a ser barridos por el tiempo. Un vendaval de caseríos tristes con techos oxidados cuyos propietarios a veces pretendían alegrarlos con pintura amarilla y algunos marcos de ventana violetas. La ciudad se le hacía más íntima mientras más fea se iba poniendo. Eran sus arrabales, pero por ningún motivo su destino. Meditó si acaso, sin posar de fresco, podría pedirle otros mil pesos a Vergara Grey para llevarle pienso y zanahorias a su rucio. «Por el momento somos una familia dividida», suspiró.

En las inmediaciones del colegio, ambos recorrieron las cafeterías, los paraderos de buses, los almacenes y hasta el minimarket. Sin hallar más pistas, determinaron que lo mejor era animarse a entrar al colegio con alguna excusa. Vergara Grey propuso que fingieran ser funcionarios de correos que le llevaban a la niña un giro de treinta mil pesos de parte de un pariente del sur. Ángel dio por buena la idea y lograron ingresar hasta la sala de profesores con los tres billetes azules como salvoconducto.

La única persona en la oscuridad invernal de ese espacio era la profesora de dibujo. Se había ubicado justo debajo de la lámpara de lágrimas y trabajaba afanosamente escribiendo algo en un *block*. Llegaron hasta ella y Ángel Santiago le sonrió:

—¿Se acuerda de mí, maestra?

La mujer hizo descender los anteojos sin marco por el tabique de la nariz y estudió a los dos hombres como si viniera saliendo de un trance.

—De ti me acuerdo; del otro buen mozo, no. Pero me cae bien a primera vista. Se parece al actor argentino Federico Luppi, con las canitas tan sexy en las sienes y los bigotes grises. ¿Cómo se llama?

—Nicolás —abrevió el hombre, protegiéndose.

Ángel quiso mirar lo que la maestra escribía, y al advertirlo, la mujer le acercó el cuaderno.

—Lea. Es mi renuncia.

—¿Qué pasó, maestra?

—A mí, nada. Pero a tu pobre novia la hicieron charqui.

—¿En el examen?

—Así es, pequeño.

—Pero no puede ser. ¡Estaba bien preparada!

—Preparada para todo lo que importa, ¡pero no para huevadas!

El joven miró suplicante a Vergara Grey, como si éste tuviera la facultad de desmentir los dichos de la maestra. Él se limitó a abrir las manos en un gesto de impotencia.

—¿Dónde está ahora?

—En cualquier lugar de Santiago, mojada como un gorrión. ¿O ya no llueve?

—Llueve a intervalos. ¿No puede darme una pista de hacia dónde fue?

—Me temo que a cualquier lugar desde donde pueda despeñarse. Los puentes del río Mapocho, el edificio de la Telefónica...

—¿Y usted no hizo nada?

—¡Que *yo* no hice nada! No me conoces, sinvergüenza. Estoy redactando mi renuncia antes de que me echen con sumario administrativo.

Se puso de pie y tiró el *block* sobre la alfombra. Los años habían desgastado en su tejido la figura central de un tigre persa, y manchas de cloro impedían ver los ojos de algunas doncellas que lo admiraban.

—¿De qué va a vivir, maestra, si renuncia? —preguntó Vergara Grey.

—Algo conseguiré. En la Oficina del Trabajo, o tal vez en provincias.

—¿En serio me encuentra parecido a Luppi?

—Bastante. Algo más gordito, sí.

—Es por la vida sedentaria.

—¡Ajá! ¿A qué se dedica usted?

El hombre buscó inspiración en los retratos de los próceres que colgaban de las paredes y luego bajó confiado la vista.

—Soy prestamista.

—¿Y gana mucho con eso?

—Bueno, por el momento presto, pero aún no cobro.

—¡Debe de tener un buen capital!

—No crea. Carezco de dinero, pero me sobra paciencia.

Ángel Santiago lo miró severo y luego lo apuntó descaradamente con el índice.

—Una paciencia que lo pudre, señora Sanhueza. La del gusano que se come a su cadáver bajo tierra.

—¿Y qué quieres que haga, muchacho?

—No sé lo que hará usted, pero yo me voy a recorrer Santiago hasta que encuentre a Victoria. ¿Usted cree, profesora, que le puede haber pasado algo?

—Lo único que me tranquiliza es que esa chica tiene la danza, y ésa es una buena razón para vivir.

—*Tenía* la danza, maestra. Démonos prisa, don Nico.

El joven besó una mejilla de doña Elena y Vergara Grey le levantó un brazo y rozó galante con su bigote la mano derecha. Ella se hundió en el sillón justo bajo el tragaluz, acaso con la esperanza de que el cielo se abriera y por allí se filtrara un rayo de sol. Al llegar a la puerta, el joven tuvo la sensación de que la sala era más enorme y fría en ese momento. Se sintió tan cerca de la profesora y de su desconsuelo que quiso llevársela a cualquier parte. Sacarla de ahí.

«¿Para ofrecerle qué? —pensó—. ¿Trotar las calles de Santiago sin certidumbres ni recursos?»

La llamó suave antes de abandonar la sala. Ella acomodó sus anteojos con el propósito de focalizarlo a la distancia y puso una mano en caracol sobre su oreja para oírlo mejor.

—Así como está, maestra, parece un cuadro de Hopper —le dijo.

VEINTICUATRO
—

Los pasajes en el centro de Santiago son laberintos. Pequeñas cuevas de comerciantes, parecen fachadas de algo oculto.
Ahí la ciudad es de nadie. Apenas un permanente tránsito
de pequeñez y mediocridad. Todo es ordinario y sexual. Las
farmacias homeopáticas y los zapateros remendones. Las oficinas de la lotería y las agencias hípicas. Las vitrinas con ropa
interior femenina. Los escaparates con condimentos orientales para los refugiados del Perú. Los juguetes traídos de
Hong Kong. Aviones de plástico con trompas de elefante.
Bacinicas con la sonrisa de Mickey Mouse. Insecticidas al
lado de ventiladores. Vídeos con carátulas de samuráis. Mer-
cerías con cintas nupciales. Mendigos ofreciendo pañuelos
de papel para las narices agripadas. Minifaldas a punto de
explotar sobre nalgas rollizas. Galanes que fuman eternamente un cigarrillo a la espera de que a alguien se le caiga algún billete al comprar una revista. Florerías con coronas ba-
ratas para difuntos indigentes. Timadores que arrojan tres
monedas sobre las baldosas y luego que aplastan una con el
zapato piden que se apueste dónde está. Reparadores de
neumáticos de bicicletas desinflados. Infinitas farmacias con
yerbas para el hígado, la gonorrea, el tratamiento de piedras
vesiculares y el aumento benigno de la próstata. Y en el centro de todo, con escalas cubiertas de alfombras que en al-

guna otra década fueron muelles y elegantes, los cines rotativos que comienzan a funcionar antes de la hora de almuerzo. Los espectáculos para solitarios y cesantes. Para desdentados y prófugos. Para los amantes de las pantallas con artes marciales y suecas incansables galopando vergas africanas en algún lugar turístico del Mediterráneo.

Preguntaron por Victoria en la peluquería del portal frente al cine dando sus señas. No la habían visto, y si la hubieran visto, la gente de por aquí es muy discreta, cada uno se mete en lo suyo, teñidos de canas muy firmes a dos mil pesos para el caballero, y para usted corte *lolo* con puntas paradas y mucha brillantina por mil quinientos, al fondo masajes de dos tipos, decentes y *completos* con chiquillas de veinticinco a cuarenta, según la edad sale el precio; también hay masajes de caballeros para caballeros.

Vergara Grey dejó que manara la charlatanería, pues entremedio podría conseguir alguna pista sobre el destino de la muchacha. Sabía que el estilo policíaco de ir al grano ahuyentaba a los eventuales informantes y mostraba plena comprensión de que la gente tuviera aversión hacia los chicos listos que preguntaban demasiado. En tanto, Ángel Santiago miró los afiches del film de hoy. *Sexo en la selva* prometía juegos de cocos y bananas, un gorila potente que dejaba chico a King Kong, y bandas de holandeses que raptaban doncellas para exportarlas a los países árabes. Le dijo a Vergara Grey que entraría un ratito sólo para ver si encontraba a la muchacha. Que le diera unos cinco minutos hasta que su vista se acostumbrara a la penumbra, y que por ningún motivo se fuese, pues contaba a firme con el capital para las clases de ballet. «Lo prometido es deuda», dijo el maestro, y entró a una tienda de revistas usadas a hojear la revista *Estadio*, de los tiempos en que Carlos Campos cabeceaba los *corners* en la «U».

No le hizo comentarios al boletero y él mismo le cortó su entrada diciendo que el acomodador no había venido por culpa de la famosa gripe. Que se sentara en la última fila y que luego buscara una ubicación mejor.

La temperatura del cine era hoy más fría que la de la calle. Un ventilador daba vueltas en el techo más para dispersar los malos olores que para entibiar la atmósfera. El film transcurría en una pantalla antigua, de las cuadradas, y las rayas en las imágenes concordaban bien con el chirrido de la banda sonora. En el interior de una choza iluminada por antorchas, una mujer rubia de senos magros y cabellera abundante sostenía una culebra e intentaba con desesperada coquetería introducírsela en el vientre. Dos jóvenes vestidos en *shorts*, con pelo rizado y las manos sobre sus sexos, jugaban a subir y a bajar el cierre *éclair*, dando señales de excitación ante el trabajo de la actriz, que mientras maniobraba a la fiera con una mano, con la otra les suplicaba que le acercaran sus vergas.

Desde la pantalla no rebotaba la luz. Era una copia oscura, y a medida que el joven iba discerniendo más del contenido de la sala, se dio cuenta de porqué la oscuridad era tan perfecta. En las filas delanteras pudo discernir parejas que, abrazadas, se besaban largamente, y a mujeres solitarias que se desplazaban de las butacas para irse a sentar junto a un hombre o una dama solitaria. Intercambiaban palabras, caramelos o cigarrillos, y pronto iniciaban un contacto corporal que los llevaba a agitarse y a gemir. Una de esas mujeres que recorrían las hileras se sentó a su lado y, sin dejar de mirar la pantalla, le puso delante del pecho un paquete.

—¿Querís un chiclet?

—Bueno —dijo Ángel.

Tomó uno y el sabor a menta Adam's se esparció por su lengua. La mujer le puso una mano en la rodilla.

—¿Primera vez que venís aquí?

—Sí.

—¿Conocís las tarifas?

—No.

—Te dejo que me agarrís las tetas y me metái el dedo en la chucha por tres mil pesos, ¿ya?

—¿Aquí mismo?

—Ando en pelotas debajo del abrigo. Los cuadritos y el sostén los tengo en la cartera. Siempre traigo chiclets de menta porque a veces los huevones andan con mal aliento. Aquí a los clientes les gusta mucho el trago.

—La verdad, oye, es que yo no vine para esto.

—No me vayái a decir que eres fanático del séptimo arte.

—Lo que pasa es que ando buscando a alguien.

—¿A quién?

—A mi hermana. Dijo que vendría al cine y no sé si es éste.

Un hombre robusto se sentó en la punta de la misma hilera y los resortes del butacón rechinaron bajo su peso.

—Aquí vienen puras putas, cabrito. Anda a buscar a tu hermana en la parroquia. Queda a la vuelta de la esquina.

—Es que se trata de un problema serio, oh. Tengo que encontrarla y avisarla de que la mamá está enferma.

La mujer encendió un fósforo y con la débil llama le miró atentamente los rasgos de su faz hasta que el fuego le quemó las yemas y tiró el palito calcinado al suelo.

—P'tas que soi lindo, huevón.

—No digái eso, ¿querís?

—¿Tenís dado vuelta el paraguas?

—¿Yo? Me vuelven loco las mujeres.

—Y entonces aprovecha, *caurito*. Te dejo que me besís y me mordái los pezones.

—Es que ando *pato*.

La mujer se apartó ofendida e hizo sonar unas abundantes pulseras doradas que adornaban sus muñecas.

—Lo que pasa es que me encontrái muy vieja.

—Chís, si ni te he mirado.

—Cáchate las mensas tetas que tengo. No como la mina de la película, que parecen dos uvitas no más.

Con un sorpresivo movimiento raptó una mano del chico y la condujo por todo el volumen de sus pechos.

—Están ricas.

—Duritas, ¿te fijaste?

—Sí.

—Te dejo que me las chupís por dos lucas. Todo el tiempo que querái.

—Te dije que no tengo plata, oh. Estoy *pato* y cesante.

Ella se puso de pie. Se pasó la lengua por los labios y le pinchó la nariz, como regañándolo.

—Los cines para maricones están en el pasaje de Catedral. No volvái por aquí.

Fue a sentarse al lado del hombre robusto y Ángel Santiago alcanzó a oír parte del diálogo ritual con que le ofrecía goma de mascar mentolada. Se apartó de ellos, ocupó la última butaca del lado opuesto y quiso discernir con método los rasgos de las veinte o treinta personas que estaban en la sala, los pocos solitarios que antes que mirar el film parecían espiarlo con excitación de colegiales, algún oficinista que dormía una siesta precoz, y las parejas. Los mismos abrazos y besos por todas partes en la húmeda y rutinaria oscuridad.

Tuvo al principio la sospecha de que había encontrado a Victoria cuando esa figura, cinco filas más adelante, se dejaba caer con languidez sobre el respaldo del butacón, y el hombre con boina que la cortejaba se hundía sobre su falda. Luego ella hizo un gesto con la mano, volcó toda la larga cabellera sobre la parte trasera del butacón, y las dudas de Ángel se disiparon. La cabeza del hombre de la boina se había sumergido, y aun desde esa distancia y penumbra, no era difícil suponer que lamía sus pezones o hundía la nariz en su vientre.

«¿Qué mierda me importa? —se dijo, manoteando las lágrimas y la secreción que estallaron sobre el rostro—. ¿Qué me importa por la misma mierda?», se dijo otra vez, revolcándose en el asiento como si alguien le hubiera golpeado el hígado con un mazo.

Pero cuando saltó del asiento y se adentró por el pasillo, supo en el vientre que si tuviera ahora un revólver dispararía, si el cielo le pusiera un puñal en la mano degollaría, y si tuviese un taladro perforaría el cráneo del cerdo que la trajinaba.

Él subía la espalda por el respaldo y ella bajaba su boca hacia sus pantalones. En pocos segundos, por el asertivo movimiento de su cabeza, supo que se había metido el miembro del hombre de la boina en la boca, que lo galopaba con su lengua, que los gemidos del tipo eran sujetados para no reventar en un grito de placer. Lamentó tener en ese momento en sus manos ese desmayo que le robaba las fuerzas. No podría estrangularlo. No había tensión en los dedos agarrotados por la humillación para apretar la yugular hasta asfixiarlo. Fue hasta el sitio mismo donde la pareja se empleaba y entonces todo aquello que supuso lo vio en una dimensión más poderosa que la imagen de la pantalla, con ese ruido soez de jadeos profesionalmente calculados para ocultar el murmullo de fluidos que los espectadores cambiaban con sus putas.

En un segundo estuvo encima de ella y tuvo la plena lucidez del dolor. No podían verlo, ni el hombre, con los ojos cerrados concentrándose en su éxtasis, ni la chica, afanada en acelerar sus movimientos para acabar con la faena.

Entonces tiró de la cabellera de Victoria con la fuerza de quien se arrancara su propia piel y ante sus ojos estalló todo el espectáculo de miseria: la eyaculación del desconocido en la frente de la chica, en su abrigo, en el respaldo del asiento delantero, en sus labios, enrojecidos por el roce con su glande.

La sacó hasta el pasillo arrastrándola del pelo, y mientras lo hacía, el grito que lo acechaba desde hacía minutos irrumpió con el rugido de un animal.

Era más que la indignación y el asco, mucho más que el amor y la ternura ofendida, infinitamente más que el odio minucioso al mundo y sus bestias, eternamente más que la rabia por la virilidad celosa pisoteada, más enceguecedora que la sangre agolpada en sus ojos.

Hubiera preferido ser ciego y no verlo, sordo y no oírlo, indiferente hasta el hielo para haberlos dejado seguir en su comercio de saliva y semen; hubiera querido no haber salido jamás de la cárcel, y entendió ahora, en su confusión, que la libertad era apenas una continuación del castigo, que haber encontrado por azar a Victoria Ponce era su decreto de muerte sellado y ratificado por la autoridad que enfrentaba ahora el exacto equivalente de un pelotón de fusilamiento, la aguja de inyección letal en la vena, los miles de voltios que lo hubieran erizado en la silla eléctrica, y esa respiración que no llevaba aire a sus pulmones eran las toneladas de gases de una cámara final. «Ni a un moribundo la muerte le duele tanto como a mí la vida. ¿De qué me sirve tener veinte años y el mundo por delante?»

Los espectadores del cine reaccionaron al espanto del grito ocultándose en los asientos, temerosos de ser sorprendidos por los agentes de investigaciones, por la brigada de narcóticos, por las patrullas contra la pedofilia, por los servicios de sanidad, por acreedores de sus cheques sin fondo, por esposas celosas con sus detectives.

Temieron que ese grito fuera el alarido que anunciaba la llegada de un ángel apocalíptico, un lancero con cota medieval como los que veían en las películas de esa pantalla que astillaba los corazones de sus rivales haciendo trizas los escudos, o el puntapié en la garganta de un feroz guerrero oriental que les trizaría la carótida.

Ángel trepó la escalera dotado de una súbita fuerza sobrenatural, y una vez que llegó al nivel del pasaje, con otro alarido dispersó a las peluqueras curiosas que se habían agolpado para ver a la víctima tendida en el suelo, y con un último aliento arrastró a Victoria hasta los pies de Vergara Grey.

VEINTICINCO

—Ahí la tiene *personalmente*, maestro. La señorita Victoria Ponce. Entréguele *personalmente* la plata.

La chica se puso de rodillas y se cubrió la cara con el pelo. Se mantuvo oculta de la curiosidad de los ociosos, con la cabeza gacha, como en oración. El hombre se agachó para atenderla y quiso levantarle la barbilla.

—¿Qué te pasó, chiquilla, por Dios Santo?

—Necesito lavarme, señor —dijo con voz apenas audible.

—Levántate y entremos a la peluquería. Allí te convidarán a agua.

—Quiero irme lejos de aquí, don Nico.

—Ponte de pie y apóyate en mí.

—No quiero que nadie me mire la cara.

—Está bien. Mantén el pelo cubriéndola y avancemos hacia la salida.

La chica obedeció y se refugió en el abrazo del hombre. Le hizo señas a los testigos de que se abrieran, pidiendo con un rictus comprensión por la joven herida. Así fueron, casi como lisiados, hasta la salida de Santo Domingo, seguidos a cierta distancia por Ángel Santiago, con las manos hundidas en el chaquetón de cuero.

Afuera la presión del sol había dispersado el cúmulo de nubes, y ahora brillaba con un amarillo más irritante que tibio. Al advertir esa luz, Victoria Ponce pareció tomar una conciencia extrema de su cuerpo, pues comenzó a sacudirse y arañarse como súbita víctima de una peste.

—Necesito lavarme.

—Vamos caminando. Ya encontraremos un lugar.

—No me entiende, señor. Es urgente.

Se rascó los pómulos y al retirar la mano brotó un hilillo de sangre.

—Ahora trata de calmarte. No te impacientes.

—Quiero lavarme. Por favor, ayúdeme.

—Sigue caminando conmigo, muchacha. Estoy atento por si aparece algún grifo.

—Si no me lavo, me muero, don Nico.

—Ya lo dijiste.

—¿Dónde están?

—¿Quiénes?

—La gente del pasaje.

—Se quedaron atrás.

—¿No nos siguen?

—Tranquila. Estamos solos.

—¿Dónde hay un poco de agua, profesor?

Introdujo algunos dedos en la boca y trató sin éxito de provocarse un vómito.

—¿Qué haces, chiquita?

—Quiero arrojar.

—Si puedes, hazlo.

Se sacudió en una arcada sin que pudiera expulsar el líquido que sentía bloqueándole el pecho. Sólo logró escupir una sustancia amarillenta.

Vergara Grey la había dejado a solas para no incomodarla, y en el momento en que la luz del semáforo en Miraflores con Santo Domingo pasó a verde, la muchacha se filtró entre los autos y los autobuses y echó a correr en dirección a la cordillera.

—Espera, chiquilla —le gritó el hombre—. ¡Te traje el dinero para tus clases!

El tráfico y la distancia impidieron que Victoria lo oyera. Ahora corría electrizada por cada nervio, esquivaba a los transeúntes, se saltaba las luces rojas para peatones igual que si estuviera ciega, no prestaba atención a los bocinazos de los buses, ni al pitido del carabinero que le llamó la atención cuando estuvo a punto de ser atropellada.

En la esquina del palacio de Bellas Artes trepó la escalinata y quiso atisbar si alguno de los dos hombres la perseguía. El viejo profesor se distinguía allá a lo lejos, la mano en el corazón, tratando de impedir el infarto, pero Ángel Santiago le hacía señas a pocos metros, conminándola a detenerse. Victoria cruzó a ciegas Santa Lucía y en pleno parque Forestal unió al trote las lágrimas. A pesar del frío, el cuerpo se le henchía de fiebre, la sangre le quemaba en los pómulos, y los zapatos escolares levantaban polvo a sus espaldas.

Pero siguió con la certeza de que por esa ruta llegaría a la fuente Alemana. Allí encontraría el manantial y las cascadas: desde esa fastuosa escultura con su barca de bronce en las alturas caería el líquido en manadas de gotas, en chisporroteos de clara velocidad, se alzarían las ondas que va dejando el buque metálico.

Corriendo y trotando y desmayando, ya alcanzaba a ver los aurigas del océano en el centro de Santiago, las atónitas focas de fierro pulido, el pájaro de buen augurio a la espalda de los dioses remeros que va empujando con sus aleteos a la *troupe* de emigrantes y colonizadores, piratas y santos, rebeldes y reyes, quietos en la fuente ya tan cercana, ya tan a mano ella, tan próxima ella, la hermosa fuente, la bella de lluvia y bronce, la más fértil en la niebla tibia del invierno, en la tarde de grises y estudiantes rezagados que cambian besos y promesas en los bancos del parque Forestal, qué locura, qué feroz la fuente nutritiva, la alegoría incomprensible de los navegantes altaneros que han echado pie y raíz en Chile, qué alucinaciones de tigre ponerlos en medio de esa agua que simula un mar sin olas, una tormenta sin rayos ni truenos ni vendavales de granizos, ni copos de nieve de sus parajes nórdicos originarios, esos nibelungos de Nibelungia, esos sajones de Sajonia, qué bendición esa agua tan próxima, esa fuente que le fue tantos años un manantial de indiferencia, pero ahora allí, al alcance de sus manos, de sus senos, de su cabellera, de su garganta mancillada, de su lengua de áspid y venenos, de cólera, de rabia, de esperma diseminada y anónima, qué espejismo de gracia esa agua incesante manando allí para ella, y qué barullo de otras fuentes soñadas en sus párpados, la de Trevi, la de piazza Navona, la de Cibeles, Margot Fonteyn en el Royal Palace, la Ópera de París, la Escala de Milán, los lenguajes maravillosos que aprendería en cuanto pisara tierras desconocidas, pues siempre creyó que el entusiasmo era dueño del mundo, que bastaba, señorita Petzold, que uno muriese la muerte con un poeta para ser de todas maneras un poco inmortal, y ella ya está casi allí, allí ya a veinte metros de llegar y cuando ella ya allí y se zambullese no sería ese barco de la vida, esa nave de locos, el transatlántico del mito que la llevaría ahogada y vertical, perfectamente tiesa y Ofelia hacia el otro mar dado vuelta que era el cielo, qué mejor y más contundente respuesta a todo que la muerte ahora mismo, ya mismo, allí mismo, corriendo y llegando, la misma muerte de Manrique, profesora Petzold, la misma maldita muerte de su padre, la misma muerte que intuía que ya acechaba con hocicos de perros y jaguares a su amado Ángel Santiago, con esas ganas tan terribles de vivir, tan voluntarioso y fraternal, tan amante y padre mío, tan exactamente lo contrario de la muerte que me espero y merezco, más rápida que lenta, más ancha y profunda que una vena, tan torrencial como una arteria rajada a *gillette*, pero agua ya, ya aquí ya y al fin ya, ahí está tangible ya el pájaro de lluvia, esa música en la que ya hunde sus dedos y salpica la cara, y es el anuncio de otra vida, el bautizo, ahora sí que ya, ahora sí que ya sus manos le frotan el rostro, empapan de agua los grumos gelatinosos revueltos en la cabellera, ahora sí que ya se salpica hasta el escote, abre con furia el abrigo y salta el botón, y las dos manos lavan sus senos, los amasa turbulenta, inunda sus pezones raspándolos con esa agua amable y se lava y se unta y se moja y se expande y se aprieta y se enjuaga, y transforma el agua de la piedad en un chubasco, y se tira el líquido sobre el cuerpo haciendo un cántaro con las manos, y ahora se detiene un momento porque oye a su lado la voz de Ángel Santiago, que le dice «para, Victoria, por Dios Santo, para ya, Victoria Ponce, párala», pero ella ya no oye y entra a la fuente.

VEINTISÉIS
—

—¿Alcaide?

—Sí, señor.

—Soy yo.

Santoro fue hasta la puerta, oteó a lo largo del pasillo y, puesto que no divisó a ningún guardia en las inmediaciones, fue de vuelta hasta el escritorio y desenchufó la grabadora conectada al teléfono.

—¿Ya está?

—Todavía no, jefe.

—¡Van quince días, por la cresta!

—Bueno, usted me dio un mes.

—No debería haberlo hecho. En las noches no duermo, y cuando logro dormir tengo pesadillas y me despierto.

—Perdone, alcaide, pero es muy difícil trabajar cuando uno no existe. No sé si me capta.

—¿Qué quieres decir?

—Santiago es grande, y si no puedo contactar a mis contactos, ¿cómo hallo al muñeco?

—Te pasé la dirección de la casa.

—No vive ahí, jefe. No lo pueden ver ni en pintura. La esposa, eso sí, está de comérsela con huesitos y todo.

—Sujetáte, animal. Una violación, y yo personalmente te mato.

—Tranquilo, que no me falta donde mojar el gorrión.

—¿Y si te reconocen?

—Cuando tengo ganas, no visito a ninguna de las de antes.

—Así debe ser. Si alguien te identifica, me cae sumario administrativo, pierdo la pega y me meten en la cárcel. Acaso en esta misma. Imagínate la cantidad de huevones que me quieren cortar el gargüero.

—Yo conozco en su cárcel por lo menos a dos.

—¿Quiénes?

—El Innombrable y otro.

—¿Cuál es el otro?

—Mientras lo tenga adentro no tiene nada que temer, alcaide.

—Dímelo.

—El trabajito que me encargó no incluye la delación.

—Está bien. ¿Para qué me llamas?

—La información que me dio en la última llamada que le hice es correcta. El muñeco prepara algo con Vergara Grey.

—Sigue.

—Se han visto en la calle de las Tabernas, donde no me puedo ir a meter por razones obvias.

—Está claro. Te reconocerían hasta los postes. Por eso te dije que buscaras en la familia.

—El hijo es un chancho que no da manteca. Es más aburrido que bailar con la hermana. La mami no me tiene confianza y no suelta prenda.

—Si la violas, te mato, bestia.

—Ya lo capté, alcaide. No se agite.

—Entonces dime de una vez para qué me llamas.

—Porque se me encendió la ampolleta, alcaide. Si el muñeco prepara un golpe con Vergara Grey, debe de ser algo del porte de un transatlántico.

—El Nico no se anda con chicas.

—Y si nosotros, por esas casualidades de la vida, cachamos lo que estamos cachando, ¿no sería más conveniente subirnos al carro de la victoria que matar al caballo?

—Explícate.

—El viejo es un gran silbador de tangos de la Vieja Guardia. Pero el Innombrable tiene que ser el tío que aporta la decisión y las ganas.

—Me consta, porque ganas de matarme no le faltan.

—Pero sí le falta plata. Y sabe que Vergara Grey se la puede dar en cantidades.

—Perfecto el argumento. Pero te falla en un punto, ilustre anónimo: el viejo colgó los guantes.

—No hay campeón mundial de box con los sesos molidos que proclame eso y que a pesar de todo no vuelva al ring por un par de millones. Como Mohammed Alí. Lo hacen papilla, pero agarra platita para que le traten el Parkinson.

—¿Qué propones?

—Que averigüe con el alcaide con qué proyecto salió Superman de su boliche.

—¿Que yo hable con Huerta? ¡Si hasta es socialista, el culiao!

—¡Y aunque sea mahometano! Usted la tiene mejor que yo, alcaide, porque está al otro lado de la ley. Pero perdone la franqueza, ni yo ni usted vivimos holgados. Si nos metemos en el Golpe del viejo agarraremos nuestra parte, y con el dinero puede arreglarse la dentadura y mandar a sus hijas a un colegio privado. A la Alianza Francesa, por ejemplo.

—Claro que me gustaría sacarlas de la picantería en que se mueven.

—Entonces, pues, señor Santoro, hable con Huerta y entresáquele algo.

El alcaide decidió frenar el ritmo de esa charla. Era muy probable, claro que sí, que para ganarse unos días más de *chipe libre* Rigoberto Marín lo quisiera implicar en una fantasía de Golpe que le permitiera no arriesgar el asesinato del Querubín. El pendejito era un engreído ladrón de caballos y debía de ser del todo incompatible con la técnica y la inteligencia de Vergara Grey. Podría ser su *junior*, pero no su cómplice.

—¿Alcaide?

—Estaba pensando, hombre. Arregla al Innombrable cuanto antes y vuelve a casa.

—Usted me pide que mate a la gallina de los huevos de oro.

—En este momento me interesa más salvar mi vida real que un dinero hipotético.

—¡Está Vergara Grey de por medio!

—Todo el mundo lo sabe, y los tiras también deben de estar tras sus pasos. No nos metamos en líos, muchacho.

—Llame a Huerta, señor Santoro. Hágame caso.

—Tal vez lo haga. Pero primero arréglame al muñeco.

—El Querubín es un pan de Dios, alcaide.

—Tú sabes que no es cierto. Fresco por fuera, podrido por dentro. Mátalo y punto y aparte.

—¿Cuánto plazo me da?

—¿Te quedan dos semanas? Pues eso, dos semanas.

—Se va a arrepentir, alcaide.

—No creas, cuando todos los perros quieren comerse la misma salchicha, se muerden los dientes entre sí.

—Curioso que me diga eso, señor. Vivo rodeado de perros.

—Que no salten sus pulgas a tus andrajos.

—¡Qué se cree! Hasta con traje nuevo ando.

—¿Con qué plata?

—Las mujeres me apoyan.

—Así que bien dotado, el hombre.

—La naturaleza es así. A veces da, a veces quita. Entonces, ¿adiós a la educación en la Alianza Francesa de sus niñitas?

—Adiós a tus cojones si el Innombrable sigue vivo de aquí a quince días.

En cuanto colgó fue hasta la estufa de gas licuado y se frotó las manos en la parrilla encendida. Los dedos atraparon algo del calor, lo cual le permitió hojear su libreta de direcciones sin tener que despegar las páginas húmedas. El mismo Huerta atendió la llamada.

—Soy Santoro, de la cárcel pública.

—Imposible olvidarse de usted, alcaide.

—Muchas gracias.

—No se lo dije en sentido positivo. Después del golpe militar, estuve seis meses preso en su recinto.

—¡Pero estamos hablando de bueyes perdidos! En ese tiempo yo tenía veinticinco años.

—Pero como sargento fue muy colaborador con las nuevas autoridades.

—Igual que la gran mayoría del país. Chile era un caos y se necesitaba mano dura.

—Exactamente. Mano dura es la que aplicó conmigo. ¿Cómo es que llegó a trepar a alcaide después de que se recuperó la democracia?

—Por la carrera funcionaria. Los servidores públicos estamos inmunes a las veleidades políticas.

—¿Incluso quienes practicaron torturas?

—No sea tan trágico, Huerta. Golpizas. Simples golpizas.

—Aún sigo sin oír bien del oído izquierdo y muchas veces pierdo el equilibrio. En mi caso fue un golpe brutal seco contra la oreja.

—Pero no fui yo, hombre.

—No usted personalmente.

—¿Ve, pues? Todas las fuerzas armadas lo dicen. Las responsabilidades son individuales, no institucionales.

—Sí, hace veinte años que vengo oyendo la misma cancioncita. ¿Para qué me llama?

—Para coordinarnos, colega.

—¿Usted y yo?

—Efectivamente. A ambos nos interesa que haya paz y orden en Chile.

—Unos con leyes y otros a *chalchazos.*

—Pero ni usted ni yo somos los mismos. Hoy yo no tocaría a un preso ni con el pétalo de una dama.

—Se ha puesto lírico, Santoro. ¿De qué se trata?

—Usted soltó a Vergara Grey hace unos días, ¿cierto?

—Fue beneficiado por la amnistía.

—Exacto. Dígame, colega, ¿en qué anda el campeón?

—Jubilado.

—Pero si apenas tiene sesenta.

—Será, pero no quiere más guerra.

—¿De qué vive? Todos saben que el socio le robó su botín.

—De lo que le prestan los amigos.

—Por ahora. ¿Pero más adelante?

—Vaya al grano, Santoro.

—Anda el runrún que el viejo está metido en algo grande.

—¿Y?

—Sería bueno que habláramos con él para disuadirlo. Como servidores públicos le debemos esa gauchada al país. El pueblo no vería con buena cara que en un gobierno democrático criminales amnistiados reincidan con la complacencia de las autoridades.

—Vergara Grey no volverá a delinquir.

—¿Ah, sí? Sópleme este ojo.

—Búsquelo y encuéntrelo solito. Y solito hágale el chantaje que desea.

—¿Qué chantaje, Huerta?

—Me imagino que usted va tras la mordida, ¿no?

—¡No me ofenda!

—Si le molesta tanto, no tiene más que cortar el teléfono.

—Corte usted primero.

—No, señor. Soy un caballero y fue usted quien me llamó.

—Acuérdese de que le pedí colaboración y no quiso participar. Si Vergara Grey hace algo y la prensa sigue la pista, van a llegar a usted y a este diálogo.

—No veo cómo.

—Por ejemplo, si algún pillo lo hubiera grabado.

Huerta se pasó los dedos fríos por los párpados somnolientos.

—Haga lo que quiera, Santoro.

—No haré nada que le cause daño. Pero p'tas que me gustaría verlo algo más colaborador la próxima vez que lo llame.

—¿Y usted no tiene nada que contarme?

—¿Como qué?

—¿Alguna cosa que sea un secreto?

—¿Como qué cosa?

—Nada. Preguntaba no más.

VEINTISIETE

El perfil clínico de la paciente Victoria Ponce dejaba mucho que desear: una curiosa combinación de estreptococos en la garganta, virus rotatorios desde las tripas a las narices, cuarenta coma dos de fiebre, y encima de todo, depresión. El joven médico de turno, Gabriel Ortega, determinó que necesitaba cuidados intensivos: él había hecho lo suyo.

En términos muy juveniles e informales, puso en conocimiento del *tío* de la muchacha, don Nico, así, a secas, y del *hermano mayor,* Ángel Santiago, que ya le había inyectado a la ninfa de la fuente Alemana un hectolitro de penicilina, un arsenal de paracetamoles, y que no había espacio de su cuerpo acuático —bromeó— donde no se le hubiese aplicado una compresa. La paciente era flaca pero de contextura musculosa y superiores reflejos. Con un poco de payasadas que le hicieran, le arrancarían sonrisas y dentro de unos tres días la tendrían bañándose en la piscina del Estadio Nacional.

Recomendaba con énfasis a los parientes de la niña que se esforzaran por curarle el alma. «En el cuerpo, cualquier practicante lograría a puntas de píldoras y pinchazos poner a las bacterias en retirada, pero los *blues* que canta esta chica son, para serles francos, lúgubres. Más aun, funerarios, pues la señorita Ponce maneja en su delirio el difundido concepto filosófico de los existencialistas y los cantantes argentinos de que la vida no vale nada. La conclusión que sacan estos seres plañideros es que, por lo tanto, no es necesario pagar un precio por ella. No conozco la historia de su pariente, señores, pero al parecer no quiere más guerra. Desea morirse simplemente, tan melancólico como suena.

»El otro tema, por supuesto, son los costos. Se agarró una infección más o menos por zambullirse con abrigo y todo en la fuente Alemana, hasta que fue la ambulancia a rescatarla, pero aquí, en la Asistencia Pública, esta pobre enfermita está ocupando una pieza y detrás de ella hay una fila de moribundos, niños atropellados por automovilistas ebrios, ojos expulsados de sus cuencas por cuchillos en riñas callejeras, abortos autoinducidos por empleadas domésticas que se embarazaron del hijo del patrón, apendicitis galopantes a las que urge meterle tajo, episodios de locura que requieren camisa de fuerza y encefalogramas, y para qué les voy a entrar en más detalles.

»Las aflicciones de Victoria Ponce son chilindrinas en comparación con lo que me espera. Tremendo fastidio que me da, porque iba a ver por televisión cable en vivo y directo al Real Madrid contra el Juventus, pero ahora de turno aquí hasta que amanezca, si se me llegan a caer las pestañas, llevo siete cafés en el gaznate, uno cada media hora. ¿Qué podemos hacer con la chiquita; no tiene seguro médico con alguna Isapre? ¿Aunque sea el plan Fonasa?

»¿Acaso no podrían meterla un par de días en una clínica privada hasta que pasen las turbulencias? Es cosa de que cuando admitan a su sobrina, don Nico, usted les deje un cheque en blanco por los gastos que ocasionará. Cuando esté lista la cuenta, entonces usted rellena el documento con la cifra que le indiquen. Ahora, si no tiene cheques, qué puede hacer, pregunta usted. Entonces llévenla a casa. Yo le enseño cómo colocar inyecciones. Le regalo algodón, alcohol y jeringa, cualquier cosa, pero sáquemela de aquí, por favor, caballero, que los pacientes se están muriendo en el pasillo, tengo que operar, coser puntos en una frente, hacerle lavativas a un tipo envenenado con carne podrida que robó de un basurero. Todos claman por el doctor Gabriel Ortega.

»Llévemela de aquí lejos, es una chica muy simpática, con la sensibilidad y la belleza de un artista, pero requiere de mucha atención. Hay que ponerla junto a gente positiva. Así como ustedes, por ejemplo. Hay que arrancarle de cuajo esa depresión que le está comiendo el coco. Si sigue con esa tristeza va a permitir que se la devore la fiebre. Tiene que tomar mucho líquido: ¡pero dentro del cuerpo, no afuera! Nada de piletas, ríos, ni océanos.

»Llévenla a su casa. ¿No tiene madre esta niñita? ¿Tiene madre? Entonces llévenla donde ella. Que la cuide, que le levante el ánimo. ¡O a su casa, joven! ¿Cómo? ¿No tiene casa? Realmente es insólito, todos tienen una casa. Gente como usted es rarísima. Ah, es que es de Talca. Ya, pues tomen un taxi, y métanla en el tren a Talca. Eso está bien, naturaleza, pájaros, montañas, sauces llorones, patos, vacas, gallinas, cualquier cosa menos este moridero. ¿Comprende? ¿Comprenden?»

Los hombres sacaron la camilla con Victoria al pasillo y se pusieron en la hilera de postoperados e indigentes que esperaban turno. Un anciano ebrio y con la muñeca manando sangre tenía encendida la radio Carrera con tangos del recuerdo. «Nada sigue igual en tu pueblo natal.» Había dos carteles. Uno prohibía fumar, el otro rogaba no fumar. Vergara Grey quiso hallar un teléfono para llamar a Teresa Capriatti. El día se había volado de manera inesperada. No sabía cómo ni por qué había caído en el vértigo de esa historia ajena, teniendo, carajo, una tan propia.

—¿Qué hacemos, maestro?

—Tenemos que encontrarle a la muchacha un lugar donde dormir. ¿Qué tal la casa de la madre?

—La vieja está con tratamiento psiquiátrico y depresión profunda.

—El remedio sería peor que la enfermedad.

—¿Y en el departamento de su esposa?

—Si ahí no puedo entrar ni yo, menos me van a aguantar una desconocida a punto de estirar la pata.

Fueron hasta la esquina de la Alameda con Portugal y pidieron dos Escudos. El televisor estaba encendido y la cámara acechaba con un feroz *zoom* los ojos del ministro: un ataque de chacal a ver si se le caía una lágrima cuando hablara de la muerte de su hijo y así subiera la sintonía. Ángel Santiago sufrió con más rigor que nunca su diferencia. Todos estaban de paso en el bar, comerían su sándwich, su refresco, charlarían con el amigo y luego saldrían a la calle, bajarían la escalera del metro Universidad Católica y viajarían haciendo transbordos hacia sus casas. Probablemente vivieran en mediaguas de calaminas y barro, filtraciones y olor a parafina, rodeados de basurales y bares clandestinos, pero al fin y al cabo, era algo que podían llamar *casa*. «Mi casa», dirían. «Te invito a mi casa», le dirían al amigo, aunque las paredes estuvieran carcomidas por las termitas y manchadas de cucarachas.

Vergara Grey exhaló el humo y se apartó con dos uñas una mota de tabaco enredada en su mostacho gris.

—Yo ya le he pechado dinero a la amante de Monasterio y al alcaide Huerta. A Teresa la tienen amenazada con cortarle el gas y recién estamos entrando en el invierno. No se me ocurre a quién más acudir. ¿Cómo te ha ido a ti?

—Ratonié a una vieja que sacaba plata de un cajero automático y le mangonié ocho lucas al viejo que cuida autos en la calle de las Tabernas.

—¿Qué hiciste con la plata del cajero automático?

—Era una sucursal cerca del Hipódromo Chile. Me entusiasmé con un caballo y lo compré.

—Vendamos el caballo.

—Eso sería para mí irme totalmente al chancho.

—Explícate.

—Yo quiero ser dueño de un campo. Siempre me vi galopando por mis terrenos montado a caballo. En cuanto salí de la cárcel, decidí comenzar a construir mi sueño. Partí por lo más práctico.

—El caballo.

—Lo conseguí a precio de huevo. Pone más de uno quince para los mil doscientos metros. Para carreras competitivas no sirve, pero en mi campito funcionaría de maravillas.

—¿Y dónde está ese campeón?

—Por ahí.

—¡Por ahí! ¡Igual que tú, igual que tu palomita! ¡Por ahí!

—Bueno, usted tiene la culpa, profesor. Si se hubiera entusiasmado por el Golpe, estaríamos felices riéndonos de todos los que nos han jodido a lo largo de la vida.

—Esta miseria, chiquillo, es mejor que la cárcel.

—No es mejor, maestro. Lo malo que esto tiene es que es real. Real con erre de rabia, ¿me entiende? En cambio, la cárcel es solamente una posibilidad.

—¡Real!

—¡Pero con erre de remota! Usted mismo dice que el plan del pequeño Lira es genial.

—¡Epa! Genial, en el contexto chileno.

—En cualquier parte del mundo, maestro. ¿Por qué se empeña en disminuir aún más la estatura del *Enano* Lira? Imagínese un ascensor que desemboca en una caja fuerte. Entre ambos hay un espacio cubierto con láminas que se desatornillan con una navajita de colegial. Luego usted manipula las ganzúas, corta la alarma electrónica, y llenamos el elevador de dólares.

El hombre se sirvió medio vaso de cerveza y retuvo un rato algo de su refrescante amargura sobre la lengua.

—Todas las sospechas recaerían sobre mí.

—Pero si lo genial es que, salvo Canteros y su mafia, nadie se va a enterar de que hubo tal robo.

—A ver, ¿cómo es eso?

—Claro como el agua.

—No me nombres esa abominable palabra. Hoy sólo oír hablar de agua me produce hipo.

—El dinero que guarda Canteros en la caja de fondos es el que recluta de sus servicios de seguridad clandestinos. Son las coimas que los empresarios le pagan por haber defendido sus intereses durante la dictadura. Son la mafia de sus matones. Ese dinero no pasa por ninguna fiscalización, ni paga ningún impuesto, y no se da al recibirlo ninguna boleta. Es platita voladora como las aves del Señor. Por lo tanto, cuando desaparezca de sus caudales, no tiene a quién ir a llorarle sus penurias. Canteros es un zorro al que todos los perros quieren echarle mano.

—En realidad, el plan de Lira es astuto hasta en ese detalle.

—Me alegra que comience a darse cuenta.

—Yo me di cuenta hacía rato. Pero como tú piensas solamente en ti, no te has dado cuenta de que, hecha la operación, tú te puedes disolver en el más feliz de los anonimatos porque no van a andar buscando a un ladronzuelo de burros como ideólogo de un Golpe de esta magnitud. ¿Pero yo, hijo?

—¡Puchas que es duro de mollera, ñor! Le acabo de explicar con pelos y señales por qué la policía no puede intervenir.

—La policía, no. ¡Pero Canteros y sus pistoleros, sí!

—Tiene razón.

—¿En quién van a pensar antes que nadie cuando encuentren el cofre vacío?

Una ráfaga sombría deshizo la expresión fervorosa con que había argumentado. Ángel bebió la cerveza desde la botella misma y se limpió con rabia la espuma del bozo.

—En usted, profesor. Tengo que rendirme ante esa evidencia.

—En el supuesto caso de que tuviéramos éxito total en la operación, tú podrías comprarte un campito en el Amazonas, y chao, pescao, pero a mí, antes de rebanarme la yugular, los adictos a Canteros me rajarían mis mismísimos y viriles coquitos.

—¿Y si se viene con nosotros?

—¿Con quiénes?

—¿Con la Victoria y conmigo?

—¡No me vas a decir que vas a cargar con la infanta difunta toda la vida!

—¡Estamos juntos, maestro!

Al meter la mano en el bolsillo, y luego exponer el dinero sobre la mesa, Vergara Grey se dio cuenta de que los gastos en que había incurrido hasta ahora no le permitían pagar el total de la cuenta. En un gesto que a Santiago ya le comenzaba a resultar familiar, el viejo se apretó la nariz entre las dos cejas y suspiró ruidosamente.

—No me alcanza para cancelar el consumo —dijo—. Lo único que me queda son los treinta mil que le prometimos a Victoria para sus clases de ballet. Pero gastarlos sería dispararle el tiro de gracia.

El muchacho quiso con toda el alma que la voz le saliera briosa e indiferente, pero antes de que las palabras le llegaran a la boca, naufragaron en su garganta.

—No se preocupe, maestro —dijo—. Victoria me pasó en la ambulancia la plata que consiguió en el cine para eso.

Y puso sobre la mesa los tres billetes azules que sumaban treinta mil pesos.

VEINTIOCHO

Cuarenta coma dos, cuarenta coma tres, cuarenta coma cuatro, cambie la compresa, traiga la bolsa de hielo, algo más fuerte que el paracetamol, cuarenta coma cinco, cuarenta coma seis, no puedo entender lo que dice, que vuelva el médico, que el médico la vea otra vez, pero tóquela, ¿no ve que arde?, que está ardiendo, ¿no ve?, mire cómo sube, cuarenta coma siete, no, mejor que no, que venga el médico, que no me importa que esté operando, tráigamelo ya, es que no puedo, don Nico, es que va a tener que poder, ¿qué quiere que haga yo?, yo soy enfermera no más, no tengo la autoridad necesaria, no sé yo ya más qué hacer, me llaman de todas partes, ya voy, ya voy, media hora que le cambio compresas, mire, las retiro calientes como planchas, con la bolsa de hielo va a andar mejor, trae esa bolsa de hielo de una vez, niña, y es que el hielo todavía no está hecho, entonces pon no más el agua helada en un guatero, ya así va bien, ¿ve?, métale el termómetro en la boquita, pobrecita, mírele los labios, ¿le ve esa pátina blancuzca?, pobrecita ella, tan indefensa, otra vez cuarenta coma cinco, ¿ve usted?, cuarenta coma dos, métale la tableta en la boca, oblíguela a que tome líquido, juguito de naranja, mi amor, si ya va a estar bien, si se la bajamos a cuarenta, la salvamos, si no le puede dar encefalitis, ¿conoce eso?, es la inflamación de la sustancia cerebral, ni Dios quiera que le pase, mírela, don Nico, ¿qué dice, qué dice que no la entiendo yo?, ¿eso que habla qué es?, como que fuera otra lengua, pobrecita, cuarenta coma uno, apura el guatero con el agua fría, chiquilla, tómele la mano, joven, que se sienta acompañada, ¿usted qué es de ella, joven?, ¿su novio, su amigo, su hermano?, mire la pobrecita cómo mueve las manitas, quieta, mi niña, quieta.

Vamos, un, dos, tres, cuatro y ya: *grand rond de jambe en l'air*, muy bien, así, sí, muy bien, más altiva mi pequeña, y dos y tres, muy bien, y ahora, *et alors,* vamos con el *arabesque croisée,* carita arriba, el cuerpo enfrentando en ángulo oblicuo al público, muy bien, así, así está *très bien,* y ahora la *pirouette en dehors,* levanta los dos brazos al nivel del pecho, así, así, y gira, *très bien, et maintenant le Pas de Chat,* mantén el torso erecto, llévalo adelante levemente desde la línea de la cadera, deja caer los hombros, abdomen adentro, levanta el diafragma y muévete suavemente en *demi-plié, très bien,* sigamos con la *jeté en tournant,* da la vuelta en el aire y simultáneamente extiende ambos brazos, y ponle mucha energía con la pierna izquierda para darle ímpetu a la vuelta, sí, así está bien, pero estira ambas piernas lo más que puedas desde las caderas hasta los dedos del pie, y ahora quiero que te animes a la *grand jeté,* arriba, *très bien,* y ahora fíjate en el descenso, cae sobre tu pie derecho y aprieta los glúteos y las caderas para descender suavemente, eso, eso es, desciende sobre el pie izquierdo *demi-plié,* eso, que los dedos toquen el piso antes que el talón, vamos ya mismo, un, dos, tres, cuatro, con la *emboité en tournant,* haz varias medias vueltas seguidas saltando de un pie al otro, cambiando la posición de las piernas en el aire, y moviéndote a la derecha, muy bien, *excellent,* y vamos viendo ahorita el *sobresaut*, un saltito de los dos pies sobre los dos pies, entra el abdomen, torso adelante, ejecuta el *demi-plié*, bien, basta de ejercicio, ya entraste en calor, ya puedes bailar libremente, mientras más ligero sientas el cuerpo, más y más estarás disponible para tu personaje, el que quieras, Coppelia, o si gustas Giselle, deshoja la margarita y vendrá Albrecht-Loys a proponerte amor y consuelo, o si quieres *El espectro de la rosa*, el vaho sutil te puede inspirar tu coreografía sobre la Mistral, baila, Victoria, hasta deshacerte como la rosa, como su fantasma, es decir, baila su aroma, baila, vamos, *pas emboîté*, muy bien, *très bien, très près de la morte*.

El doctor Ortega dispuso que la introdujeran al cuarto y le aplicaran de inmediato la máscara de oxígeno. Lo acompañaba otro profesional, canoso, pequeño y robusto, quien procedió a tomarle el pulso y luego auscultó su corazón con el estetoscopio. Ambos se consultaron a orillas de la cabecera y el médico más joven fue hacia Vergara Grey y Ángel Santiago, atrincherados en el ángulo más oscuro de la pieza.

—La pobre anciana que yacía aquí murió. Ordené que la llevaran a la morgue para concederle a la señorita Ponce un espacio.

Cuando pudo sacar la voz, Vergara Grey lo hizo con el tono humilde de un campesino.

—¿Está muy mal, doctorcito?

—Entre la vida y la muerte, caballero.

—¿Pero tiene esperanzas?

—En estas circunstancias, todos los que tienen menos de veinte se pueden permitir más esperanza que quienes ya han cumplido los ochenta.

—¿Se sanará?

—La situación se complicó porque los estreptococos son bacterias muy agresivas, pero si el antibiótico alcanza a entrar en acción, estamos al otro lado.

—¡Al otro lado! —empalideció Ángel.

—En un sentido positivo, muchacho. Al otro lado quiere decir en este caso en el lado de acá, en la vida.

El joven se miró las manos, hizo con ellas dos puños y luego abrió y cerró los dedos como si quisiera descargarlas de tensiones.

—Perdone que lo haya sacado de la sala de urgencia, doctor. Pero era yo quien la tenía tomada de la mano cuando Victoria me dijo que la soltara, que no le siguiera hablando, que tenía un trabajo que hacer en la muerte. Y me asusté.

—Hiciste bien en salir a buscarme. Hay delirios que conducen al coma.

—¿Qué significa eso exactamente?

—Es un sueño del que no se despierta, muchas veces es el último episodio de una enfermedad.

—Me rogó que no la detuviera. Me dijo algo de un baile de sombras.

—No me hace sentido lo que me cuentas. ¿Qué hora es?

Vergara Grey levantó la punta de la manga de su chaqueta de *tweed* y espió la hora en un gordo reloj de pulsera enchapado en plata.

—Son casi las ocho.

—Perdone la pregunta, pero la posta de urgencia es un infierno que no tiene límites. ¿Son las ocho de la noche o de la mañana?

El viejo sonrió y simultáneamente extrajo la cajetilla de cigarrillos y le ofreció uno.

—Las ocho de la noche.

—¿Sabe cómo terminó el Real Madrid - Juventus?

Tanto don Nico como el joven negaron con la cabeza y el médico salió a hacer la misma pregunta al pasillo con el cigarrillo entre los labios. Ángel Santiago se quedó mirando fijo el rostro de Vergara Grey, hasta que éste tuvo conciencia del acecho y le devolvió la mirada con gesto interrogativo.

—¿Qué fue?

—Gran reloj, profesor. Si lo hubiéramos vendido antes del mediodía, nos habríamos ahorrado todo esto.

VEINTINUEVE

Alberto Parra Chacón, es decir, Rigoberto Marín, le encargó a la Viuda que le consiguiera una maleta antigua, preferentemente de color café desvaído, con correas en ambos extremos, y además, un cesto de mimbre dentro del cual metiese unos dulces chilenos de La Ligua, algunos huevos cocidos, dos o tres panes amasados, y acaso un par de peras.

A la hora precisa en que se retira la noche y rompe la claridad, se bajaron de un taxi en la calle de las Tabernas y tocaron la campanilla del hotelucho de Monasterio. El tiempo había sido elegido con exactitud: a esa altura de la madrugada se iban a sus cuarteles los carabineros que mantenían el orden en la noche, convencidos de que todos estaban demasiado borrachos como para acertarle un tiro al prójimo en caso de riña, y los policías de recambio aún se estaban afeitando pulcramente ante los espejos de las comisarías antes de asumir el turno mañanero, y tardarían algunos minutos en tomar café y montarse a los radiopatrullas.

Envuelta en un chal color rosa, Elena llenaba crucigramas en la recepción, y al ver tras los cristales a la pareja apretó el conmutador para abrirles la puerta. Los dos entraron encogidos de frío y él puso ostentosamente el canasto artesanal sobre el mostrador, una señal, según había calculado, de que venían recién del campo.

—Quisiéramos una pieza con calefacción —dijo la Viuda.

—¿Por horas o por la noche?

—Por un día entero —sonrió Rigoberto Marín—. Aquí con la señora tenemos un pleito pendiente.

—Ya veo —dijo la mesonera—. ¿Llegaron en tren?

—Con cinco horas de atraso.

—¿De visita en Santiago?

—De visita en su hotel, madame. Allá, en la provincia, todo el mundo vive *ojo al charqui,* y mi amor aquí presente está casada.

—Yo no le he preguntado eso. Si fuera por exigir papeles de matrimonio, aquí no entraría nadie, y mi patrón estaría con un tarrito pidiendo limosna a la salida del metro.

—Mi amor y yo le agradecemos que sea tan discreta. Compramos dulces chilenos en La Ligua, ¿se sirve uno?

—Con mucho gusto. Me encantan los *empolvados.*

—A mí, los *príncipes* —dijo la Viuda—. Son más blandos y traen más manjar.

Mientras masticaba el pastelito, Elena les dio la espalda y tomó del tablero de llaves la de la habitación once. Con las cejas, Marín le advirtió a su acompañante que el casillero vecino tenía un papelito pegado con cinta *scotch* que decía «Nico». La Viuda aceptó conforme esa seña y el delincuente confirmó una vez más que tenía la pistola Browning con silenciador en el bolsillo.

—¿Quieren que les suba el desayuno a alguna hora?

—No queremos dilatarnos en eso.

—Lo único que les pido es que no sean bullangueros. El otro día tuvimos una dama que se gritó el orgasmo como cantante de ópera, y aunque usted no lo crea aquí se alojan un par de personas honorables.

Rigoberto Marín apuntó al colgador de llaves y señaló aquello que le había llamado la atención.

—¿Como el señor Nico?

La cajera se dio vuelta, sorprendida por la pregunta, hasta que recordó que ella misma había puesto el papelito en señal de afecto, y se dio vuelta hacia el par, sonriendo.

—Exacto. Aunque su vecino no está esta noche.

—¿Dónde está?

—¡Qué sé yo! Es un hombre de pocas palabras. Perdone que le cobre, pero aquí se paga adelantado.

—¿Y a cuánto desciende la cuenta?

—A cuarenta mil la noche.

—Pero nosotros la ocuparemos de día. Viera el manso sol que viene punteando por la cordillera.

—Parece un día de verano —complementó la Viuda—. La lluvia de ayer debe de haberse llevado el smog.

—De todas maneras son cuarenta mil.

—Aquí tiene. Gracias.

—Gracias a ustedes por el pastelito.

—No hay por qué. ¿No le gustaría también un huevito duro?

—Me encantan. ¡No me diga que tiene!

La Viuda sacó un huevo del cesto de mimbre junto a un pequeño cambuchito de sal y se lo extendió.

—Va a tener que descascararlo.

—Así me entretengo en algo. Con tantos años de nochera me sé todos los trucos para rellenar los crucigramas. Son siempre las mismas leseras. Te ponen *treinta días* y tú escribes «mes». *Divinidad egipcia, dos letras*, entonces pones «Ra». O te escriben H_2O y la respuesta es «agua».

—Bueno, ha sido un placer conocerla, señora.

—Me llamo Elena.

—Y yo Alberto Parra Chacón.

—¿Como Violeta Parra y Arturo Prat Chacón?

—Sí, pero no les llego ni a los talones a esos genios.

—¿Y a qué se dedica usted?

Rigoberto Marín se cubrió con el índice la cicatriz que le surcaba la piel desde la sien izquierda hasta el labio superior y, pintando sus ojos con una chispa de niño malulo, miró largo rato a la Viuda, y recién entonces contestó:

—Al amor.

Los amantes descorcharon una botella de vino tinto y lo sirvieron en los vasos de plástico que había en el baño. Marín despellejó un huevo y lo aliñó con mucha sal, y la Viuda mordió la pera y algo de su jugo saltó sobre su blusa negra. Tenía el primer botón abierto y el *brassière* henchido daba eficaz cuenta del apretado volumen de los senos que lo rellenaban.

El hombre se alivió de la chaqueta y antes de colgarla expuso la pistola y el puñal sobre la colcha.

—Te agradezco la compañía, Viuda. No me hubiera atrevido a meterme solo en la madriguera del conejo.

—Está bien, huachito. Usted sabe que cuando vuelva a la cárcel ya no lo volveré a ver. ¿O no, dice usted?

—Tenís razón. Después de esta viuda no hay otra.

Destrabó las correas de la ajada maleta de cartón imitación cuero, y desde el interior de una camisa sucia hecha un bulto, extrajo un puñado de balas y se sentó en el extremo del lecho a cargarlas en la pistola.

—¿Lo vái a matar aquí mismo?

—Mientras menos circule yo, mejor.

—¿Y si no viene?

—Espero. Tú podís irte si querís.

—Me quedo contigo, Marín. Pero no quiero estar en el hotel cuando lo mates.

—Te hallo toda la razón.

El hombre terminó su faena, le puso el seguro al arma y apuntó hacia una polilla que revoloteaba alrededor de la ampolleta.

—¿Te vái a echar al viejo y al cabro? —preguntó la mujer.

—Al cabro no más. Pero como el chiquillo viene al hotel donde está Vergara Grey, habrá prensa abundante sobre el asesinato.

—¿Y eso?

—Me conviene. Así Santoro se enterará de la mejor manera de que seguí sus consejos y de que me deshice de su obsesión.

La mujer se tendió sobre el lecho y abrió las piernas. Tanto la vagina de ella como la mano de él estaban calientes.

—¿No te da cosa, Marín, echarte a un gallo que no te ha hecho absolutamente nada?

—Así son las cosas por encargo, Viuda. Si uno se pone sentimental, caga.

La mujer sintió que el bochorno le subía desde los muslos hasta la frente. Apartó con un dedo la parte de la tela del cuadrito que le cubría el vientre, y sin demorar en sacárselo, desbrozó los pelos que le tapaban el clítoris, y exponiéndolo en toda su majestad, le ordenó al criminal:

—Muérdamelo como usted sabe, perrito.

TREINTA

La noche en la Asistencia Pública fue pendular.

Un latido del corazón traía a Victoria a la vida, el otro se la retiraba. La respiración le entraba en turbulencias. Su cuerpo era agitado por el delirio, y éste no se mitigaba con los susurros de aliento que Vergara Grey y el joven Santiago inyectaban en sus oídos. Sus violentas taquicardias llevaban al par de hombres a desesperarse, al joven doctor Ortega a volver, y al reloj de pared a avanzar camino a la madrugada. El último dictamen de la medicina fue —en los joviales pero no menos dramáticos postulados de Ortega— que el «partido estaba reñido», que los «rivales se daban con todo», y que «el desenlace era incierto».

Esta misma incertidumbre fue la que descentró a Santiago: supo que, si seguía un minuto más en ese cuarto sería él quien colapsaría. Levantó la cortina, atisbó la calle y vio que el sol despuntaba en la cordillera: un fuego no entorpecido por nubes que dibujaba sobre la ciudad, hoy sin *smog*, una promesa casi primaveral.

—¿Qué piensa, profesor?

—Tú ya oíste el veredicto. El partido está empatado.

—Usted debería irse a la casa y dormir un poco.

—No te preocupes. Emergencias como ésta me suben la adrenalina.

241

—¿Vio el tremendo día que está abriendo?

—Sí, ¿por qué?

—Nadie puede morirse en un día como éste, ¿no es cierto, don Nico?

—Sería un contrasentido.

—Si la Victoria muere...

—Ni lo pienses. Ni lo digas. Sácate eso de la cabeza.

El muchacho arrancó de su mochila un cartón de jugo de frutas, rompió la punta con las uñas y lo puso en las manos del viejo. Éste bebió un sorbo largo, hizo un gesto de disgusto y se lo ofreció a Ángel.

—Estos jugos funcionan recién salidos del refrigerador. Así, tibios, son purgativos.

Asintiendo, el joven apartó el líquido y sacó de la mochila la bufanda que le había regalado Santoro. Parecía haber envejecido en esos pocos días. En la habitación blanca, los potentes tubos fluorescentes revelaban algunos trozos de biografía de la prenda que el chico no había sabido observar: un pequeño orificio, tal vez producto de la brasa de un cigarrillo no apagada oportunamente, una mancha de vino tinto, algunos flecos de tono amarillento en ambos bordes, y un cartelito de seda que decía «Confecciones Arequipa».

—Quiero pedirle otro favor más, maestro.

—¡El Golpe, no!

—Tal vez el último favor que le pida en la vida.

—¡Qué les ha dado a todos hoy que hablan como letristas de tango!

Ángel Santiago puso la mano vertical e hizo que el hombre leyera lo que había escrito en la piel.

—Éste es el número del teléfono de esta pieza. Yo saldré por un par de horas y a las ocho en punto lo llamaré.

Mientras decía esta frase miró el crucifijo que colgaba

sobre la cabecera del lecho y se frotó las manos en la bufanda.

—¿Qué vas a hacer a esta hora, muchacho? ¡La ciudad esta vacía!

Ángel Santiago apuntó con la barbilla hacia el demacrado Cristo sufriente, cuyas articulaciones se habían descoyuntado, permitiendo que la cabeza cayera derrotada sobre el pecho.

—En primer lugar, darle tiempo al Caballero ahí colgado para que trabaje por Victoria. En segundo lugar, voy a hacer algo de lo que no quiero hablarle.

—¿Un asalto?

—Mejor me callo, profesor. Dentro de dos horas sonará puntual el teléfono, ¿de acuerdo? Le preguntaré si Victoria vive o muere.

—¿Qué harás en ese caso?

—Usted mismo me prohibió ponerme en ese caso.

—Es que quiero saberlo antes de dejarte ir.

—En ese caso, dejaría la cagada, maestro.

—¿Qué harías?

—¡Alguien tiene que pagar por todo esto!

—¿Pero quién?

—Tengo mis ideas al respecto.

Vergara Grey lo tomó de la chamarra de cuero, lo atrajo con violencia y lo sacudió como a un monigote.

—Escucha, tontorrón. Nadie es culpable ni de la vida ni de la muerte de nadie. Es el destino que es así. Por mucho que hagas, no puedes cambiarlo.

Sorpresivamente, una leve y brillante sonrisa abrió los labios del muchacho por primera vez ese día.

—¿Quién es el que está cantando tangos ahora?

Disfrutó de la faz atónita de Vergara Grey y salió de la habitación arrastrando, sin darse cuenta, la punta de la bufanda. El hombre se asomó al pasillo y se concedió un largo suspiro para recuperar su aplomo.

—¿Ángel Santiago?

—¿Profesor?

—Si a las ocho de la mañana estuvieras vivo, ¿serías tan amable de pasar por el hotel y traerme una camisa de muda y mi escobilla de dientes? Me siento como un cerdo flotando en mierda.

—Con mucho gusto, maestro.

En ese momento, el chico pareció recapacitar y, golpeándose los bolsillos, hizo un gesto de disgusto.

—Qué lata, maestro. ¿Pero no podría prestarme cien pesos para la telefoneada?

Vergara Grey le alcanzó la moneda y lo miró severo a los ojos, apretando al mismo tiempo los dientes.

—¿Te das cuenta de que te lo estás jugando todo al cara y sello?

—Es la filosofía que le enseñaron a Victoria en el colegio. Muerte o vida. No hay nada más entremedio.

—¡No seas idiota! Entremedio está el magnífico y abigarrado espectáculo de la existencia.

Por toda respuesta, el joven se limitó a señalar con el índice el lecho donde yacía febril Victoria Ponce.

TREINTA Y UNO

—

Dale, rucio, casco y fuego, dale herradura y arena, coz y barro, avanza, corcel y cabalga, cuadrúpedo de aire y besos, jamelgo hecho de cielo, semental y centinela, trota, cabalga y llévame, esparce arena, traga tierra, rema barro, mi rocín de pezuñas tristes, cae la cola y baja hecha un cometa, se alza la crin y trepida el herraje, cabalga y corre, corre, que te pilla la vieja de la guadaña, que te muerde las ancas con sus encías desdentadas, arranca, que te chupa la cincha, que tironea de tu montura, que quiere galoparte a pelo la vieja arrecha, dale fusta y látigo, rucio del alma, guarda con la araña y la escoba mocha, mira que a tantos los ha barrido la bestia negra riéndose con el ojo bizco, corre, mi rocín, que ella te quiere mojar de luto, reventarte un sacristán borracho quiere la anciana, un esfuerzo más, mi boquiduro, mi boquifresco, y te libraré del bozal cuando podamos gritar que ella vive, hazle una aureola de aire con tus coces, enfríala con un galope de nubes, unta su fiebre con las nieves de la cordillera, dale, mi rucio, no me falles, mi mohíno, mi matungo, no te pongas percherón ni te redomes, corcovea y desbócate, porque mil caninos de perros te rasgan ya las grupas, son los mastines, los aullidos de los esqueletos que crujen cuando tú los aplastas, mi jadeante boquiabierto, mi grande de fauces, mi príncipe, mi rucio oración, aleteado y chicoteado de ángeles, que no se te quiebre el espinazo, que no me revientes en sangre, guarda con la guadaña que siega y ciega, coletea las avispas que te clavan en el sudor del lomo, llévame de aquí, caballito mío, llévame al pueblo donde yo nací, la muerte en carretela de bueyes negros te espera en ese recodo de nubes turbulentas derramadas en el cerro, sáltala como batiendo vallas, mófate de ella, sométela al escarnio, si tú corres, Victoria respira, si despliegas tus alas, mi centauro, ella se encenderá de estrellas, dame de vuelta lo único que tengo, no te alagartes ni bufes, brama de libertad, haz brillar tus herraduras de plata entre las piedrecillas, socava los guijarros como si buscaras oro, corre, que ya te pilla, que ahora te alcanza la muerte con su mojiganga, su vejiga de coágulos, sus ubres fláccidas de leche negra, córrete, córrala, córrele, por el cerro, por la arena, por el esterito abajo, por la quebrá, dale, potrillito de fibra y nervio, dale corazón y redoble, dale tensos los ijares, alertas las orejas y triunfal el esternón de atleta, no te quedes sin aliento, muere y resucita tranco a tranco, salto a salto corre por ella, llévala a un mundo sin riendas, al desboque y el desfogue, no te pares, caballito de mierda, ay, no te caigas en la nadita, rucio de mis sueños, no jadees agónico, pedazo de bestia, no te encabrites, te lo ordeno y te lo ruego, yo, tu dueño sin títulos ni cetro, guarda, que ya nos va tocando esa murga de fantasmas, ya te maman la sangre los murciélagos, ya llega la muerte a mano airada, ya te trae el duelo de paladines grises y te roen los pies los duendes y sus cancerberos, ya tu manta se transforma en mortaja, ya las trompetas de los cazadores emiten fanfarrias fúnebres, ya estás en este umbral de llanto, Victoria Ponce, tan exangüe, tan exánime e inanimada, ya salen expulsados del cine los babosos con sus sudarios, los lamedores amortajados, los espectros de saliva en ascuas, no te detengas, no te pares, rucio, respira profundo, mi reina, llena tus huesos de gracia, santa María, ruega por ella, rucio mío, gana la carrera, cualquiera que sea el tiempo que pongas, gánala.

TREINTA Y DOS
—

En la pista de arena del Hipódromo Chile, uno de los jinetes que aprontaba vio aparecer a su lado como una exhalación al rucio de Ángel Santiago y galopó a su flanco izquierdo, tratando de sujetarlo de las riendas. El joven que lo montaba le pareció tan exhausto como el animal, y el *jockey* se extrañó de que en esas pistas de profesionales aprontara un muchacho que no cumplía las mínimas instrucciones de seguridad: ni casco, ni montura reglamentaria, ni fusta, ni compasión con una bestia que había dado a todo escape más que cinco vueltas la distancia de fondo que se corría en el Gran Premio. Cuando logró frenar al potro pensó en llamar a su jinete criminal o asesino, mas se privó de todo insulto al advertir la mirada del chico extraviada, igual que si hubiese bebido un *cocktail* de drogas.

—Hombre, no se hace eso con un caballito. ¿Quería que reventara en sangre?

Ambos iban al trote y Santiago deseó tener un gorrito con visera que le tapase la luz chillona del sol.

—Sería muy largo explicarle, amigo.

—Está bien, pero esta pista es para profesionales. Estamos relojeando aprontes y usted puede causar un accidente.

—Ya me voy. Sólo quería devolverle el caballito a su preparador.

—¿Quién es?

—Ni idea. ¿Sabe cómo se llama este caballo?

El hombre pasó una mano por la mancha blanca que se extendía a lo largo de la nariz del rucio y se agachó un poco para examinar una protuberancia de la piel en el remo posterior derecho.

—Éste es el *Milton*. Se lo habían robado. ¿Dónde lo encontró?

—Pasteando pa'allá pa'l aeropuerto.

—Charly de la Mirándola se va a alegrar de verlo.

—¿Quién es ése?

—El preparador.

—¿Por dónde arriendo para encontrarlo?

—Métase por esta pista y siga derecho hasta topar con Vivaceta.

Cuando el Charly vio que entraba a sus pesebreras el joven sobre los lomos de *Milton*, se restregó los ojos como si quisieran engañarlo con un truco de magia. Dejó caer el balde y el trapo con que le sacaba lustre a la crin de un tordillo y fue hacia el rucio con aspecto desconfiado y una semisonrisa dubitativa.

—Me han dicho que este caballito es suyo, don Charly.

—Así mismo es. Me lo robaron hace un par de semanas.

—Se lo encontré pasteando pa'llá pa Renca y viéndolo solito me lo agarré con la idea de encontrar a su dueño.

—Yo soy su preparador, pues, joven. Y esa pesebrera es el lugar donde dormía.

Ángel Santiago desmontó, y la bestia, siguiendo su hábito, entró al pesebre y empezó a mordisquear la paja derramada en la tierra.

—Se ve que es verdad lo que me cuenta. El rucio se siente aquí como chancho en barro.

—No es gran cosa el bicho, pero nunca se enferma y sabe ganarse la avena acumulando premios de placé. Una vez, hace como tres años, ganó pagando más de cien veces la plata. «Subieron bandera —tituló—: Súper batatazo en el Hipódromo Chile. *Milton* probó que en el país de los tuertos el ciego es rey.»

—Aquí tiene de vuelta a su campeón, don Charly.

—Parece un fantasma de lo que era.

—Tuve que exigirlo mucho esta mañana. No sé aún con qué resultado.

—¿Cómo así?

—¿Qué hora es, señor De la Mirándola?

—Faltan cinco para las ocho.

—¿Me prestaría el teléfono?

—Tengo celular, no más.

—Con eso alcanza.

El preparador destrabó el cierre del aparato y lo dejó en condiciones de funcionar. El joven leyó el número en la palma de su mano, lo digitó en el teclado, y antes de apretar el botón *enviar*, tuvo que superar un vahído que lo desestabilizó. Apoyó la espalda en una de las columnas del corral y lanzó la llamada.

Cada uno de los pitidos que pedían respuesta le pareció la cuenta fúnebre del árbitro de boxeo ante el púgil caído. Cinco, siete y hasta nueve veces se repitió la exasperante musiquilla hasta que obtuvo la comunicación.

—¿Profesor?

—Soy yo, hombre.

—Nadie contestaba.

—¿Y?

—Uno se hace ideas...

—Dijiste que llamarías a las ocho. Aun faltan un par de minutos.

Ángel Santiago aprovechó esa frase para tragar la saliva agolpada que le impedía hablar.

—¿Vive? —imploró.

Hubo un silencio al otro lado de la línea y el joven se amarró esta vez al palo del corral, envolviéndolo en los brazos. «No juegue conmigo, maestro. No ahora, por favor», quiso decir, pero antes de que las palabras salieran, una voz de mujer llegó a su auricular:

—¿Ángel? Soy yo, *la* Victoria.

El muchacho corrió hasta la puerta del establo y miró fijo la bola del sol.

—¿Cómo estás? —dijo en un susurro.

—Bien.

—¿Cuán bien?

—Bien. Estoy tomando desayuno.

—¿Cómo dijiste?

—Estoy tomando desayuno.

El chico avanzó hasta don Charly sopesando el teléfono en sus manos como si fuera una joya inconmensurable.

—Dice que está bien, don Charly. Dice que está tomando desayuno.

—¿Quién?

—Usted no la conoce. No se me ocurre qué decirle ahora.

—Pregúntele qué está tomando de desayuno.

—¿Por ejemplo, qué?

—Si le sirvieron café con leche, tecito, cualquier cosa.

El joven dio grandes zancadas sobre la paja del corralón con una velocidad inversamente proporcional a su lengua.

—¿Qué estás tomando de desayuno, Victoria?

—Té, yoghourt, tostadas con mermelada, y huevitos a la copa.

—¿Huevitos a la copa?

—Huevitos a la copa.

—Espera un momento. Por favor, no me cortes.

Fue hasta el lado de De la Mirándola y como un colegial aplicado le repitió la información:

—Té, yoghourt, tostadas con mermelada y huevitos a la copa.

Con la quijada, el preparador hizo un gesto asintiendo y luego miró al chico, preocupado.

—¿Es ésa una mala noticia?

—¿Cuál?

—La del desayuno.

—¡¿Cómo pésima, don Charly?! ¡Excelente!

—¿Y por qué llora, entonces?

—¿Quién?

—Usted, pues, ñor.

Ángel se pasó la mano por las mejillas y constató atónito lo que el preparador le había dicho. De pronto se dio cuenta de que aún seguía con la llamada en línea y de que no atinaba a ninguna palabra.

—¿Qué más le digo?

—Cualquier cosa. Pregúntele por el gusto de la mermelada.

—¿El gusto de la mermelada?

—Claro. Si tiene sabor a fresa, durazno, papaya...

De un manotón se secó otras lágrimas que habían buscado salida por la nariz.

—¿De qué sabor es la mermelada?

—¿Qué importancia tiene eso?

—No tiene la menor importancia.

—Por si te preocupa, es de naranja. Amarguita. Don Nico quiere hablar contigo.

El muchacho cambió de oído el auricular, como si esa ceremonia correspondiera al nuevo interlocutor.

—La mermelada de naranja es amarguita, muchacho. Como la vida.

—La salvamos, don Nico.

—¿Nosotros? No, el *Caballero* ahí colgado se portó divino.

—Bueno, yo hice lo mío.

—¿Cómo así?

—Galopé y galopé hasta que le gané a la muerte.

—Cuando regreses al hospital convendría que algún médico te revisara el mate. Te vendría de maravillas un encefalograma.

—¿Qué es eso?

—Es una radiografía del cerebro donde pueden ver por dónde te patina el coco. Ya les ganamos la batalla a las bacterias, ahora tenemos que ver qué haremos con la depresión.

—Eso déjemelo a mí, maestro.

—¿Qué piensas hacer?

—Algo grande. Tan grande que ni usted, mi profesor, padrino y confidente, puede saberlo.

—Te prohíbo que hagas algo antes de hablar conmigo.

—Siento el mayor respeto y admiración por usted, pero a partir de hoy sé exactamente qué hacer con mi vida.

—Excelente. Me preocuparé entonces de tenerte listo un epitafio.

—A mí me gusta «Voy y vuelvo».

—A propósito de vuelta: cuando pases por el hotel, tráete también las dos chaquetas de jeans. Están colgadas en el armario.

Ángel Santiago se dejó caer deslizándose por la columna del pilar de madera hasta asentar sus nalgas en una parva de heno. Oyó el pitido del fin de enlace al otro lado de la línea y, ausente, le extendió el artefacto a Charly de la

Mirándola. Éste lo miró con intensa severidad y su cuerpo rechoncho se balanceó incómodo para evitar la bosta de un caballo.

—¿Qué le pasó ahora, joven?

—Nada, don Charly.

—¿Y por qué crestas sigue llorando, entonces?

TREINTA Y TRES
—

Las primeras sombras caen rápido en Santiago. Alguien entra al almacén de la esquina y al salir está oscuro. Los viernes por la tarde, los ricos que tienen casa en la playa parten a la costa temprano. Las esposas y los niños esperan en los negocios o las oficinas con las mochilas de los escolares listas y bolsas del Jumbo con comestibles para el fin de semana.

Entre Santiago y el océano Pacífico hay apenas dos horas de viaje. Los pobres se quedan pululando en el centro, nimbados por el *smog*. Soportan los balazos de los tubos de escape y se inclinan ante el feroz manto gris de las calles. Esa niebla los induce a citas clandestinas con hembras de senos largos y faldas cortas en bares mal calefaccionados que huelen a vino áspero o bien a jugar dados y naipes con los amigotes del colegio o de los viejos barrios. Los santiaguinos se aferran a esas relaciones antiguas. En el camino de la vida, la dictadura convirtió la incertidumbre de las nuevas amistades en probables umbrales de traición.

Ese atardecer, Santoro se llevó otra vez a casa las llaves de la celda con doble reja donde fingía que estaba castigado Rigoberto Marín. «Hasta nueva orden, la condena es a pan, agua y silencio», había dispuesto con mueca agria. Esperó fumando con desgano un último cigarrillo y timbró su tarjeta de salida justo a las siete.

Con el cuello del abrigo subido, enfrentó la helada que siguió al día de tantos trechos azules. Después de una jornada de sol, las tinieblas en Santiago son gélidas, como el reflejo de los neones en las caras de los obreros que vuelven a casa arrumbados y exangües en las micros.

En una de aquellas micros trepó el alcaide tras comprar *La Segunda* en el quiosco de la esquina. Entre los sobresaltos del asfixiante vehículo, sólo pudo fijar la vista en algunos titulares: agentes del gobierno eran investigados por sobresueldos ilegales, Chile conseguía triunfos internacionales en tenis, acaso Marcelo Salas *el Matador* fuera transferido de Italia a Buenos Aires, una ex reina de belleza sería tal vez candidata de los derechistas para la alcaldía de un elegante balneario.

Varios de los pasajeros tosían o estornudaban a destajo, pero nadie se atrevía a abrir una ventanilla. Preferían el contagio que el hielo de ese aire purulento.

Ese que viajaba en el asiento del fondo, en el banquillo más largo, el único que está después de la bajada trasera, aquel en el que caben apretujados hasta seis personas, el que recibe con mayor impacto las caídas en los hoyos de la avenida, el lugar donde los pasajeros no tienen cómo sujetarse cuando los neumáticos pelones frenan en las calles húmedas y ruedan por el pasillo si están distraídos, *ése*, uno de ellos, uno de esos seis, justamente el que se cubría la cabeza con un *jockey* de cuero y orejeras y se envolvía la mandíbula en una raída bufanda de alpaca peruana marca Arequipa, ese mismo individuo que asediaba al alcaide con expresión torva y sabía recoger diestro los ojos hacia el piso cuando el funcionario miraba hacia atrás, *ése*, ése era Ángel Santiago.

Las rodillas apretadas para caber en el rincón, recorría la lengua untando los labios con saliva mientras la boca se le iba poniendo más seca a medida que la micro avanzaba hacia el poniente, y luego rumbo a Independencia, y finalmente llegaba a la calle Einstein, y frenaba un rato para permitirle al alcaide bajar en la esquina de la carnicería Darc.

Los faroles de aquellas calles antiguas y deterioradas apenas diluían las penumbras, y los dos hombres, separados por un largo trecho, se internaron en la avenida central hasta tomar a la izquierda un pasaje menor. La postura de ambos difería: grande, cansino, más ancho en su abrigo de piel de camello, el alcaide avanzaba como si bostezara. Iba pensando en sacarse los zapatos, calzarse las pantuflas, brindar con su mujer por el fin de semana con un vaso de vino tinto, y cabecear una ínfima siesta mirando la telenovela de la Televisión Nacional. Así esperaría la cena y acaso tuviera que darle autorización a sus hijas adolescentes para que fueran a sus fiestas de *weekend,* y enfatizar que las quería antes de la una de vuelta en casa.

El otro hombre no se desplazaba con tamaño olvido y naturalidad. La cabeza más gacha de lo necesario para que el *jockey* de cuero le cubriera la nariz, iba buscando la línea junto a la pared donde las sombras protegían su clandestinidad. No podía dilatar más esa caminata, pues el alcaide doblaría en la próxima calle, avanzaría por ese callejón de tres árboles, y en un santiamén estaría introduciendo la llave en la casa azulina. Aunque temía que acelerando el paso podría llamar la atención de su víctima, decidió confiar en sus muelles zapatillas de *basketball,* y tras cerciorarse de que no había nadie al alcance, saltó felino sobre el hombre antes de que tomase el último recodo.

Se arrancó de un tirón la bufanda que lo cubría y ocultaba, y tirándola por sobre Santoro como un chicotazo de sombra, como un sorprendente murciélago, frenó su marcha sin dar tiempo a que el alcaide alcanzase a defenderse de la brutal presión con que comenzó a estrangularlo. La asfixia lo dejó indefenso y levantó los ojos despavoridos hacia el muchacho, queriendo gritar «perdón» y logrando sólo un barboteo ininteligible.

De rodillas junto al joven, puso todas las palabras que no pudo decir en la súplica de sus ojos. Ahora el muchacho había dejado caer el *jockey*, y el rebelde pelo castaño que lo hacía lucir como un ángel de estampas parroquiales se le derramó encima de los hombros. Al sentir que el alcaide se desvanecía, optó por soltar la presión, y le metió la mano por debajo de la chaqueta, le sustrajo la pistola que cargaba en la cartuchera sobre el corazón. La tiró lejos y el arma hizo un ruido metálico al chocar contra los fierros del desagüe. Ahora podía mover al hombre, casi inconsciente, con la destreza que cambiaba el rumbo de su caballo. Lo arrastró, como si la bufanda fuera una brida, hasta apoyarlo en el tronco del árbol sin hojas.

Aflojó después la presión, seguro de que el hombre no atinaría a nada, paralizado ya por la asfixia y el terror. La primera palabra que dijo fue «piedad», con un tono y un volumen que parecía haber ensayado en muchas pesadillas. En todas esas fantasmagorías se había imaginado que el joven Santiago entraba a un bar de la calle Puente y le clavaba un puñal en la garganta cuya punta reaparecía en la nuca. Siempre había una arma entremedio, pero no una bufanda. No la prenda que él le había regalado con estrategia, pero también con afecto.

—Yo te estimo, chiquillo. Nunca quise hacerte daño. No merezco morir por una locura ocasional —jadeó.

—¿En serio, alcaide?

—Fue una noche extraña. Estábamos todos como náufragos.

—Como bestias, Santoro.

—Es la vida, es esta vida de mierda que todos llevamos.

—Si piensa así —dijo Ángel Santiago, apretando un poco más la bufanda—, ¿por qué se aferra a ella?

—Por los afectos que uno va creando. Tengo mi esposa, dos hijas adolescentes. Me necesitan, Santiago. No es justo que me mates a metros de mi casa.

El joven cogió la cara del alcaide y la estrelló contra el tronco del árbol. Luego, apretando su cabeza desde el cráneo, restregó su faz contra la corteza hasta que la sangre brotó entre los arañazos. Al alzarle el rostro, pudo advertir que los rasgos del funcionario se habían desfigurado. Trozos de astillas y cortezas se le habían adherido a la sangre y al sudor, y sus labios deformados temblaban.

—Esa noche tuvieron que llevarme al hospital para hacerme una transfusión.

—Yo mismo viajé contigo en la ambulancia. ¿No te acuerdas de eso?

—«Hemorragias múltiples», escribió el médico de turno.

—Pero te sanaste, chiquillo. Estás fuerte, eres libre, tienes la vida por delante. ¿Qué le agregas a tu vida si me matas?

—Dignidad.

El joven puso aun más presión en la bufanda y fue tensándola hasta que los ojos del hombre rodaron por sus córneas. Sólo entonces tiró de la alpaca y fue a apoyarse contra la pared para recuperar el aliento.

—¿Me oye, alcaide?

—Sí, muchacho —susurró Santoro, jadeando y masajeándose simultáneamente el corazón.

—Entonces oiga bien lo que tengo que decirle.

—Te escucho.

—No he venido a matarlo.

—No te creo.

—Como sea, no lo voy a matar ahora.

—Te lo agradezco, Ángel Santiago. ¿Y cuándo vas a matarme?

—Nunca.

—¿Hablas en serio?

—Totalmente en serio. Por razones que usted jamás entendería, he cambiado mis planes. Mi futuro no incluye una rata como usted, ni siquiera para exterminarla.

Un transeúnte pasó entremedio de los dos hombres y, precavido, siguió de largo, fingiendo que no los había visto. También en la casa del frente una anciana había corrido la cortina de su ventana, y al ser sorprendida por Ángel Santiago la volvió a cerrar.

—Te agradezco la piedad.

—No es piedad, alcaide. Es frialdad. Es mi cabeza lúcida, que separa desde hoy la paja del trigo.

—¿Y tu historia de la dignidad perdida?

—Ya no es tema. Si hubiera apretado la bufanda un minuto más, usted ahora no estaría filosofando. Me doy por satisfecho.

—Mis preguntas no son gratuitas, muchacho. ¿Cómo puedo saber si tu perdón de hoy no es más que un arrebato generoso y que mañana no te aparecerás frente a mí en cualquier bar y me atravesarás la garganta con un cuchillo?

—No pretenderá que le dé un papel firmado y con timbre fiscal de que no lo haré.

—Está bien, Ángel Santiago. Te creo.

El corpulento hombre se aferró al tronco del árbol y fue alzándose dificultosamente hasta quedar de pie. Se sacudió el abrigo y quiso avanzar hasta la pistola depositada sobre la reja del alcantarillado. El joven se adelantó y se la puso en el bolsillo de la chaqueta de cuero.

—Ésa se la voy a pedir emprestada por mientras, alcaide.

—¿Qué tienes entre manos?

—Nada que a usted le concierna.

—Pregunto porque me daría mucha pena verte de vuelta en mi cárcel.

—¿Me trataría igual que antes?

—No, chiquillo. Te trataría como a un príncipe. Pero si vas a usar el arma, conviene que aprendas cómo funciona.

Los dos se quedaron un largo rato callados, casi inmóviles. Una brisa desprendió algunas hojas secas del árbol y Ángel agarró una al vuelo y se entretuvo raspando su quebradiza textura. El alcaide se sobó el cuello magullado y fue hasta el chico con la mano extendida.

—Si me permites, voy a despedirme. Me esperan en casa.

—Vaya no más, alcaide.

Se estrecharon las manos, pero algo retuvo a Santoro en ese lugar. Limpiándose con un par de dedos el barro adherido a sus cejas, se animó finalmente a su pregunta:

—Si en verdad no querías matarme, ¿para qué viniste?

Ángel Santiago quebró la hoja que tenía en la mano derecha y luego la fue moliendo hasta pulverizarla.

—Para devolverle la bufanda, alcaide.

TREINTA Y CUATRO

Pasadas las diez de la noche parece que los semáforos de la calle de las Tabernas tuvieran tres luces verdes. Los conductores no les prestan atención a las señales del tráfico cuando se divierten estudiando a las chicas sentadas en las vitrinas de los cafés o a quienes conversan en pequeños grupos con abrigos de piel, medias caladas bajo la minifalda y maquillaje rojo entre las cejas y las pestañas.

Al ingresar en la zona, el joven no pudo impedir que la felicidad lo desbordara. Era como si una ducha de pistones, semejante a aquella que usan para pintar la carrocería de los autos, le hubiera barrido el sarro que acumulaba en sus entrañas. Se sentía limpio, ligero, y al darse cuenta de que estaba a punto de ejercer en plena calle una cabriola de baile, entendió por primera vez a aquellos héroes de los musicales de Hollywood que se ponían a cantar o a bailar cuando caían en éxtasis.

Se había descargado de tantas mochilas que le doblegaban el lomo que ahora se sentía un animal liviano y flexible, ágil de mente y rápido de pezuñas. Dúctil, y tan transparente que le parecía que todo el mundo se daría cuenta de la doble fuente de su felicidad: eso que sentía por Victoria Ponce era muy probablemente lo que en el cine y las canciones llamaban «amor», y la indicación de Vergara Grey de que recogiese del hotelucho las chaquetas *jeans* de la Schendler sonaba como una señal de que el Golpe había prendido en su alma.

Desde la madrugada, cuando había galopado al rucio ganando *su* carrera, sentía que la suerte le llovía a raudales, que a su alrededor una patota de ángeles le agenciaban milagros y le provocaban lucideces imprevistas. Esos escurridizos y etéreos señores, diligentes y benévolos, cuidaban de que nada malo le pasara, de que aflojase, por ejemplo, la presión de la bufanda en el cuello de buey del alcaide, librándolo así de un asesinato.

No sólo de ese crimen, sino de ese otro repetido fantasmalmente en noches de insomnio en la celda, cuando se veía enterrándole a Santoro un cuchillo cocinero en la garganta. ¿Por qué el viejo le había cantado esa imagen? Exactamente la figura de su sueño. ¿Acaso la angustia en vez de confundir a los hombres los transforma en videntes? ¿Habían soñado la víctima y él, su verdugo, el mismo sueño?

«Nada malo me puede pasar», se dijo, justo en el momento que pasaba al borde de un auto color cereza, desde donde lo espantaron de su dicha con un bocinazo. La ventanilla del chofer se abrió y por el encuadre del vidrio apareció la cabeza del cuidador de autos.

—¿Cuándo me vái a pagar las dos lucas, cabrito?

Santiago estaba acostumbrado a ver a Nemesio Santelices con un fieltro amarillo señalizándoles a los conductores cómo estacionar su auto en la calle tan concurrida, pero jamás habría pensado que algún día ese tipo iba a estar sentado al volante. No pudo evitar una sonrisa.

—Falta su resto, amigo —dijo, disponiéndose a seguir alegremente su tranco hacia el hotel.

El cuidador abrió la puerta trasera del coche y le

hizo un gesto conminatorio de que entrara. Tras obedecer y tomar asiento, identificó a su lado a la recepcionista Elsa.

—¿Te acuerdas de mí, chiquillo?

—Claro que sí, la nochera.

—¿Y qué es de Elena Sanhueza?

—Ése era el nombre falso de mi novia. Está bien, recuperándose de un accidente en la Asistencia Pública. ¿Para qué querían que subiese al auto?

—Aquí nadie nos ve —dijo el cuidador.

—¿Y qué tiene que nos vean?

El hombrecito se hundió el sombrero hasta las cejas como si al decir la frase se pusiera en evidencia.

—Una vez te vi salir volando del primer piso y caíste vivo.

—Fue una broma de Vergara Grey.

—Ahora queremos evitar que salgas volando del primer piso, pero muerto.

El muchacho se frotó las rodillas y quiso vislumbrar la escena alrededor del hotel a través del vidrio empañado. Elsa se preparó un cigarrillo, abrió una franja la ventanilla y exhaló por allí la primera bocanada.

—Dentro del hotel hay un caballero, no muy distinguido, que te anda buscando para matarte.

—¿A mí?

—A ti o a Vergara Grey. No he llegado tan lejos en mis investigaciones. Tú me eres bastante indiferente desde que vapuleaste a Monasterio. Pero tú también eres la pista a través de la cual el caballero puede llegar a Nico. Y ése sí que sería un funeral al que no me gustaría asistir.

—¿Quién es el tío?

—Dice que se llama Alberto Parra Chacón, pero no es su nombre.

—¿Cómo lo sabe?

—¡Bah! Cuando tú entraste por primera vez al hotel sabía perfectamente que no te llamabas Enrique Gutiérrez.

—Usted me puso ese nombre.

—Les pongo ese nombre a todos para no olvidarlo ni entrar en contradicciones si algún día me interroga la policía. También a Alberto Parra Chacón lo inscribí como Enrique Gutiérrez.

—¿Y si alguien lo llama por teléfono?

—Eso es problema de Gutiérrez y del que llama, no mío.

Ángel Santiago sacó una peineta de su mochila y aprovechó el espejo retrovisor para darse un par de manos en la melena.

—¿De dónde sacó que ese tío nos quiere matar?

—Una deducción muy simple. ¿Por qué un hombre toma la habitación vecina a la de Nico? ¿Por qué desde que entra no sale de ella y está echado en camiseta sin mangas sobre el sofá con una Browning calibre 38? ¿Por qué cuando mandé a la mucama a hacer la habitación de Vergara Grey salió despavorido al pasillo con el arma en la mano?

—No sé de nadie que me quiera matar, señora Elsa.

—¿No le has comentado a alguna persona lo que preparas con Vergara Grey?

—Todo el mundo cree que preparo algo con el profesor, pero él ya no quiere guerra. Lo único que desea es vivir como un jubilado con su familia.

—Conozco bien a Teresa Capriatti y sé que si no le lleva plata a la casa no va a volver a entrar allí.

—¿Pero adónde la llevan todas estas reflexiones?

—A lo siguiente: Alberto Parra Chacón es alguien que quiere o matarlos o participar en el Golpe.

—¡¿Qué Golpe, por la cresta?!

—Si muestra pistola es porque sabe que lo que ustedes están preparando requiere, además de robaburros y artistas de la ganzúa, cojones para matar, si es necesario. Debe de saber que el Golpe no es cosa de mariquitas.

—Por decirme eso mismo casi estrangulo a su amante, doña Elsa.

—Lo digo en un sentido figurado. Me consta que le diste una paliza en la cama a la señorita Sanhueza. Pero si el Flaco no fuera un ladrón, la víctima que busca tendrías que ser tú.

—¡Yo! Lo único que tengo en mi prontuario es haberme robado un caballo. Nadie me va a matar por eso.

—¿Y la colegiala?

—No entiendo.

—La muñeca que te estás vacilando, ¿no tendrá otro amante, por si acaso?

—Doña Elsa: ¡las telenovelas le tienen comido el coco!

—¿O un padre que quiera vengar el honor de su hija?

Ángel Santiago apretó la manilla del auto y la abrió con furia.

—Voy a sacar un par de cosas de don Nico de la pieza.

El cuidador de autos se le cruzó en el camino impidiéndole que avanzara. Con un llavero de control remoto hizo saltar la tapa de la maletera.

—En esa valija están todas las pilchas de Vergara Grey.

—¿Por qué?

—No queremos que el maestro entre en el hotel y el gángster le haga daño. Y a ti tampoco. Si sabes dónde está, llévale sus cositas.

El joven se frotó algunos segundos los párpados y quiso recapitular en ese relampagazo lo que había sido su vida insomne en las últimas cincuenta horas. ¿Lo querrían así sus ángeles o debía mandar al carajo a esa vieja mitómana? Dejó entonces que la boca hablara antes de que se pronunciara la razón.

—Está bien. No entraré al hotel. Yo le llevo la valija.

El cuidador la levantó de la maletera, se la pasó, y simultáneamente hizo una señal a un taxi para que frenara. La sonrisa del hombrecito reveló esta vez que le faltaba el canino derecho. Igual que un comediante actuando el rol de portero de un hotel de lujo, Nemesio Santelices abrió la puerta del taxi, introdujo la maleta y luego a Ángel Santiago tomándolo del codo. Después puso la mano en el bolsillo de la chaqueta, produjo dos billetes de mil y se los enterró en la palma de la mano.

—Me estaríai debiendo cuatro lucas, concha'e tu madre.

TREINTA Y CINCO

Hay discusiones acerca de si la idea original fue de Vergara Grey o de Ángel Santiago. No cabe duda, sin embargo, que ambos planes fueron desarrollados en la Academia de Ballet Coppelia, una vez que su propietaria y docente resultara estimulada con un honorario de treinta mil por el mes corriente y otro por parecida cantidad a cuenta de las deudas originadas por Victoria Ponce en el trimestre anterior.

La sorpresiva aparición de ese patrimonio hizo que la dama, quien se presentó ante don Nico, con golpes de pestañas dignas de un vampiresa, como Ruth Ulloa, proporcionara a los socios sendas colchonetas, par de frazadas, y hasta una lamparilla que ambos declararon necesitar para estudiar el plan en la noche.

Por cierto, la bien mantenida ex bailarina fue puesta en conocimiento por los dos varones del plan A, visible para quien quisiera fisgar sobre la mesa de arquitecto que a título de préstamo aportó el arquitecto Charlín del estudio vecino, pero se le mantuvo en riguroso incógnito sobre el plan B del *Enano* Lira, que incluía parcial movilización en los eficientes ascensores de origen alemán marca Schendler.

Victoria fue depositada —«a plazo», le dijo seco Ángel Santiago a la viuda Ponce— en la humilde casa de la madre, quien no reaccionó con ningún tipo de sorpresa ni de alarma cuando vio bajar del taxi a la colegiala acompañada de un hombre de bigotes grises pespuntado por canas y a un jovenzuelo hiperkinético y arrogante, quien fue hasta la pieza de la muchacha como si le perteneciera.

Preguntada la señora sobre si había notado la ausencia de su niñita en los últimos días, replicó que en efecto, a la hora del desayuno, había advertido que la sopa de minestrones que le había aliñado con perejil para la cena de la noche anterior seguía sin consumir en el microondas.

Vergara Grey le expuso que Victoria había tenido un pequeño desmayo, que él la había recogido en la calle y llevado al hospital, que había pasado una noche en observación, que no era nada grave, y que ahora iba a quedar un par de días en reposo antes de que se recuperara plenamente. La madre quiso contar algo de la fatídica historia que pesaba sobre la familia pero fue detenida por el joven y cambió de discurso, opinando que su hija padecía de anorexia, enfermedad que afecta a las bailarinas y a los jinetes, quienes deben mantenerse en los huesitos para rendir profesionalmente.

Efectivamente ése era el caso, decretó conciliador Vergara Grey. Y le pasó un kilo de carne para cazuela envuelta en papel de diario con instrucciones de que le preparara una sopita de vacuno donde no faltara ni una papa cocida, ni el trozo de zapallo, ni un trecho de choclo, y hasta algo de ají y cilantro, mezcla que seguro devolvería el color a las mejillas de la señorita Ponce.

Pasado mañana la pasarían a recoger a ella y a la hija tipo nueve de la noche, y cuando la mujer le indicó plañidera que ella nunca salía de noche por causa de su depresión, don Nico le dijo que mucha depresión para arriba y mucha depresión para abajo, pero si mañana no estaba lista a las nueve, vestida con su mejor traje sastre y su medio kilo de colorete en las mejillas, él personalmente la iba a sacar a rastras de la casa aunque estuviera —«perdone estas palabras inusuales en mí, señora»— en pelotas.

Por su parte, Victoria Ponce, tendida en el lecho junto a una limonada y dos aspirinas, no parecía darse cuenta de las turbulencias que había enfrentado para estar viva. Acariciándose una y otra vez el pelo con la mano derecha, se limitó a dar una información y una pregunta, de suyo contradictorias: una, que no quería vivir, y dos, si la profesora de ballet la admitiría en su academia esa noche.

El joven dejó pasar la primera pensando que era un coletazo inevitable de la degradación que había llevado a la chica a querer autodestruirse, pero se interesó vivamente en la segunda, y afirmó que la maestra la esperaba mañana en la noche con la coreografía de la Mistral.

Desprovistos hasta de monedas para el autobús, los socios rumbearon a pie por la noche hacia la academia de ballet, y para hacer más tolerable la caminata se detuvieron ante el edificio donde Canteros y sus guardias guardaban el tesoro de sus chantajes, y estuvieron fumando un cigarrillo mientras los pesados camiones de la Municipalidad de Santiago descargaban los enormes basureros grises de basura y la molían.

Vergara Grey bromeó calculando que uno de esos toneles de plástico, lleno de billetes, podría llegar a pesar unos treinta kilos y un millón de dólares. «¿Usted cree que el gordo Canteros tiene tanto en el buche?», preguntó esperanzado su socio. Y el profesional le dijo con tono didáctico que, por menos de eso, no valdría la pena dar el Golpe. «Pero —agregó— ése es el plan B. Atengámonos al tema A, que es el que urge por ahora.»

El plan A convocó esa misma noche a Ruth Ulloa, Ángel Santiago y Nicolás Vergara Grey sobre la mesa del arquitecto Charlín en la academia de ballet, después de que las últimas alumnas habían terminado sus ejercicios en la barra y abandonado el local. Al centro de la tabla lisa y bien pulida, el profesor extendió un papel de gran formato y lápices de diferentes colores que le permitieran resaltar claramente la misión de cada cual.

Responsabilidad de la profesora Ulloa sería el transporte de su radio Zenith verde con los dos enormes parlantes, así como el CD que incluía la música de Luis Addis, notablemente distinta de su *Canto para una semilla* sobre las *Décimas* de Violeta Parra. La compositora de *Gracias a la vida* al fin y al cabo era sureña, chillaneja, por más señas, y la Mistral venía de los valles del desierto próximo a Vicuña.

Amenizó la jornada un termo de café que se repartió a pequeñas dosis, pues la noche era larga, los detalles muchos, y la táctica incierta. La maestra Ruth les contó a los hombres que, enterada de que la historia de su propio padre había inspirado a Victoria a acudir a *Los sonetos de la muerte* de Gabriela Mistral, ella decidió a su vez contratar al compositor Addis, quien procedió a elaborar la pieza para ballet tomando como motivo un fenómeno del norte chileno llamado «el desierto florido».

Repentinamente, producto de una lluvia insólita en esos parajes, la riqueza de minerales y sales de esos espacios yermos hace que la tierra, la arena y hasta los montes revienten de la noche a la mañana en la vegetación de un alucinante vergel, algo semejante a un fugaz paraíso. Según el compositor, la textura de su melodía combinaba esa mutación con la idea de la poeta que arranca el cuerpo del amado desde el féretro al cálido lar del universo: «Del nicho helado en que los hombres te pusieron, te bajaré a la tierra humilde y soleada.»

En nueve minutos y cuarenta segundos la contracción de una penitente comenzaba lentamente a poblarse de ternura mientras la llovizna iba despertando las flores profundas del desierto hasta hacer de todo el paisaje la casa común de los hombres: la luz tendría a su vez que ir desde la oscuridad a la penumbra, de ésta a la sombra vaga, de allí al gris con perfiles, hasta que un rayo verde, o una modesta franja naranja, haría parir en la bailarina el cuerpo del amado que transportaba a la gracia.

Cuando la maestra terminó su relato, los dos socios (del plan A y B) miraban hondamente en sus pocillos de café, y la mujer tuvo la sospecha de que no habían entendido ni un rábano.

—Es decir —quiso iluminarlos—, toda la trama de la música y la danza es una metáfora. ¿Me entiende, don Nico?

Vergara Grey se metió un dedo en la oreja y se la rascó profundo, como si arrancando un poco de cerumen el significado de esa lección le resultara permeable.

—Sí —dijo, con una sonrisa de disculpa, porque la respuesta era «no».

Impulsivo, Ángel Santiago proclamó que, conociendo el temple pacifista del maestro, *él* se haría cargo del arsenal, y al mismo tiempo de las Fuerzas Armadas, vale decir en este caso, del cabo de la *comisaría de Güechuraba*, Arnoldo Zúñiga. Y anticipando su voluntad de que nada impidiera el buen desenlace del plan, estableció sobre el mesón de dibujo tanto el revólver que le había birlado al alcaide Santoro como la palidez de la aún buena moza coreógrafa Ruth Ulloa.

275

Con un disimulado puntapié que Vergara Grey acertó en la rodilla al muchacho, minimizó la ofensiva bélica de éste, y arrojando a la vez con una falsa risa el arma al canasto de basura y mirando su reloj, propuso que suspendieran las bromas, pues el tiempo apremiaba.

El acelerado muchacho tendría que hacerse cargo sólo de convencer al cabo, mientras que él hablaría —anotó vía lápiz verde en el papelote— con la maestra de dibujo doña Elena Sanhueza, con la socia de Monasterio, doña Elsa —que tan bien les cuidaba a ambos el pellejo—, y hasta con el mismísimo alcaide Huerta.

Ahorrativo, Ángel Santiago decidió abstenerse del taxi, y viajó apiñado en micro, rumbo a la comisaría de Güechuraba. Esperó en el establo, dándole cariño a los animales, hasta que uno a uno éstos fueron montados por los carabineros que salían a hacer sus rondas. Con los cascos de los caballos que se alejaban se produjo quietud e intimidad en la comisaría. Sólo el encargado del libro de partes transcribía algunas infracciones de tránsito logrando que la esforzada caligrafía le hiciera salir la punta de la lengua entre los labios. Se presentó delante de Zúñiga imitando el saludo militar de llevarse dos dedos al quepis que no tenía.

—¿Se acuerda de mí, cabo Zúñiga?

Dos segundos apenas tardó el uniformado en pasar de la extrañeza al reconocimiento. Se levantó efusivo para abrazarlo al tiempo que le decía:

—¡Pero cómo me voy a olvidar del dueño del rucio! ¿Qué es de esa joyita?

—Seguí su consejo, pues. Lo llevé al hipódromo y está inscrito para la Primera del Chile.

—¡Recacha, la mansa ni sorpresa!

—El Charly de la Mirándola le tiene harta confianza.

—No será para tanto. ¿Cuánto me dijo que ponía en los mil doscientos?

—Uno quince, uno dieciséis...

—Ojalá que llueva, hay caballitos que se afirman mejor en el barro. ¿Y cuál es la gracia del animal?

—*Milton.*

—¿Como el locutor de fútbol Milton Millas?

—Eso.

—Voy a pasar a la sucursal a jugarle un boleto.

—El Charly le tiene confianza.

Un ordenanza le llevó al uniformado su paila de jamón con huevos revueltos, y tras echarle abundante sal, se la fue sirviendo con alegre apetito. Le indicó al joven una banana sobre el escritorio:

—Sírvasela.

—Gracias, mi cabo. Ya desayuné.

Después de algunas cucharadas que culminó limpiándose con una toallita Nova, el carabinero se echó satisfecho sobre el respaldo del asiento y miró amable al muchacho.

—¿Y qué lo trae por aquí, joven?

Esa pregunta trivial y cotidiana desencadenó tal rubor en Ángel que sintió que sus manos comenzaban a mojarse por la súbita transpiración.

—¿Se acuerda cuando me dijo que cualquier problema que tuviese diera su nombre?

—«Cabo Zúñiga, comisaría de Güechuraba, para servirlo.»

El joven tragó la saliva acumulada y echándose el pelo hacia atrás levantó la barbilla y dijo con tono trascendente:

—Bueno, pues, necesito su ayuda.

El oficial entendió sin más palabras que venía una confidencia, golpeó con una uña algunas migas caídas sobre el escritorio y fue a cerrar sin ruido la puerta.

—Dígame.

—Me imagino que usted, con su experiencia de ese lado de la ley, ya se habrá formado una idea de mí.

El uniformado se sentó en el borde del escritorio y cruzó los brazos.

—En primer lugar, que usted está al otro lado.

—Rehabilitándome.

—Nadie es perfecto en este barrio, y en Chile mucho menos. ¿Y en qué puedo servirlo?

—¡Puchacay! ¿Cómo se lo dijera pa'que entendiera?

—Anímese. Hablar no es un delito. Siempre y cuando no sea un intento de soborno —recapacitó—; ahí los carabineros somos inflexibles.

—No, mi cabo, se trata más o menos de lo contrario.

—¿Qué sería?

—Un préstamo.

El cabo Zúñiga saltó del escritorio, cogió la banana y, mientras hablaba, no dejó de golpearla contra la palma de una mano. Sonrió casi con piedad.

—Ahí sí que la embarró, amigo. Pedirle plata prestada a un carabinero es como asaltar la alcancía de un mendigo. Tenemos los peores sueldos de Chile. Si no fuera por el seguro de salud y la oficina de bienestar que nos regala leche Nido para las guaguas, más nos valdría ser cesantes. Participaríamos en las protestas tirándoles piedras a los *pacos*.

El hombre se rió con franco buen humor y, envalentonado por esa buena racha, Ángel Santiago buscó su proximidad y le dijo, confidente:

—En verdad no es un préstamo en metálico. Se trata de una ayuda que sólo usted puede darnos.

—¿*Darnos*?

—Humm.

—¿Es una historia larga?

—Si tuviera la bondad de escucharla con paciencia...

—¿Tan larga que mientras me la cuenta podría comerme el plátano?

—Un cacho entero de bananas.

—Voy a escucharla, pero si me aburro lo corto.

—De acuerdo.

—¿Cómo se llama ella?

—¿De dónde se dio cuenta de que se trataba de eso?

—Cachativa policial. ¿Nombre?

—Victoria Ponce.

—¿Edad?

—Diecisiete años.

—¿Prontuario?

Ángel hizo rodar un cigarrillo entre los dedos, y aflojándole así un poco el tabaco, fue hasta la ventana, miró la cordillera, y tras pedir fuego contó la historia de la muchacha sin omitir detalle. A las diez llevaba quince minutos de relato y pudo advertir que el carabinero estaba tan inmerso en éste que cuando sonó el teléfono dijo brusco «que llamen más tarde», y colgó de un hachazo.

Siguiendo esa intuición que le inspiraba la visión del cielo abierto, las nubes deshilachadas por la brisa y el rodar de las carretelas en el empedrado rumbo a La Vega, hizo una síntesis completa de su vida desde la salida de la cárcel, omitiendo dos puntos que no concernían en absoluto a su petitorio: el Golpe de Lira y el bufandazo propinado la noche anterior al respetable alcaide de la Cárcel Central.

En los tres últimos minutos, bajando aun más el tono confidencial, entró a terreno dinamitado, y le planteó *la* petición, diciendo que si bien no esperaba de él una reparación institucional para la muchacha —«de eso se encargarán tarde o temprano otras generaciones o las leyes»— sí quería su ayuda para el éxito de su proyecto en el nivel de su sencillo corazón de chileno uniformado, de abnegado servidor público y de padre de familia.

Cuando el joven terminó su discurso, el cabo Zúñiga había adelantado los labios y los tenía unidos fuertemente con dos dedos, en señal de meditación. Su mirada se perdió en la muralla como si tratara de descifrar alguna figura en la mancha café producto de la humedad. Deshizo su postura y revisó la posición de todos los objetos que tenía en el escritorio. Al descubrir la cáscara de la banana, de un solo manotazo la hizo aterrizar en el papelero.

—¿Y? —se animó finalmente Ángel, hablando como si estuviera en puntas de pies.

El cabo Zúñiga dispuso de medio minuto para abrocharse un botón más apretado el recio cinturón reglamentario, y luego dijo con una sonrisa sin alegría:

—Vamos a dejar la cagada.

TREINTA Y SEIS
—

Vergara Grey fue directo a la sala de profesores del liceo y estuvo describiéndole el plan A a la profesora de dibujo, quien aceptó encantada participar, siempre y cuando se le permitiera tomar más iniciativas que las propuestas; a saber, dibujar las tarjetas de invitación con una Gabriela Mistral, alta y ruda, bailando hacia el sol. Ella iba a poner las cartulinas, el *papier maché*, los materiales gráficos, los sobres de Librería Nacional, las estampillas de Correos de Chile —«no hay tiempo para eso, maestra, ni aun por expreso llegarían a sus destinatarios»—, «y hablaré personalmente con el crítico de *El Mercado* para que asista».

La tarjeta, se expresó obviamente la maestra de arte y no el lego Vergara Grey, debería ser una cosa de trazos luminosos, como por ejemplo *La paloma* de Picasso, algo que en la dinámica de unas pocas líneas sugiriera un poema que baila. Sin más, procedió a rayar tres ejemplos en su cuaderno de croquis, y tras la aprobación encandilada del ladrón se decidió por el «proyecto uno» y se comprometió firmemente a tener listo el envío para su distribución vía *courier* —término inexistente en el registro del hombre— en un par de horas.

Puesto que la fotocopiadora de color costaba una fortuna para una futura cesante, la maestra preguntó si Vergara Grey no podría poner a su disposición un pequeño fondo, que llamó «caja chica», con objeto de cubrir algunas de sus expensas. Elocuente, quien le encomendaba la artística y fraternal misión se dio vuelta los bolsillos sin que cayera otra cosa que el boleto del autobús con que había llegado hasta el liceo. Buscando un buen pretexto para abordar a Teresa Capriatti y contribuir a acercarla a Vergara Grey, la cajera Elsa se hizo con la chequera del socio Monasterio y la alivió de un cheque por cien mil pesos sin tener certeza de si la suma tendría o no respaldo bancario. Esta vez fue en taxi hasta la casa de la mujer, y con la esperanza de que la invitara a sentarse, compró algunos dulces chilenos, entre otros, *príncipes*, que se complementarían de maravillas con el eventual té al que la hostil esposa de su amigo debería, hospitalaria, ofrecerle.

Adjunto al cheque llevaba la invitación: la señora Sanhueza había agregado sobre el nombre Teresa Capriatti un espolvoreado de oro semejante a aquel con que untan la curva de sus senos las *vedettes*. Puesto que las otras invitaciones, incluida la suya, carecían de ese aditamento, la cajera dedujo que el Nico se había ido de confidencias sentimentales con la artista.

Tras tocar el timbre y olerse en mitad del pecho, hizo su aparición en la puerta del departamento Teresa Capriatti, quien abrió apenas un hilito y emitió con desgano la siguiente cortesía:

—Ah, es usted.

La mujer no se amilanó, extrajo de su bolso atigrado la obra de arte y se la mostró por el deslumbrante lado de la carátula.

—Vergara Grey le manda esta invitación.

Su esposa le dedicó una mirada con los labios férreamente fruncidos y luego alzó la vista.

—Explíqueme.

—Son buenas noticias. Su Nico ha conseguido trabajo como promotor de espectáculos. Se ha transformado en una suerte de agente de artistas.

—A juzgar por el polvo de estrellas con que cubrió mi nombre, debe de traficar con aspirantes a *vedettes* frívolas. Esas que bailan con una estrellita de oro en las puntas de los pezones y una pluma de cisne en el poto.

—Teresa, usted sabe que Vergara Grey es un hombre sobrio. Se trata nada menos que de baile clásico.

—¿Qué entiende él de eso? Un día me llevó a ver *El lago de los cisnes* y tuve la impresión de que le hubiera dado lo mismo que lo bailaran patos.

—Esta vez se va a llevar una sorpresa. Se trata de una coreografía inspirada en Gabriela Mistral.

—«Piececitos de niños, azulosos de frío. ¿Cómo hay quien os ve y no os cubre, Dios mío?»

—Me gusta más la versión de Nicanor Parra.

—No la conozco.

—«Piececitos de niños, azulosos de frío. ¿Cómo hay quien os ve y no os cubre, Marx mío?»

—¿Y para traerme esta cursilería se tomó la molestia de venir hasta aquí?

La cajera acarició con fingida modestia el cierre de su carterita con motivos de tigresa y dijo como avergonzada:

—No. Es que también le traigo un cheque.

—Pase —dijo Teresa Capriatti abriendo la puerta.

Una vez en el *living room* apareció el paquete con los pastelillos, y la dueña de casa se retiró un minuto a la cocina a calentar el agua para el tecito. Elsa hizo uso de esa tregua para estudiar las paredes del cuarto con atención. Una vuelta en redondo le reveló que la presencia de Vergara Grey había sido meticulosamente expurgada de ese salón. En los días de gloria, lucía sobre la pared de leve amarillo una impresionante foto de Teresa y Nico el día de la boda, acompañados nada menos que por el cardenal de entonces, un santo hombre que tenía relaciones familiares lejanas con la novia, pero que ésta consiguió acercar, implorando una bendición, que a todas luces no tuvo efecto sobre su matrimonio.

Cuando vino de vuelta con las dos tazas de té, sacaron los *príncipes* del paquete y los mascaron sin darle mucha importancia a las migas azucaradas que cayeron sobre la alfombra.

—Teresita...

—Odio que me llame así.

—Perdone. ¿Se acuerda que hace años nos tuteábamos?

—No hay nada de ese período que extrañe ni que quiera reivindicar ahora. ¿Me habló de un documento?

—Sí, claro que sí —dijo Elsa, como si lo hubiera olvidado. Pero a pesar de esta afirmación, no abrió la cartera, igual que si una idea extravagante que no quisiera reprimir la urgiera a distraerse—. Sabe que Vergara Grey la ama con locura, ¿cierto?

—Ésas son frases para adolescentes. Lo que caracteriza a alguien que ama es que es capaz de mantener dignamente a su familia. Yo he comenzado a hacer costuras. Me da vergüenza. Imagínese: «Teresa Capriatti, costurera.»

—Es que usted no le deja salida.

La mujer estuvo a punto de retirar sus palabras antes de que sonasen, pero algo le dijo que todo el esfuerzo de su acción valdría un rábano si no hablaba ahora que ya estaba en la madriguera del animal. Con todo, bebió un sorbo de té, mientras su última frase aliñaba la curiosidad de su interlocutora.

—¿Qué quiere decir?

—Vergara Grey está torturado por una gran contradicción. Cuando estaba en la cárcel soñaba con vivir a su lado, y ahora que está en libertad usted no se lo permite.

—No veo ninguna contradicción. En ninguno de los dos casos contó conmigo. Ni ahora, ni antes.

—¡Pero le exige que la mantenga!

—¡Qué menos! Si tiene un cheque para mí, pásemelo.

—Usted sabe que el Nico es capaz de hacer un Golpe genial. Todo el mundo en el ambiente lo espera. Pero se contiene nada más que, porque si fracasa, volvería a la cárcel y usted no querría verlo nunca más. Pero si tiene éxito, sus apreturas económicas tendrían fin.

—¡Por Dios! Desenrédese, mujer.

—Más claro echarle agua. Mire, Teresa, lo único que puede hacer Vergara Grey hoy en día es dar un Golpe maestro. Nadie le va a ofrecer ni un trabajo de junior a los sesenta años. Tampoco, con su prontuario, puede irse a ofrecer a Canteros para su equipo de guardias de seguridad.

—Está bien. Pero ahora es representante de artistas.

Elsa extrajo el cheque y le puso con actitud desafiante la cantidad delante de los ojos.

—¡Cien mil! —exclamó Teresa—. Pero si con eso no me alcanza ni para el alquiler del mes.

Elsa se puso de pie dispersando con el barrido de una mano las migas que manchaban su falda.

—Tome decisiones, amiga.

—Encantada. Pero ¿cuáles?

—Dele una pizca de ternura, y ese hombre irá al fin del mundo por usted. Pase lo que pase, no tiene nada que perder. Si él muere en la acción, dejará de verlo para siempre, pero como de todas maneras nunca lo ve, todo seguiría igual. Si va a dar a la cárcel, puede privarse de la obligación de visitarlo, cosa que ya hizo durante estos años, e insisto, todo seguiría igual. Y si triunfa, el dinero le llegaría a raudales, y como todo el mundo sabría que ese Golpe no pudo sino haber sido hecho por Vergara Grey, tendría que pasar a la clandestinidad, usted no lo vería nunca, y otra vez la misma conclusión: todo seguiría igual, pero con plata para sus necesidades.

La dueña de casa dudó un momento entre la incomodidad de que alguien la aconsejara sin su autorización y el deseo de hallar soluciones para tanta precariedad.

—Usted sabe que durante todos estos años no he tenido otros hombres. Ni siquiera un amante ocasional.

—Su mérito. Pero también el de Nico.

—¿Qué quiere decir?

—Encontrar a un ser humano como él en estos días es imposible. Cualquiera luciría como un monigote frente a su recuerdo.

—Fue un buen amante. Pero la fiesta duró hasta que se acabó.

—Eso lo dice su orgullo. Pero quién sabe qué diría su corazón si lo dejara hablar.

—No sé qué diría mi corazón, pero sí lo que dice mi boca. Váyase de aquí, Elsa.

La cajera, de todas maneras, ya había avanzado hacia la salida. Miró con algún interés los dos *príncipes* que imploraban atención sobre la mesa, mas se contuvo, pues hubiera sido grosero llevárselos de vuelta.

—¿Va a venir al ballet?

—No creo.

—Está bien. En todo caso, no rompa la invitación. El detalle del polvo dorado se le ocurrió a Nico para halagarla.

—¿Qué hago, Elsa?

La cajera tamborileó sobre la manilla de la puerta, dando por primera vez señales de fastidio.

—Desenrédate, Teresita Capriatti.

Al tercer día de estar encerrado en la pieza del hotelucho, Rigoberto Marín tuvo la convicción de que algo no funcionaba de acuerdo a sus planes. Aprovechando que la mucama que limpiaba la pieza de Vergara Grey había descendido a la recepción para contestar el teléfono, se introdujo a su habitación y de dos o tres zarpazos abrió el armario, dio vuelta el colchón y se puso debajo del catre a palpar el piso por si hubiera alguna tabla floja que sirviese de escondite.

La habitación estaba vacía como estadio en día de semana. Al palparse la barba crecida, observó que en el baño no había ni una hoja de Gillette ni espuma para afeitarse.

Alguien había evacuado a Vergara Grey y al Querubín en un momento de sopor. Era un cuarto en el primer piso. Aunque estaba seguro de haberse mantenido alerta día y noche con la lucidez de un búho, perfectamente el ajuar de Vergara Grey podría haber sido sacado por la ventana. De probarse esta conjetura, correspondía dejarle una cicatriz a la recepcionista como premio por su diligencia y su intuición. ¿Lo habría reconocido a pesar de sus nuevos atuendos y de su falso nombre? No era imposible, pues si la *madame* era adicta al viejo ladrón podría tener el *dossier* completo de prensa del maestro, y en esas mismas páginas no le habían mezquinado a él ni fotos ni espacio. Rigoberto Marín era el *sello* perverso de la *cara* risueña de la *moneda Vergara Grey*.

Cuando Elsa volvió de la visita a Teresa Capriatti pudo ver de espaldas a Rigoberto Marín, tallando con una navaja la cubierta de su mesón de recepcionista. Por el espejo advirtió que el hombre ya la había visto entrar y que todo intento de fuga carecía de sentido: un par de pasos y el tipo le clavaría el hígado para dejarla desangrarse sobre el choapino de entrada.

—Buenas tardes, señor Parra Chacón —saludó animosa, al mismo tiempo que detuvo la vista sobre las figuras que había hendido su cliente en la madera. Se trataba de una serie de banderitas chilenas, identificables por la distribución del rectángulo y los espacios cuadrados con la estrella en la parte superior izquierda.

—Buenas tardes, señora Elsa.

—Veo que le gusta el arte del grabado.

—No especialmente, pero en algo tengo que entretenerme.

—Me imagino que es muy patriota. Hizo seis banderitas chilenas.

—Lo que dibujé o no carece de importancia. Más que sobre estos modestos monitos infantiles quería llamarle la atención sobre el instrumento con que los realicé.

Expuso sobre el mesón la respetable navaja con su filuda hoja totalmente abierta.

—En este barrio uno aprende a apreciar una arma como ésta. ¿En qué puedo servirlo, don Alberto?

La mujer hubiera querido sacarse el abrigo, pero se contuvo, reflexionando que si la puntada iba al corazón la gruesa tela invernal podría amortiguarla.

—Diciéndome la verdad sobre un par de cositas.

—Usted pregunta y yo respondo.

El criminal desclavó la navaja y estuvo gesticulando con ella como si se tratara de un simple lápiz Faber.

—Vergara Grey vive aquí, ¿cierto?

—Ya que todo el mundo sabe que está en libertad legal beneficiado por la amnistía, no tengo por qué negarlo. Sólo quiero corregirle un detalle. Él *vivía* aquí.

—¿Cuándo se fue?

—Como anda corto de fondos, se retiró discretamente, dejándome clavada con la factura.

—Tan discretamente que salió con todas sus cosas sin que nadie se diera cuenta.

—Usted sabe que tiene fama de ser hábil.

—Pero no es Mandrake *el Mago*.

Avanzó hasta ella y la empujó contra el perchero, haciéndole oler la navaja.

—¿Qué quiere?

—Saber dónde está Vergara Grey. Si es por protegerlo, no se preocupe. Sólo quiero ofrecerle mis servicios para el Golpe que prepara.

Elsa no tuvo necesidad de darle una segunda vuelta a su discurso. Era preciso ofrecerle algo que apartara algunos centímetros esa punta penetrante de su mejilla. En el barrio tenía trato con putas, borrachos, rateros, estafadores, traficantes de drogas *light* y *heavy*, pero nunca con asesinos profesionales.

—¿Qué va a hacer conmigo, señor Parra Chacón?

—Depende de la información que me dé, una cuchillada en el corazón o un rasguño en el pómulo.

—No me gustaría quedar desfigurada por una cicatriz. Tengo la piel suave, una bonita sonrisa, y a esta edad las mujeres necesitamos conservar algo que atraiga. De modo que, si quiere ser amable, prefiero que me mate.

—¿Dónde está el profesor?

—Preparando el Golpe.

—¿Dónde?

—Ahora no lo sé, pero después de que tenga lugar lo voy a saber.

—¿Por qué?

—Porque me lo prometió y es muy hombre.

—¿De cuánto dinero se trata?

—Sobre un millón de dólares.

—¿Quién es la víctima?

—No me dijo ni una palabra.

Alberto Parra Chacón apartó la navaja y volvió hacia el mostrador. Había dejado inconclusa una séptima banderita chilena y comenzó a hender el mesón con la navaja para imprimirla.

—¿Cuándo sería el Golpe? —preguntó, afanándose obsesivo en su obra.

—Mañana, pasado, a más tardar el martes.

Parra Chacón limpió con una manga la viruta que iba dejando su faena.

—¿Qué relación tiene usted con Vergara Grey, señora?

La mujer se acarició el cuello y ensayó lo que poco antes había definido como una «bonita sonrisa».

—Menos pregunta Dios y perdona.

—Comprendo. ¿Usted sabe quién soy yo realmente?

—No lo sé. Pero Alberto Parra Chacón, no. Mire el registro; aquí lo inscribí como Enrique Gutiérrez.

—¿Por qué hizo eso?

—Es un nombre que retengo con facilidad en caso de que haya algún interrogatorio. Me imagino que no le importará...

—Me da lo mismo. Vamos a quedar en lo siguiente: yo le respeto el cutis, y cuando usted reciba su botín me pasa un cachito.

—¿Cuánto?

—Soy modesto. No tanto que le dé pena ni tan poco que me ponga nervioso.

—Trato hecho. ¿Hay algo más en que podría servirlo, señor Parra Chacón?

—Si me pudiera cocinar una sopita. Hace dos días que no como.

En la madrugada de la misión, mucho antes de que su esposa llevara al jardín infantil a sus dos niños, el cabo Zúñiga despertó a su esposa Mabel, y abrazándola muy estrecho bajo el calor de las sábanas rústicas y las gruesas frazadas que recibían gratis de la Oficina de Bienestar, le dijo que quería pedirle su consejo. Ella se interesó con instantáneo buen humor, como si no la hubiera despertado una hora antes de que sonara la alarma, e incluso, temiendo una confesión conflictiva, pasó una mano por debajo del cuello de su marido y se mantuvo acariciándole la nuca.

—¿Qué pasaría contigo si yo hiciera algo que no fuera legal?

—¿Como qué?

—Nada grave.

—¿Ni un robo, ni un crimen?

—Nada de eso. Simplemente, una acción que no estoy autorizado para hacerla por la autoridad y, sin embargo, la hago.

—¿De qué se trata?

—Es algo difícil de explicarte, Mabel. Es algo que no está bien, pero que yo siento en el fondo de mi corazón que tengo que hacerlo.

—Puchacay, ¡qué misterioso!

—Es que no quiero influirte en tu consejo.

—Si no cuentas, no puedo aconsejarte.

—Déjame darle una vuelta por otro lado.

La mujer se acomodó apoyando el codo en el colchón y puso la barbilla en una mano. Su marido se humedeció los labios. Tenía puesta una camiseta de franela de esas con tres botoncitos sobre el pecho.

—Dime.

—Nunca te lo he preguntado antes. A lo mejor es una estupidez, pero necesito saberlo. ¿Tú no te sientes incómoda de estar casada con un *paco*?

—¡Qué cosas dices! Yo no te veo como un *policía*. Siempre has sido mi marido, Arnoldo.

—¿Y antes?

—Bueno, eras mi novio Arnoldo Zúñiga, y antes que eso eras mi *pololo*, y después te transformaste en el padre de nuestros niños Delia Zúñiga y Rubén Zúñiga. Que seas *paco* o astronauta no significa nada especial para mí.

—No te creo.

—¿A qué te refieres?

—A lo que dice la gente. Como estamos siempre ahí cuando hay protestas y a veces los golpeamos...

—Eso pasa sólo a veces. Son las reglas del juego. En todas partes del mundo hay policía.

—Pero no en todas partes del mundo los *pacos* hicieron lo de Chile.

—¿Qué quieres decir?

—¡Puchas! Las torturas, las violaciones, los detenidos desaparecidos.

—¿De qué estás hablando? Hace treinta años tú no habías nacido.

—Pero oíste lo que dijo el senador anoche en la tele. Hay una culpa institucional.

—¡Claro que sí! ¡Pero los que tienen que pedir perdón son los que ordenaron matar, no tú, que entonces estabas en el vientre de tu madre!

—¿Nunca...? Contéstame sinceramente...

—Dime.

—¿Nunca tuviste problemas porque yo soy carabinero?

—Un par de veces. Cuando nos apedrearon los vidrios.

La vez que tu tío no quiso quedarse en la fiesta del matrimonio de tu hermano cuando te vio entrar...

—¿Y cómo te mira la gente?

—A veces hay gente que te mira raro.

—¿Y nunca te pasó nada que yo no supiera, algo que preferiste no contarme?

—Hubo algo... Pero pasó hace diez años...

—¿Qué fue?

—¿Qué te importa todo eso?

—¿Qué pasó, Mabel?

—Tiraron un balde de mierda sobre la puerta.

—¿Por qué no me lo dijiste?

—¡Tener que tragarme limpiar esa cagada y además sufrir el dolor de apenarte a ti! ¿Y justo un mes antes de que naciera Rubén?

—En la tele dicen que el país está reconciliado. ¿Tú crees eso?

—No, Arnoldo. No creo eso.

—Entonces, ¿qué falta para que nos reconciliemos?

—Gestos. Gestos de los militares que muestren arrepentimiento.

—¿Y los carabineros?

—Los carabineros también.

—Entonces —Zúñiga se levantó de un salto y corrió la cortina justo cuando se oyó el cacareo del gallo del vecino—, si yo hago un gesto hacia una persona que sufrió mucho por culpa nuestra, tú no te enojarías conmigo.

Su esposa también saltó del lecho y fue hacia él alarmada.

—Tú no vas a hacer nada de nada, ¿me escuchas?

—Así que predicas, pero no practicas.

—¿Qué vas a hacer?

—Ponerme en claro conmigo mismo.

—¡Te van a echar!

—No tienen por qué enterarse.

—Si se enteran, te echarán.

—Busco algún otro trabajo.

—¡Medio mundo está cesante! ¿Qué te da tanta risa?

—La vida, la vida me da risa. Es como un partido de fútbol. Puedes estar los noventa minutos metido en el área del rival y nunca te cae la pelota. Y de repente viene un corner, el balón te aterriza prácticamente en la frente, y tú todo lo que tienes que hacer es golpearlo un poquito con la cabeza y meterlo adentro. Así de sencillo: gol.

La mujer lo prendió de la camiseta y uno de los botones saltó hasta el piso. Él quiso recogerlo, pero ella lo sujetó con determinación.

—¡Toda la vida andas con los botones sueltos! Cuéntame de una buena vez lo que vas a hacer.

Arnoldo Zúñiga la apartó con delicadeza y con un tono amable le dijo:

—Tomemos juntos el desayuno y te lo cuento.

Mabel retrocedió lentamente hacia la cocina.

—Tengo miedo, Arnoldo.

—No, mujer. Ya verás que es una ridiculez.

Y ahora sí se inclinó para recoger el botón, extrajo del armario hilo y aguja y se dispuso a coserlo, tal cual le había enseñado su madre.

TREINTA Y SIETE

—

«Son cinco minutos, la vida es eterna en cinco minutos», había cantado Víctor Jara en *Te recuerdo, Amanda,* y ésa fue la melodía que durante toda la tarde Ángel Santiago silbó entre dientes. Claro que ellos necesitaban un poco más: exactamente diez minutos. Tanto como se extendía la pieza musical del compositor Addis. Pero durante ese ínfimo lapso en la historia de la galaxia debería estar «todo pasando», según la expresión que habían acuñado los jóvenes en Chile en la última década.

El dinero salió de alcancías, colchones, cuentas de ahorro, recortes a la lista del almacén, préstamos no autorizados de la caja chica del bar, colecta entre los cuidadores de autos de la calle de las Tabernas, anticipo sobre el desahucio de la profesora de dibujo, visita a la casa de empeño de Vergara Grey con el anillo nupcial que otrora Teresa Capriatti había calzado en su dedo previo al beso santificado por Dios, renuncia al cine dominical de Mabel Zúñiga y vástagos, aporte de De la Mirándola, quien donó uno de los billetes azules con que apostaría por *Milton* el sábado, e innumerables detalles, entre los que acaso habría que destacar el obsequio de corbatas de seda italiana al elenco masculino de la conspiración que hizo la deliciosa viuda Alia Chellew en su tienda de Providencia.

El elenco se reunió en el café Poema de la Biblioteca Nacional, donde todos posaron de fanáticos lectores hasta que a las diez de la noche Vergara Grey pudo constatar que no faltaba ninguno de los cómplices y comensales. El viejo profesor de delitos les había encarecido elegancia y puntualidad, y nadie había defeccionado.

Fue decidido hacia la columna del fondo. Allí se apoyaba Victoria Ponce con el espinazo muy vertical, la cabeza erguida, una pierna cruzada sobre la rodilla de la otra, en la posición del *cuatro* que le exigen a la gente para saber si pueden conducir el coche aun después de haber bebido mucho: el rostro limpio, ni una gota de maquillaje, sólo la tenaz palidez herencia de su reciente enfermedad.

—¿Te sientes bien, chiquilla?

—Maravilloso, Vergara Grey.

—¿No crees que después de todo lo que hemos trotado juntos ya podrías tutearme y llamarme Nico?

—Por ningún motivo, maestro. Me gusta pronunciar su apellido y mantener el respeto del *usted*. Vergara Grey suena como el nombre de un político, o de un filósofo. Así como Ortega y Gasset.

—Mi familia está vinculada a la inventora del teléfono, Mrs. Grey. Pero le robaron la patente en secretaría.

—¿Cómo seguimos de aquí en adelante, profesor?

—Es tu vida. Después, nosotros tenemos que poner en marcha la nuestra.

—¿Quiénes?

—Ángel Santiago y yo.

—¿Dan el Golpe?

El hombre miró alrededor cauteloso y volvió severo a la muchacha.

—Una cosa después de la otra. Si sale bien la chilindrinada de esta noche, a lo mejor lo interpretamos como una buena señal.

—¿Cuánto falta?

—Cinco minutos.

Ángel Santiago dio la orden de salir a calle Moneda y caminaron hasta Mac Iver, siguieron hacia San Antonio, doblaron en dirección a Agustinas y allí, a media cuadra, divisaron el radiopatrulla de la comisaría de Güechuraba con las luces de señalización parpadeando y la sirena del techo tirando ciclos rojos sobre el asfalto húmedo.

En cuanto el grupo se juntó con el cabo Zúñiga, éste desenfundó ante todo el mundo el revólver de su cartuchera, y fue el primero en hacer su entrada por el acceso de artistas seguido de los invitados, que se anudaron compactos en torno a Vergara Grey. Cuando el carabinero puso el revólver a centímetros del guardián, Ángel palpó el arma del alcaide Santoro en su bolsillo y decidió fulminantemente que no vacilaría en usarla llegado el caso.

—¿Qué pasa? —preguntó el funcionario, haciendo ademán de coger el teléfono.

—Mientras menos pregunte, más rápido nos iremos. Vamos a allanar el teatro.

—¿Allanarlo?

—Íbamos a hacerlo hace una hora, pero decidimos esperar que saliera hasta el último espectador de la vermouth.

—¿De qué se trata?

—Tenemos información de que entre el público que había hoy en la ópera se encontraban dos terroristas.

—¡No me diga!

—Y nos consta que pusieron una bomba para volar el Municipal. Nosotros venimos a desarticularla.

—¡Qué horror, mi teniente. ¿Y por qué alguien querría atentar contra este templo del arte?

Ángel Santiago se adelantó y expuso convincentemente el revólver a centímetros de la nariz del guardia.

—Justamente porque hay personas que sienten que lo que aquí está ocurriendo es una profanación. Una ópera sobre ese bandido chileno, Joaquín Murieta, que nos desprestigió en Estados Unidos, escrita por el comunista Pablo Neruda, compuesta por el comunista Sergio Ortega, etcétera. ¿Me entiende?

—¿Y usted quién es, joven?

—Detective Enrique Gutiérrez, de la Brigada de Homicidios.

Se tocó la chaqueta una fracción de segundo para que el guardia no alcanzara ver que bajo la contrasolapa no lucía más que el carnet falso de la Schendler.

—¿Y qué debo hacer ahora?

—Usted y el personal, ponerse a salvo. ¿Quiénes quedan aún?

—El técnico de la caseta de iluminación, los acomodadores, el personal de limpieza.

—Dígales que vengan urgente a portería sin darles más detalles.

—Sí, mi teniente. ¿Debo llamar al alcalde?

—Por ningún motivo. No queremos que un hecho que tiene intención política desborde el aspecto policial.

—Le quieren bajar el perfil.

—Exactamente.

Las ampulosas cortinas de lujosa felpa fueron corridas manualmente por el propio Ángel Santiago, la coreógrafa Ruth Ulloa ubicó la radio Zenith sobre una bañadera de la escenografía de *Fulgor y muerte de Joaquín Murieta*, y precisó el punto adecuado de volumen para no dilatarse cuando la *prima ballerina* estuviese dispuesta, el cuidador de autos Nemesio Santelices pudo acertar con la palanca que encendió hasta la última lágrima de la portentosa lámpara sobre las cabezas del auditorio, y por su parte, con la misma técnica que empleaba para palpar las intimidades de las cerraduras de las cajas fuertes, Vergara Grey dio con los botones que en el control de mando le permitieron concentrar un *spot* en el centro del escenario.

El resto de los aficionados al ballet se sentaron solemnes en la quinta fila de platea, lejos en todo caso del lugar donde podría estar la eventual bomba terrorista —bromeó el cabo Zúñiga—, y tras intercambiar palabras de mutua felicitación por los esfuerzos en elegancia e ingenio que les habían permitido el ingreso al templo de las artes, todos se callaron simultáneamente cuando la bailarina Victoria Ponce se posó delicadamente en el epicentro del foco de luz otoñal, y con el gesto afirmativo que usa una soprano para indicarle a la pianista acompañante que ataque, le dio la orden a su maestra de que apretara la tecla de la radio con la música compuesta especialmente para ella por el señor Addis.

Ángel se mantuvo en una punta del escenario, deseoso de compartir la misma visión que su amada tendría de la sala cuando iniciara el baile, y al sentarse apoyado en el cortinaje que había abierto con destreza, puso el arma a la vista de todo el mundo, como un mensaje tácito de que si alguien intentaba interrumpir el espectáculo, debería atenerse a las consecuencias.

Tampoco Vergara Grey se ubicó en la fila de los privilegiados. Por mucho que la inminente culminación de un sueño que el azar le había puesto en el camino estuviese por efectuarse, su responsabilidad de coautor material del delito lo hizo permanecer de pie frente a la puerta, en caso de que policías reales o funcionarios histéricos quisieran interrumpir la velada.

Y entonces don Nemesio Santelices bajó la palanca del lamparón y gradualmente las lágrimas se apagaron, y no hubo otra luz en la sala que la que caía tenue sobre la muchacha, quien recibió el primer acorde del piano en cuclillas, como orando por el amado ausente.

Eran las veintidós horas cuarenta y cinco minutos cuando comenzó el recital de danza a cargo de Victoria Ponce en el teatro Municipal de Santiago de Chile.

TREINTA Y OCHO

—

En el periódico *El Mercado* apareció al día subsiguiente esta nota del especialista en artes musicales Sigfrido von Haseanhausen.

POESÍA Y DANZA

Más por rutina profesional que por entusiasmo ante un espectáculo nada auspicioso, asistí anteanoche a la première *de la ópera de Sergio Ortega sobre el texto de Pablo Neruda* Fulgor y muerte de Joaquín Murieta. *Ópera para mí es ópera, un género mayor, acaso el más elevado de la música, y el simpático texto de Neruda que vi en mi juventud en una versión teatral dirigida por Pedro Orthus daría, según mi recuerdo algo nublado por las décadas, no más que para una banal opereta llena de recursos truculentos.*

No el menor de ellos es que, cuando el bandido chileno Joaquín Murieta es degollado por los yankees —*toda esta jerga preglobalidad procede tanto del lirófono Neruda como del militante Ortega—, su cabeza, ya separada del cuerpo, pronuncia un monólogo. Ni en* Macbeth *se habían visto pases a la galería de tal magnitud. El exilio de Ortega en Francia, donde ha compuesto desde obras sinfónicas hasta mínimas piezas de cámara, ha logrado mitigar el efecto purgante que tiene en el público culto y moderado saber que el ro-*

mántico maestro es autor de himnos carnavalescos como «El pueblo unido jamás será vencido», que en los tiempos rojos de Chile llevó con sus crescendos patéticos a decenas de miles de termocéfalos a vociferar la pegajosa arenga hasta dejarlos afónicos, sobre todo en aquellos desfiles de guarangos que habían roto el orden constitucional.

Pues bien, la democracia desprotegida que hoy reina en Chile ha permitido que el olvido avance más que el rencor, y he aquí que las puertas del teatro Municipal se abrieron para esta épica comunista, que anteanoche fue aplaudida por una galería bullente de empleados públicos con atronadores «bravos» y standig ovations, y con un silencio fúnebre de las damas aristocráticas.

Vi incluso retirarse en el intermedio a la patrona de las bellas artes chilenas madame Fleur MacKay, con la nariz arisca y los ojos ígneos, como quien acabara de morder un pescado podrido. Sé que en el lobby declaró a Radio Agrícola que su teatro Municipal «había sido herido de muerte», y que consideraba abandonar las funciones que la unían al directorio de la institución para dedicarse al modelaje de trajes distinguidos para damas de la tercera edad.

Esperaré hasta la edición del domingo —día en que el tiraje de este periódico se quintuplica— para pronunciarme sobre el matrimonio Neruda-Ortega, pues quiero referir antes la extraña peripecia en la que me vi envuelto la misma noche de «Joaquín Murieta» y en el preciso escenario del teatro Municipal.

Todo partió con una inocente llamada telefónica de la profesora de artes plásticas del liceo donde estudia mi nieta, pidiéndome un inconmensurable favor con el que yo podría pagar varios otros que le debía. No podía especificarlo en detalle, pues se trataba de una «ceremonia secreta» del todo parecida a los sneak previews norteamericanos, donde se presenta clandestinamente una primicia que tardará aún en ver la luz pública.

Sus instrucciones eran, sin embargo, muy precisas. Una vez concluida la función de estreno de Fulgor y muerte de Joaquín

Murieta, *yo no debía abandonar la sala del teatro, sino imagi-narme un malestar estomacal torrencial, meterme a pestillo pasado a una de las elegantes letrinas y no aparecer en la platea, sino en la penumbra de algún palco, cuando una hora después una joven bailarina, llamémosla por mientras* Perica de los Palotes, *inicia-ra una coreografía basada en uno de* Los sonetos de la muer-te, *de Gabriela Mistral, de lejos mi poeta favorita, consideradas todas las épocas y todas las nacionalidades. Si en el cielo se me castigara algún día, de hinojos ante el Señor, con la tarea de ex-purgar la lista de premios Nobel de Literatura, no vacilaría en de-jar sólo el nombre de esta poeta de expresiva profundidad y elegan-cia arcaica.*

Un curioso público de alrededor de una decena de personas ocupaba difusamente algunas butacas de la quinta fila en platea, y entre ellos pude distinguir a la maestra de arte de marras y a un carabinero que abrazaba tierno a su amiga o esposa.

Cómo, por qué y cuándo se había gestado esta especie de velada de beneficencia me queda aún en el más total incógnito. Estaba a punto de mandarme a cambiar, sintiendo que los calambres esto-macales que había fingido se transformaban en dura realidad, cuando se fue apagando la preciosa lámpara de lágrimas, que como una cascada de cristal supera en belleza los fuegos artificiales de los mejores orfebres, y la plasticidad de ese breve espectáculo me retuvo en la sala.

A este placer se agregó el que de la radio surgieran tres frescos acordes que pusieron a la bailarina en un gesto de reverencia. Me impresionó tanto la elasticidad de esta veneración sagrada como el inconfundible aroma nostálgico de la música de Addis, a quien admiro desde el Canto de una semilla, *esa composición dedicada a Violeta Parra que supera largamente a su* Cantata Santa María de Iquique, *plañidero recuento de una insurrección minera repri-mida con muchas muertes por el noble ejército chileno a comienzos del siglo XX.*

Que la muerte es otra *cosa, delicada y sibilina, única e intransferible, sutil y profunda, fue comprobado ayer en la inmensa soledad que la bailarina —digamos ya su nombre— Victoria Ponce logró crear a su alrededor: una galaxia de dolor y vacío.*

Lo mínimo y casi accidental —la gravedad de ese rito mistraliano entre el desorden ofensivo de utensilios de pacotilla de la ópera nerudiana— subrayó con más afecto que bombos, cornos y timbales, la secreta muerte que vamos pacientemente cultivando en nuestras vidas.

Soy un simple crítico y me fue negada la elocuencia de la poesía. Si arriesgo hoy estos manotazos líricos es porque aquella fusión imposible entre poesía y música fue lograda clandestinamente en el teatro Municipal de Chile con una expresividad corporal que tenía mucho de la obra de Manrique —«tan callando»— y toda la turbulenta quietud —disculpas por este atroz oxímoron— de la poeta Gabriela Mistral.

Que un cuerpo tan escueto sea capaz de preñar un espacio de tantas alusiones es el mayor de los méritos de Victoria Ponce, una artista que nadie ha visto y acaso nadie verá jamás y que tal vez hoy pague la osadía de haber entrado subrepticia al escenario del Municipal en las húmedas ruinas de algún calabozo santiaguino.

¿Que le faltaba técnica? ¿Que los brazos y las piernas, como en gran parte de la danza moderna, parecían pertenecer a diferentes personas? ¿Que la imaginación gestual era reiterativa?

Todo eso, estimados lectores, me importa un rabanito. Como dicen los jóvenes chilenos de hoy: «Me vale callampa.» Si ésta era una pieza minimalista sobre la intimidad cotidiana de la muerte, la juvenil artista trascendió su inexperiencia y sus recursos precarios para crear algo que debe ser esencial a toda gran danza: verdad.

Dudo que la gentil adolescente, a sus tiernos años, tenga conocimiento físico de esta angustia ante la muerte, el diario apocalipsis que enfrentamos cuando somos lúcidos. Acaso conozca la muerte sólo por la lectura de la Mistral y uno que otro bolero romántico donde los hombres se afeminan y hablan de «morir de amor».

Sea como sea, digan lo que digan, ángel o bestia, la señorita Victoria Ponce me estremeció hasta las lágrimas, y confieso sin recato ni pudor haber estado entre quienes le tributaron una ovación de pie, es decir, entre los ocho o diez esperpentos que saltaron de sus butacas al terminar el espectáculo, y que tuve plena simpatía por el joven que soltó un revólver que tenía en la mano para llevar hasta la artista el ramo de flores más grande del que tenga memoria.

TREINTA Y NUEVE
—

Los dedos de Victoria recorren el rostro de Santiago. Sobre la ciudad se levanta leve la madrugada. Los ruidos se repliegan. Hay un silencio casi completo. Sólo de vez en cuando suena lejos la sirena de una ambulancia, o trota un caballo y su carreta con los comerciantes en frutas que llevan limones a la Vega, o la llama de la estufa a gas produce un suave explosión.

Hace varios minutos que ella repite ese gesto, como si su tacto pudiera llevarla dentro de la ausencia del joven. Está feliz en ese mutismo. Pero también quiere saber. Necesita de alguna manera que la elocuencia del silencio sea expresada en palabras, aunque no sean precisas, aún corriendo el riesgo de que la torpeza de sus labios adulteren la plenitud de ese instante y dañen la complicidad que la une a Ángel Santiago tan solemne como un anillo nupcial.

El joven se deja hacer. No aparta la mirada de ella y, sentado en posición de loto, intenta no pensar. Quiere suprimir la compulsión por proyectarse en otra parte, pero no lo consigue. El plan con el maestro Vergara Grey no lo acosa con la urgencia de otros días. No sabe cómo aclararlo, pero lo intenta. Se le ocurre esto: Victoria fue quien bailó, pero él ahora es dueño del reposo que sigue a la danza.

Después de esa ceremonia el mundo no es el mismo. Tiene que repensar todo lo que es.

Ella sí quiere pensar y piensa. Es como si el futuro hubiera henchido el presente y lo llenara. La sensación de estar aquí ahora es completa. Todo le hace sentido, y por eso no tiene la compulsión de preguntarse qué sentido hace todo esto. Recuesta al muchacho sobre la colchoneta y baja con los labios desde su quijada hasta el ombligo. Allí se queda vagabunda con su lengua. Sus dedos palpan los espacios entre las costillas. La respiración de él se agita, y al inflar su tórax los vellos sobre su pecho alcanzan a recibir de perfil el resplandor de la estufa y toman un tono ocre.

La sala es inmensa, la noche es íntima. Los invitados se fueron dejando dispersos los vasos donde se bebió vino, las botellas caídas del armario, la radio con el dial encendido sin volumen, los huesos del pavo sobre la bandeja de plástico, los restos de lechuga aliñada con vinagre rojo. La pareja está muy cerca de las barras de ejercicio, y él recapacita que tras salir de la cárcel no ha tenido otro hogar que este galpón de baile que Ruth Ulloa llama «academia de ballet».

¿Por qué Victoria quería prolongar hasta el dolor el placer de merodear su sexo y no lo tomaba ya en su boca? Alejaba sus labios hacia las rodillas, mordía levemente su fortaleza ósea, rodaba la lengua sobre la piel del fémur, restregaba la nariz encima de los talones, untaba de saliva las plantas de sus pies, hacía chocar sus dientes frutales contra los montículos de sus tobillos, y sus senos, henchidos por la autoridad de la calentura, asomaban una y otra vez en esa suerte de oleaje que iba trayendo y llevando sus caricias.

Casi con una pirueta, el joven la prendió de la cintura, la puso bajo su cuerpo, resbaló una de sus manos hasta la cavidad de su vientre e, inspirado por esa humedad, estuvo un rato merodeándole el clítoris, convenciéndose de que era real en ella el vértigo de la piel de una uva. No pudo resistir ese hechizo y descendió a olerlo y a besarlo, a enredarlo en su lengua, y a apretarlo muy leve entre la abertura de sus dientes superiores. El recuerdo de su danza le inspiraba tanto la acción como el control, y la suavidad de la saliva mezclándose con sus fluidos hizo que no perdiera ya más de vista el urgente camino del deseo.

Entonces fue *ella* la que dictaminó el momento, llevando con su mano derecha el miembro de Ángel a la vagina; fue *ella* quien se lo acomodó empujando las nalgas hacia adelante, y fue *ella* misma la que, al pesarlo rotundo en su vientre, puso en acción sus muslos y sus membranas para apretárselo tan calzado que las pulsaciones de su verga y las de sus paredes se combinaron en una especie de tango. Un *pas de deux* que le exigió a su boca la palabra que hasta ahora no había dicho:

—Gracias.

CUARENTA

—

«Bomba en el teatro Municipal» tituló el diario popular *La Quinta* su artículo sobre los acontecimientos en el teatro Municipal, alias *el Muni*.

Alarma hubo en los cafés con piernas cercanos al cuico Muni cuando los frescolines adictos a las pechugas y las colitas de las desinhibidas mesoneras de cortados *y* express *se enteraron de que una bomba estuvo a punto de remecer el centro de Santiago con más bullicio que los terremoteados cañonazos que el alcalde Lancín sigue tirándose desde el Santa Lucía todos los mediodías de Santiago.*

Al parecer, un pintoresco grupo de amantes del merecumbé inventó la cuática de que, bajo el asiento que había abandonado en la vermouth *la pituca Fleur McKay —vieja más rica no hay—, encontrábase, oh, horror, una bomba de esas que el* Chicle *Bush anduvo buscando en Iraq capaz de volar el Muni con todas las mijitas ricas y sus colitas de cisnes.*

Con semejante pillería hicieron exclamar a los funcionarios del Muni «¡patitas pa'qué os quiero!», quienes se echaron el pollo despavoridos, dejando el gallinero a cargo de los sabrosones reyes de la cumbia, que armaron una orgía tipo Kako Morandé en el mero escenario del templo de las artes, zangoloteándose al compás de temas como El baile de la botella *y* Mechupín tocaba el piano *y* Mechupái la corneta.

Según los sabuesos que olieron los restos mortales de la bacanal, hubo en la partuza más cáñamo que en casa de embalaje, y los conchitos de los huiros probaron que las cabras camboyanas se habían fumado hasta sus propias uñas. Curiosamente, el portier de nuit *afirma que los bullangueros habían llegado a la entrada de los artistas en una* cuca *manejada por* pacos *y detectives legítimos, quienes sacaron bufosos James Bond con modales muy de liceo municipalizado.*

Los jefazos iniciaron una investigación y se ordenó un sumario que se llevara hasta las últimas consecuencias, «caiga quien caiga». De la famosa bomba nunca más se supo. Y si no le preguntan a Bush, menos le van a preguntar al pacomio que inventó la tremenda chiva *para darse el gustazo de zangolotear en el Muni.*

La única pista hasta el momento vino de un nota del cachetón crítico de arte de El Mercado, *a quien se le cayó el cassette y dio el nombre de la* pendorcha *que habría protagonizado nada menos que el* striptease *de la orgía, y agregó que la cabra es más* hot *que la Marlene del* Mega. *La bomba sexy se llamaría Victoria Ponce, y en el colegio donde estudiaba dicen que si te he visto no me acuerdo. El bomboncito habría sido expulsada hace algunos días por ser muy buena para «reírse en la fila».*

CUARENTA Y UNO

En el libro de actas se dejó constancia en la página 203 de que «el teniente Rubio y los suboficiales Malbrán y Ricardi se presentaron a las ocho quince de la mañana de hoy a esta comisaría de Güechuraba, sita en camino El Brinco, sin número, para dar comienzo al sumario administrativo contra el cabo Arnoldo Zúñiga por graves irregularidades cometidas en el ejercicio de sus funciones, que incluyen órdenes impropias impartidas a carabineros a su cargo, más malversación en el uso de bienes públicos, como la patrullera GÜE 1, único vehículo motorizado de esta misión, ya que los medios de transporte en esta zona son preferentemente caballos. Se hace esta salvedad, pues de haber existido más vehículos motorizados la noche de los luctuosos incidentes, acaso el cabo Zúñiga los hubiera incluido en la acción delictual».

En la foja 204, el teniente Rubio señaló que la comisión se constituía in situ y no en los tribunales de la institución para evitar darle tanta formalidad a un asunto que ya estaba en la prensa amarilla y que acaso pudiera disolverse en la discreción de un juicio breve seguido de un castigo ejemplar.

A mismas fojas, la autoridad ya señalada indicó que se tuviera en vistas atenuantes en el momento de la condena, pues el cabo Zúñiga tenía una «canasta limpia» en la institución y más de tres anotaciones de mérito por conductas que habían beneficiado la imagen de Carabineros de Chile: atender a una parturienta que dio a luz en un retén, rescate de dos menores apresados por las llamas en el siniestro de calle Einstein, y desarticulación con riesgo de su propia vida de un artefacto explosivo ubicado en la torre de alta tensión del cerro Blanco.

Expuestas razones y antecedentes, se consigna en la 205 el interrogatorio de los comisionados al cabo Arnoldo Zúñiga, quien se mantuvo de pie sin aceptar el asiento que el teniente le ofrecía.

Teniente. Cabo Zúñiga, le voy a pedir que responda breve y concisamente a las preguntas que le plantearemos.

Cabo. Sí, mi teniente.

Teniente. ¿Es o no efectivo que en la noche del viernes usted utilizó personal de carabineros y vehículos de esta comisaría para un operativo en otra comuna de Santiago que no está en su jurisdicción?

Cabo. Sí, mi teniente.

Teniente. ¿Es verdad o no que lo que motivó esta irregularidad fue el hecho de que se enterara usted de que grupos terroristas habrían colocado un explosivo en el teatro Municipal de Santiago con el objeto de protestar por un espectáculo de inspiración comunista en dicha entidad cultural?

Cabo. Sí, mi teniente.

Teniente. ¿Cuando emprendió el viaje hacia el centro, estaba usted consciente de que entraba en un terreno que le era completamente vedado?

Cabo. Sí, mi teniente.

Teniente. ¿Cómo explica usted esta conducta reñida con los reglamentos? Porque, de hecho, lo que le correspondía era avisar a la comisaría de Santo Domingo con Mac Iver, vale decir, el recinto más cercano al lugar de los hechos.

Cabo. Con todo respeto, mi teniente, se trataba nada menos que de la explosión de una bomba.

Teniente. No comprendo.

Cabo. Si uno tiene una información así, no gasta tiempo en llamar por teléfono. Mientras uno consigue la comunicación, el teatro puede volar por los aires.

Teniente. ¿Pero ignora usted, Zúñiga, que nuestra institución cuenta con el GOP, un equipo especialista en investigar y desarticular artefactos explosivos?

Cabo. No lo ignoro, señor.

Teniente. Entonces, explíquese, hombre.

Cabo. No sabría qué explicación darle. El soplo de la bomba me llegó a mí y yo pensé que tenía que ser suficientemente hombrecito para resolverlo solo.

Teniente. ¿No habrá visto demasiadas películas de Rambo, Zúñiga?

Cabo. Condéneme, si quiere. Pero le ruego que no se burle de mí, teniente.

Teniente. Está bien, hombre. ¿Es cierto o no que llegando al lugar de los hechos amedrentó con su arma reglamentaria al guardián del teatro y que después secuestró y retuvo sin orden alguna a un grupo de funcionarios en la patrullera de la institución con patente GÜE 1?

Cabo. Sí, mi teniente.

Teniente. ¿Cómo explica usted ese abuso de autoridad?

Cabo. Cuando los terroristas atacan, es muy distinto de cuando los curitas franciscanos reparten sopa.

Teniente. ¿De qué terroristas me habla? Las pesquisas no encontraron ni siquiera un guatapique.

Cabo. Me alegro por Chile y su *Templo de las Artes.* Que si no...

Teniente.   ¿Que si no qué, Zúñiga?

Cabo.   En vez de estar sometido a este humillante interrogatorio, se me estaría rindiendo un homenaje en el Cementerio General, y el Orfeón de Carabineros tocaría el himno nacional y mi general Cienfuegos consolaría a mi viuda y le entregaría un montepío.

En la hoja 205 se dejó constancia de que el teniente Rubio y los suboficiales le pidieron al cabo Zúñiga abandonar por algunos minutos el escritorio, tiempo que usaron para pedir café al ordenanza y abocarse a una decisión. Ricardi puso énfasis en el sentido del valor y la oportunidad del simpático cabo, quien confrontado a un imprevisible riesgo asumió sin vacilar la aventura, y Malbrán discurrió que acaso, estimulado por su anterior éxito en el desmontaje de un explosivo, quería repetir la hazaña para ganarse un ascenso a suboficial, es decir, teniente, por «poco estaríamos juzgando a uno de nuestros pares». Rubio, en cambio, entró en un áspero mutismo.

Al reanudarse el juicio, el teniente ofreció asiento y café al sumariado, quien le puso abundante azúcar y bebió de la taza, pero se excusó otra vez de tomar asiento ante la autoridad, dando así una impresión de modestia ejemplar, que conjugaba —susurró Malbrán al oído del suboficial Ricardi— de maravillas con su conducta temeraria. Y en verdad, ya antes de que entrara el acusado había corrido la broma entre ellos que, dado las atenuantes y la pequeñez del caso, más les valdría proponerlo para un ascenso que para una degradación o expulsión de las filas. Sin embargo, «el reglamento es el reglamento y la siempre maledicente prensa quiere ver correr sangre —concluyó el teniente Rubio—, y en vez de laureles estamos obligados a echarle estiércol».

En la página 206 se reasumió el proceso.

Teniente. A su juicio, Zúñiga, ¿cuál sería la sanción que deberíamos imponerle dada la magnitud de los hechos?

Cabo. Una que me releve de la dirección de la comisaría, pero que no me damnifique el sueldo. Tengo una esposa y dos hijos, mi teniente.

Teniente. ¿Y cuál castigo podría ser ése?

Cabo. He pensado en uno tan degradante que dejaría contento a mi general y a la prensa.

Teniente. Hable, cabo.

Cabo. Nómbreme caballerizo a cargo de los animales de la patrulla. Madrugar, alimentarlos, sacarles lustre, barrer la bosta. Un infierno. Mosquitos, abejas, mal olor. Un infierno.

Los uniformados intercambiaron miradas de consulta, levantaron los hombros indiferentes, concluyeron de un sorbo sus cafés, y le pidieron al escribano que hiciera constar la degradación en actas, y al mismo tiempo se designara al cabo Sepúlveda como autoridad mayor de Güechuraba.

Cuando los otros dos y el actuario hubieron salido, el teniente se quedó en la habitación acariciando la textura del escritorio y palpando ocasionalmente las huellas de escritura, como si quisiera leer un mensaje. Tiró del cajón superior izquierdo y sacó de allí una banana, un cortaúñas, un frasco de gomina, un paquete de cigarrillos, un encendedor color violeta, y un ejemplar del diario *La Fusta* con el programa completo de carreras del próximo día en el Hipódromo Chile.

—Así que éste es su pequeño mundo, Zúñiga.

—Ni tanto, teniente. Ya le mencioné mi familia. Y mis amigos.

—Y Victoria Ponce.

—¿La bailarina?

—¿La conoce?

—Bueno, leí la crítica de *El Mercado*.

—¿Le interesa el ballet, cabo?

—El ballet y la hípica.

—¿Y qué ballet ha visto?

—*Coppelia, Las sílfides, La Cenicienta, Romeo y Julieta*. Creo que ésos serían todos,

—Y *El lago de los cisnes*.

—Obvio.

El teniente fue hasta Zúñiga, y sin mirarlo al rostro, tomó un botón del uniforme de su inferior jerárquico que colgaba algo deshilachado desde la tela.

—¿Qué edad tenía usted cuando el Comando Conjunto de Carabineros y las Fuerzas Armadas raptó, secuestró y degolló al padre de Victoria Ponce?

—¿Yo, señor?

—Sin hacerse el huevón, Zúñiga.

—Yo era un colegial entonces. Tendría sus diecisiete años.

—O sea, no tuvo nada que ver en ese crimen y probablemente no soñaba a esa edad que un día terminaría siendo carabinero.

—Es muy cierto lo que dice, mi teniente.

—Y si es así, ¿por qué crestas se pone a redimir a la pobre huerfanita?

Ahora sí su superior había alzado la vista y lo miraba con un inamistoso rictus en los labios. El cabo se secó con la manga del uniforme el estallido de transpiración en sus pómulos.

—Quería hacer un gesto, teniente Rubio.

El alto oficial terminó de arrancar el botón del uniforme de su súbdito y de mal humor se lo puso delante de las narices.

—La próxima vez que me haga una gracia como ésta, no le voy a arrancar el botón, sino los cocos.

Lo tiró sobre la mesa, y el botón quedó bailando sobre su canto hasta detenerse sin energía en un borde.

—Se lo dejo de ayuda memoria, Zúñiga.

CUARENTA Y DOS

—

Tras varias jornadas de desabridas sopas de abuela, Rigoberto Marín decidió que era hora de escampar. Apartó a puntapiés los tres perros que se le acercaron en la calle de las Tabernas y se subió a un taxi pidiéndole al chofer que lo llevara a las Delicias de Quirihue. Quería castigarse con un balde de entrañas y otros interiores: una porción de mollejas, dos de prietas, un asado de tira jugoso, media porción de seso y un resto de ubres. Se moderaría en el vino para no volverse loco. Partiría con una botella de tinto Casillero del Diablo, al cual le mojaría la mecha con una garrafa de agua mineral Cachantún sin gas. Iba a permitir que el garzón le ofreciera una ensaladita de habas, una *chilena* con tomates y cebollas rebanadas bien finitas, y hasta dos paltas fileteadas para aligerar el bombazo de vacuno.

Después, sobrio como un cura, haría parar un taxi y le exigiría un vuelo *express* a la cama de la Viuda. Tonificado por ese almuerzo tan criaturero, sorprendería a su amante con una erección de padre y señor y le permitiría que ella se la engolosinara en la boca antes de clavársela hasta el veredicto final, cambiando de vías como el más loquito de los saltimbanquis.

Durante el almuerzo, al que diluvió de pebre y ají verde, olvidó su agua mineral, y al final de la segunda botella de tinto, le vino un oleaje de resentimiento que lo indujo a ser descortés con el mozo y a exhibir un cortaplumas cuando el dueño, en compañía de su hijo, lo invitaron revólver en mano a retirarse.

Aun en medio de su borrachera, los harapos de lucidez que le quedaban le indicaron que debía alejarse de allí. Lo hizo cantando con voz aguardentosa «Tengo un corazón que llegaría al sacrificio por ti», y en una ráfaga de prudencia clavó y abandonó su navaja en un árbol de avenida República bajo las risas de un grupo de universitarios que lo observaron rebotar entre los automóviles estacionados y las murallas de su instituto sin que el hombre pudiera retomar el timón de su equilibrio.

—No llamen a la policía, muchachos —pidió, tropezando con las palabras. Y sin que nadie le preguntara, agregó—: Me llamo Alberto Parra Chacón. Parra como la Violeta, Chacón como la mamita de Arturo Prat.

A tropezones avanzó hasta una construcción escondida por sacos de cemento y andamios que se elevaban por varios pisos y se filtró a duras penas entre los corredores aún sin estucar, hasta descubrir una especie de patio interior donde dormían dos perras sobre sacos de yuta. Se extendió entre ambas, y abrazando a una de ellas, la cabeza apoyada sobre sus ubres, se puso a dormir.

El alcaide Santoro pasó el fin de semana aliviado. A pesar del frío, dejó las ventanas del *living* abiertas, y bien abrigado con un jersey de trama indígena, leyó la prensa del sábado, dedicándose básicamente a policiales, deportes y espectáculos. Alrededor del cuello se había aplicado un ungüento adormecedor que calmaba con eficacia el ardor de los cardenales, y encima de la pomada había envuelto con ternura filial la vieja bufanda recuperada. Ese día familiar, con las chicas adolescentes paseando en sus deliciosos *baby dolls* entre sus habitaciones y la cocina —«estas niñitas van a volver locos a sus pretendientes con sus culos paraditos y sus tetitas de paloma»—, le trajo de vuelta la dicha de un tiempo de inocencia, años en que llevó una vida digna con salidas al cine y alguna vez cena y baile en una *boîte* del centro.

Tras una década, a medida que el país iba normalizándose, empezó a darse cuenta de que contaba con menos poder. Amigos de la jefatura eran relevados por funcionarios limpios de atrocidades, y ciertos beneficios como vacaciones pagadas, auto y subvención escolar para las niñitas le fueron quitados de sus planillas. Volvió a los autobuses destartalados y las hijas sucumbieron de un buen colegio privado a un liceo municipalizado con aulas sin calefacción ni ampolletas, donde las alumnas se ponían chales y frazadas sobre sus *jumpers* o se desmayaban de calor a las tres de la tarde en verano.

No le habían disminuido el sueldo, pero ahora tenía que pagarse él mismo por todas esas granjerías que antes se le otorgaban con un cheque de fondos reservados y con un palmoteo en sus hombros del intendente que había dirigido la coordinación de escuadrones de la muerte. De allí que nunca dispuso de ese dinero extra para instalar una línea telefónica, y cuando llegaron los primeros celulares a Chile los vendían a precios prohibitivos, así que ni modo.

Años después, el uso de estos artefactos se masificó, y las niñitas, desconectadas del mundo social, al no recibir llamadas de sus asediantes, le exigieron que comprara uno a plazos. Que él recordara, no había hecho uso de ese aparato más de veinte veces, pues las muchachas lo ocupaban prácticamente de confidentes, y aun cuando dormían, lo ponían sobre la almohada con la esperanza de que sus admiradores quebraran las reglas de la urbanidad y las llamaran para jurarles amor —y acaso sexo— a cualquier hora de la madrugada.

De modo que tras leer una crónica sobre la crisis económica de su equipo de fútbol favorito, que se hallaba incluso en quiebra, le vino bien saborear el artículo de *La Quinta* sobre un *paco* erótico que se había tomado el Municipal para bailar merecumbé en pelotas con una voluptuosa diosa del merengue. El desayuno había sido fuerte, y entre las marraquetas bien untadas de mantequilla, las rodajas de arrollado de chancho con toque picante, estuvieron de chuparse los dedos. Hizo desaparecer la huella grasosa de su boca raspándola con una toalla de papel y decidió poner fin al episodio más ingrato de su vida llamando por teléfono a la pensión donde debería estar alojado Rigoberto Marín bajo el nombre falso de Alberto Parra Chacón. Le espetaría un simple y discreto mensaje: «Orden cancelada. Vuelve.»

Las chicas estaban en la ducha, y con el milagro del celular finalmente en su mano, digitó el número del hotel de Monasterio.

Al otro lado de la línea, como una colegiala aplicada, la cajera Elsa estaba recortando la crítica de *El Mercado*. Una vez con el *clip* de prensa en sus manos, se proponía pegarlo sobre un trozo de elegante *passe-partout* negro al que luego metería en una carpeta de sobrios tonos grises y se lo presentaría como regalo a Victoria Ponce cuando esa tarde, a las cinco, se realizara un té social de festejo organizado en casa por la madre de la niña y al cual estaban invitadas otras damas de la sociedad tales como Elena Sanhueza y Mabel Zúñiga.

Iba a esperar a que todas estuvieran sentadas frente a

sus tacitas humeantes para decirle a Victoria un texto que le fluiría en los labios, pues provendría de una certeza de su corazón: «Esta crítica será un pasaporte que te abrirá las fronteras de todos los países.»

Después de sorber un poquito de té, Mabel de Zúñiga tendría la complicada misión de alentar a la depresiva viuda de Ponce a unirse con las otras damas en el convencimiento de que lo que ahora vendría a rematar la dicha sería la autorización para que su talentosa niñita contrajera bodas con su novio Ángel Santiago, chico decente, promisorio, y como lo decía la canción de moda, «con un corazón que llegaría al sacrificio por ella».

«Esto —sería su llave maestra— no es el tarareo de un simple bolerito que suena en las micros y en la televisión con una promesa sentimentaloide que cualquier rascatripas rijoso le promete a la mujer que codicia, sino que hay pruebas fehacientes de que el joven Santiago estuvo al lado de su princesa cuando ésta se debatía entre la vida y la muerte, y que cuando la *bella durmiente* volvió cual Lázaro del reino de las tinieblas, organizó la velada nada menos que en el teatro Municipal, con riesgo de su vida, gracias a la cual la Victorita Ponce se encuentra a las puertas de la fama mundial.» Concluyente: tiraría sobre el mantel la carpeta gris, el interior en *passe-partout* negro, y la crítica consagratoria.

Es decir, a esa hora de la mañana estaba transmigrando en un vuelo espiritual, y mientras maniobraba las tijeras con ausente precisión, pensó que a los diecisiete años se hubiera deseado a sí misma un futuro semejante: un amor, una vocación, un talento.

Pero si el *croupier* le había entregado malas cartas no se hundiría en tangos rencorosos, sino que iba a proyectarse en la joven artista y en su encendido enamorado. Esa parejita tendría que limar sus sinsabores por el chato mundo de hoteluchos, tabernas, cárceles y desdenes en que todos vivían: Monasterio, en la traición a su amigo y en la promiscuidad de mujerotas que le consumían los pocos ahorros mal habidos; el gran Vergara Grey, pulverizado de amor por una mujer altanera que no tenía la generosidad de ponerle ni siquiera un poco de oxígeno para que siguiera viviendo su agonía, y ella misma, eterna segundona de todos, despreciada por Monasterio salvo cuando un dolor profundo lo llevaba a su lecho para buscar, más que sexo fogoso, ternura maternal.

Y ni pensar siquiera en todos esos que pululaban la calle de las Tabernas solos y sombríos, tratando de que alguien les pagase un último vino para tumbarse en sus sábanas frías a rogar que la muerte los sorprendiese en calma antes que abrir los ojos a un nuevo día de angustia. Ese mundo de «halcones nocturnos», como le había dicho la profesora de dibujo Elena Sanhueza.

Dejó sonar el teléfono más de siete veces, pues quería conseguir un recorte impecable: un rectángulo sin abruptos sobresaltos ni las huellas improlijas sobre el *passe-partout* de un estudiante con modorra. Cuando lo tuvo, contestó:

—¿Es el hotel de Monasterio?

—Sí, señor.

—Quisiera hablar con don Alberto Parra Chacón.

—No vive aquí.

—¿Por qué no revisa la lista de alojados, por favor? Se trata de algo urgente.

—Aquí la estoy viendo. El más frecuente de nuestros alojados es un señor Enrique Gutiérrez.

—Bueno, no es ése. Yo le hablo de Alberto Parra Chacón. No muy alto, flaco, nervioso.

—Casi todos los que vienen aquí se ponen nerviosos. Miedo de que alguien los vea o temor a no funcionar.

—Comprendo. Pero usted debe de llevar una lista de huéspedes.

—Por supuesto, señor.

—¿Les pide carnet de identidad?

—¡Como que hay Dios! Es una ordenanza municipal.

—¿Y no le aparece ahí Parra?

—*Parra* como Violeta Parra. No, señor. Lo siento, señor.

—En caso de que apareciera, ¿le podría dejar un mensaje?

—Con todo gusto, caballero.

—Dígale, por favor: «Orden cancelada. Vuelve.»

—Voy a anotarla.

—No se vaya a equivocar, por favor. Es muy importante.

—¿Cosa de vida o muerte?

—Exacto.

—Quédese tranquilito no más. Ya lo anoté: «Orden cancelada. Vuelve.»

—Muy amable, señora. Muchas gracias.

—¿Y de parte de quién es el mensaje?

—¿Cómo?

—Quiero decir, ¿cuál es su gracia?

Al otro lado de la línea se produjo un silencio. Elsa sostuvo el fono entre el hombro y la oreja, y con las manos libres aplicó el tubo con pegamento a la parte posterior del recorte y lo estampó en el *passe-partout* negro.

—Dígale a Parra Chacón que el mensaje es de parte de un amigo.

—¿Entenderá así?

—*Él* va a entender.

—Comprendido, señor.

—Gracias, señora.

«Un amigo», sonrió la mujer, después de colgar.

Agarró el papelito en que acababa de escribir el mensaje, lo arrugó en su puño y lo tiró al basurero. «¿Qué tengo yo que andarme metiendo en líos de cabrones?», se dijo. Y se tocó con rencor el punto en la garganta donde Alberto Parra Chacón le había abierto un pequeño tajo.

CUARENTA Y TRES

Coincidieron en que para trepar más allá del último piso había que llevar una escalera alta que no cabría en el minúsculo espacio del ascensor. Tampoco tendría que ser exageradamente alargada, pues desbordando el espacio del nivel donde estaba la caja fuerte podría astillarse contra el techo. La única solución posible era encontrar una escala con bisagras, que pudiera doblarse y desdoblarse hasta alcanzar al menos unas tres veces su tamaño. De no hallarse o fabricarse este artefacto, no quedaba otra que adiestrar a don Nico a trepar la soga en un gimnasio vecino donde hacían sus ejercicios de rescate los bomberos.

Una breve visita al local y sucesivos intentos de Vergara Grey por trepar no más que fuera un metro acabaron con esa esperanza y casi con las manos del maestro, que al resbalar sobre el cáñamo terminaron considerablemente dañadas.

—Tengo que salvar estas extremidades para la proeza mayor. De nada me serviría subir hasta la diestra de Dios Padre, si después no tengo deditos para manipular mis herramientas.

El joven quiso entusiasmarlo con algunas correrías sobre el cordel y ciertas piruetas de gimnasta dejando caer la cabeza mientras sus piernas se enrollaban en la soga. Semejantes proezas no le produjeron vértigo al muchacho, que las cumplía con exactitud y voluptuosidad, sino al maestro, quien salió de allí y se precipitó a la botica del barrio a adquirir aspirinas.

De modo que recorrieron el barrio, acompañados esta vez de Nemesio Santelices, buscando obreros de la Telefónica que estuvieran reparando tendidos de cables sobre los postes o instalando nuevas líneas para sus clientes. Solamente ellos tenían esas escaleras portátiles que acortaban o extendían a voluntad, y si lograban birlar una, ya nada ni nadie podría parar el Golpe.

Las herramientas modernas las consiguió gratuitas del buen padre de un criminal joven que pasaba una perpetua en la penitenciaría de Río de Janeiro y quien se alegró infinitamente de que éstas fueran bendecidas por los digitales de Vergara Grey antes de que el tedio las oxidara. El hombre no pidió nada a cambio, y aunque el maestro le insinuó que si las cosas se daban no faltaría una recompensa, el padre dijo que no habría para él otra alegría que abrazar a su hijo libre, y que mientras eso no ocurriera, el dinero, y por qué no decirlo, la vida, le resultaban indiferentes.

La escalera de marras fue ubicada en una transitada esquina de Américo Vespucio, y los tres delincuentes se armaron de paciencia y cigarrillos, dando saltitos sobre las baldosas para ahuyentar el frío, hasta que el técnico que reparaba un semáforo ubicado al centro de la arteria, sujetado por un arco curvo, resolviese el problema y descendiera.

Al ocurrir esto, el colega que manejaba la camioneta fue a ayudarlo para doblar la gigantesca escalera en varios trozos, y una vez del todo plegada se disponían a subirla al vehículo, cuando fueron interrumpidos por Nemesio Santelices —«yo, muchachos, porque si me agarran a mí, no pasa nada»— con la novedad que en el interior del bar había una llamada de la gerencia para los técnicos de la Dirección del Tránsito. El hombrecillo los condujo hasta los lavabos del bar, y con el índice enfático en dirección al fono descolgado, los dejó en un diálogo con la señora Elsa, gran cajera, cortés recepcionista y mejor amiga.

En tanto, Vergara Grey y Ángel Santiago descendieron con la escala hacia el andén del tren subterráneo y tomaron en pocos segundos el último vagón, que los llevó con eficacia, seguridad y rapidez a destino, vale decir, al edificio de Servicios Canteros, donde les solicitaron a los mismos guardias ya conocidos que les guardaran la escalera hasta el día siguiente cuando, a temprana hora, irían a completar el reemplazo de la polea. ¿Ningún problema? Ningún problema, señores.

La señora Elsa, por su parte, les tenía copias de la llave del coche Chevrolet de Monasterio y se había comprometido personalmente a que su patrón no echaría de menos su joyita hasta la tarde del próximo día, pues el hombre recién sacaba su vehículo del garaje tras una larga siesta: «adoraba tanto al sol, que prefería no gastar al astro rey con su mirada», era su texto favorito en las reuniones sociales de bohemios.

Según mapas que forraron otros dos libros (a saber *A caballo entre milenios* de Fernando Savater, y *Chile, país de rincones* de Mariano Latorre, edición Zig-Zag de 1962, en cuya cubierta aparecen un caballito y un jinete al modo de las cerámicas de Quinchamalí), una vez que el auto de Monasterio llegara con Victoria y Vergara Grey a cierta encrucijada del desvío de la carretera longitudinal hacia la cordillera, debían aún viajar una hora al oriente, hasta encontrar a la izquierda del río Maipo un rancho que tendría elevada la bandera suiza en vez de la chilena, no en un ataque a la soberanía de la patria, sino como un esporádico aviso de que allí mismo los recogería el baquiano que los haría atravesar a lomo de caballo la cordillera de los Andes rumbo a Argentina.

De este modo, no quedaba consignada en ninguna compañía aérea a qué país específico volaron, y nadie entre los semicómplices en Santiago tendría que conseguir dinero para tres pasajes. El arriero sería beneficiado en la cumbre de algún cerro andino desde el mismo botín que abrirían a campo descubierto, cerca del sol, y untados por las veloces nubes que pasaban abofeteando los cerros.

La señora Elsa —por favor, Elsita, por Diosito Santo— tendría que hacerle un servicio muy especial y secreto a Ángel Santiago. No podrían enterarse ni Vergara Grey ni su Victoria. Cuando estos dos hubieran partido en el coche, él iría con una parte del botín a agradecer los buenos oficios que los habían mantenido a los tres vivos hasta ese día de gloria. En algún momento del sábado, aparecería él en persona con una bolsa de plástico de La Joya del Pacífico, para repartir raudamente dinero *a todos y cada uno*. Vale decir a la muelle *madame* Sanhueza, a la espigada *miss* Ruth Ulloa, a la melancólica madre de su novia, al eterno Santelices, a Charly de la Mirándola y a la mismísima Teresa Capriatti, si ésta anduviera con ánimo de descender hasta la plebe.

Deudas pendientes con el alcaide Huerta debía cancelarlas mucho después por secretísimas vías diplomáticas, y podría olvidarse sin más del cabo Zúñiga, quien le había declarado en una inolvidable tertulia, a las patas del rucio, que ningún carabinero de Chile se dejaba ni sobornar ni propinear por mucho que *pelaran el ajo*. Lo que había hecho por Victoria era un dictamen de su corazón, y las consecuencias las pagaría con estoica felicidad.

—Todo lo que tiene que hacer, Elsita, *lindapreciosa*, es

reunirme a estos campeones en el bar. Yo les hago de Viejito Pascuero, cada uno se queda con su bultito, y yo desaparezco con rumbo que ni Dios ni el diablo pueden saber.

—¿Y Victoria Ponce? —preguntó la cajera, ariscando la nariz.

—Bailará.

—¿Dónde?

—En Río de Janeiro, en Londres, en París... En cualquier ciudad donde no llegue Canteros porque lo meterían preso.

—¡Londres, entonces, pues, mijito!

—¡O España con Garzón, mamita!

Sellaron el pacto con varios besos en las frentes y las mejillas.

CUARENTA Y CUATRO

—

Cuando Victoria le dijo a su madre que desaparecería por algún tiempo, la mujer aceleró la velocidad de los puntos cruz de lana que hacía sobre el chaleco e interpretó que la muchacha se iría a vivir con el joven de pelo disoluto a alguna pensión de mala muerte.

Quiso decirle «qué más puedo ofrecerte que esta pena tenaz y estéril. Cómo no comprenderte, si a veces yo misma me miro las manos y quisiera apretarlas en mi garganta hasta que el aire no pase».

«Está bien —pudo haber formulado—, tienes a ese tipo y tu danza. *Bailas lo que eres,* dijo el crítico. Sé tú misma. Bien, perfecto. No lo tomo como una deserción.» Todo eso no le dijo la madre a su hija.

Victoria navegó en ese silencio sabiendo que arriba estaba lista la mochila, que dentro de pocas horas se la colgaría al hombro, y enfundada en su abrigo de huérfana (pues era la profesional adaptación a sus medidas hecha por una costurera del sobretodo que pertenecía a su padre), tuvo la lealtad de decirle a su madre que la ausencia sería larga, tanto así, que en una de ésas pasarían años sin que volviera a verla.

Ella dejó de tejer y se miró las rodillas como si fueran un paisaje lejano. Se mantuvo en un silencio mortuorio. La lejanía de Victoria sólo podría significar una cosa: la clan-destinidad. La resistencia. Por lo tanto, la muerte. Por lo tanto, si acaso con suerte, un furgón de la morgue que al-gún día la llevaría a reconocer el cadáver desfigurado por los proyectiles. Se lo dijo. Le dijo:

—Van a matarte, mi amor.

—Se quedó clavada en el tiempo, mamá. Ahora esta-mos en democracia. No hay lucha. Nadie me puede matar porque nadie dispara para ningún lado. No hay resistencia. No hay terrorismo, no hay lucha armada. No es como en los tiempos del papi.

—Tú te vas a ir a la clandestinidad y van a matarte. Sal-drá tu foto en los diarios y vendrá mucha gente a llorar conmigo. Después me quedaré sola.

Retomó el tejido, y con el extremo que remataba en una bola ocre, se limpió las paredes de la nariz.

—Puede estar contenta, mami. Yo estaré viva y feliz en otra parte. No muerta, ¡bailando!

—¿Dónde?

—Póngale que en Brasil. Hay un grupo formidable. Se llama Corpo. Tienen una coreografía sobre san Agustín.

—¿Un baile sobre un santo?

—Sí. Pero se trata de la vida pecadora que llevó el santo antes de convertirse al cristianismo y la lucha contra los placeres del cuerpo que lo atacan después.

—¿Tú crees en Dios?

—Puchas, mamá. Ésa es una pregunta que una contesta al fin de la vida, no cuando se tienen diecisiete años.

—La fe a mí no me ha ayudado.

—Pero se te ve mucho mejor.

—Vendrán a tomar té mis amigas.

—¿Viste?

—Es decir, tengo amigas.

Victoria ladeó el cuello y se entretuvo en la destreza con que su madre trabajaba las hebras del tejido, trenzándolas como quien resolviera un crucigrama.

—No te vayas antes de que termine este jersey.

—Le falta mucho, mamá. Yo debo partir mañana.

—Volverás a buscarlo cuando esté listo.

—Seguro.

—Me gustaba comer contigo una sopa de verduras. Voy a extrañarte.

—¿Por qué la sopa de verduras, precisamente?

—También me gustaba compartir contigo el consomé.

—No lo sabía, mamá. Nunca me lo dijiste.

—Para mañana prepararé un strudel de manzanas. Lo serviré junto con el té.

—Perfecto, mami.

—Yo calculo que el jersey estará listo para... ¿Qué mes es ahora?

—Junio.

—Nos quedan dos meses de invierno.

—Sinceramente, no creo que vuelva. Tal vez el próximo año.

—Me moriré antes.

—¡Por qué habla tanto de la muerte, mami! Le pone a una *hielo* en la médula de los huesos. Volveré dentro de algunos meses, un día de mucho frío y harta lluvia, y me pondré el jersey y le diré: «Gracias, mamá, le quedó maravilloso.»

En las nuevas funciones, el horario de trabajo era más flexible, y como el sol asomaba aún a ramalazos entre las nubes, aprovechó la última luz y no tomó la micro que lo llevaría de vuelta a casa. Anduvo por el centro, entre la plaza de Armas y la Alameda, y se puso un rato en medio de los peruanos que se juntaban a un costado de la catedral, ya fuera porque estuvieran cesantes, o simplemente para sentirse juntos y conversar cosas de la patria. Se dijo que no le gustaría vivir lejos de Chile, que la gente era para él una extensión de su familia. Tenía un tío que estuvo en el exilio en la República Democrática Alemana. Pero ese tío había muerto en un hospital. Algunos decían que de cáncer, otros que de pena, «que es como el cáncer del alma». También había muerto el país donde el tío vivía. No podía imaginarse cómo era posible que un país muriera.

Al cabo de media hora de paseos y observaciones sin rumbo, se acercó a lo que era, hasta ese momento, su inconfesado y problemático destino. Al entrar, miró de soslayo a cuanto punto cardinal había, temeroso de que algún soplón estuviera tras sus pasos, y sólo entonces se acercó a la ventanilla del Teletrak para preguntarle a la vendedora si ya se había publicado el programa del Hipódromo Chile para las carreras de mañana. La mujer le pidió setecientos cincuenta pesos y Zúñiga se lo guardó enrollado en un bolsillo y fue hasta el rincón más secreto del recinto para leerlo.

Como un cegatón, con la hoja casi frente a sus narices, estudió todas las jeroglíficas indicaciones sobre el animal que llevaba el número 15. A un metro de él había un anciano con gruesos lentes de carey, un cigarrillo encendido en la punta del labio, cuya ceniza caía regularmente sobre su abrigo, y dueño de un rostro curtido por la experiencia, que con seguridad incluiría la filosofía hípica. Zúñiga supuso que no le irritaría si se le acercara con una pregunta para asegurarse.

—Perdón, caballero. ¿Me podría decir qué chances le encuentra a este caballo?

—¿*Milton*?

—Ése.

—Corre con el número quince. Partida exterior.

—Ah, ya —dijo el cabo con perfecta cara de haber recibido una información en chino.

—¿Usted ha jugado alguna vez a las carreras?

Las orejas y las mejillas de Zúñiga se encendieron a la misma velocidad.

—Por supuesto.

—Mire, el quince es el número con que corre *Milton*. Estos de aquí son su padre y su madre, es decir, *Seeker's Reward* y *Brown Pond*, y éste es el nombre del abuelo: *Alleged*. Doña Teresa es el nombre del *stud* de don Atilio Molinari, Patricio Aguilera, el jinete que pesa cincuenta y cinco kilos, Mauricio Farías el preparador, y el color de la casaquilla es azul con tirantes blancos. ¿Tiene el dato?

Zúñiga asintió, y al sentirse observado con tanta atención, tuvo la desfachatez de agregar:

—Es *fijo*.

El viejo volvió a sumergirse en el programa y leyó el breve comentario de *La Fusta*: «Seis meses sin correr. Tropiezos en la última. Bueno para el barro. Difícil.»

—Pagaría bueno —fue su conclusión.

Zúñiga ya tenía en la mano un billete colorado de cinco mil pesos. Lo miraba con ternura, como quien manda una carta que no llegará a su destinatario, y le causó sorpresa ver por primera vez que la efigie del billete era la de la poeta Gabriela Mistral. El viejo lo llevó hasta la cajera y la instruyó:

—En la primera carrera, cinco mil pesos al 15.

—¿Ganador o placé? —quiso precisar la empleada.

El viejo miró interrogativo al cabo, y éste, echándole una melancólica última mirada al billete que ya estaba en manos de la vendedora, dijo con volumen bajito:

—Ganador.

Y cuando la cajera oprimió la tecla y saltó el *ticket*, lo recogió de prisa, agregando en voz alta:

—Naturalmente.

CUARENTA Y CINCO

—

El cuidador de autos Nemesio Santelices destornilló la patente del coche de un desconocido cliente en la calle de las Tabernas y se la aplicó al vehículo de Monasterio. Tenía la mayor confianza que los dueños que estacionaban en esa calle sentían tal felicidad de encontrar su auto al volver que no se preocupaban de si mantenía o no la misma placa.

El joven Ángel Santiago llamó a Charly de la Mirándola con una oferta irresistible. Apenas corrida la prueba de *Milton,* debería subirlo en una camioneta de transporte equino y el capataz de su corral debería esperarlo con el animal arriba y el motor en marcha por la salida de Vivaceta del hipódromo. Le compraría el rucio —«a precio de Golpe», pensó bromear y se abstuvo— por una cantidad interesante que podría llegar hasta los trescientos mil pesos. El campechano profesional supo dejar especificado que el valor de la bestia sería muy distinto según ganara o perdiese la primera; por supuesto, dijo Santiago, desaprensivo. La plata —probablemente en dólares— la podía recoger mañana en la calle de las Tabernas, donde pasaría para hacerle un cariñito a todos los ángeles que habían contribuido a sacar a Victoria de la incómoda posición en que estuvo alguna vez Lázaro.

La misma moneda le alcanzó para llamar a Victoria Ponce. Ella comenzó a contarle de los malos augurios de su madre, pero él la tranquilizó diciendo que nada ni nadie podría impedir el éxito de la operación. Simplemente debía ir bien abrigada —*súper* bien abrigada— y con los pies envueltos en por lo menos dos pares de calcetines de lana hasta el *rancho suizo,* donde se encontrarían para iniciar *la luna de miel.* Allí sería atendida como reina por un baquiano amigo desde la infancia con quien había recorrido palmo a palmo la región a lomo de caballo o simplemente caminando. Ella confirmó que las profecías de la madre la tenían sin cuidado y que se imaginaba su vida a partir de mañana como la de un animal indomable que corre por llanuras infinitas. El resfrío se había curado de maravillas y el poco de fluido de las narices lo mantenía a raya con toallitas Nova.

Vergara Grey hizo el último balance en el estudio de la maestra sobre la mesa del arquitecto. Aunque todo se veía presto —*tutto a posto,* le gustaba decir a su Teresa Capriatti—, un último asedio a los detalles podría revelar una pequeña filtración en la maquinaria que desbancara todo el plan.

¿Qué le esperaba en caso de éxito? Una nueva avalancha de lágrimas por la señora Capriatti, que se cuidaría de no derramar en los momentos que le hiciera las transferencias postales para que no se borroneara la tinta con el valor del giro.

Iba a contarle en una llamada telefónica que los recursos que recibiría mensualmente eran producto de negocios de «exportación e importación que hago fuera de Chile». Cuán honorable y redentor le sonaría a su Dulcinea que

Vergara Grey estuviera incorporado a la pléyade de los grandes exportadores chilenos, quienes gracias a los convenios de libre comercio firmados con Estados Unidos y la Unión Europea por un gobernante socialista habían abierto al pequeño país el camino a la expansión mundial de la economía.

Aparte de estos cotidianos lagrimones, le quedaba el consuelo de la presencia de la muchacha. Si le era posible acompañarla durante algunos meses, y ser testigo del camino de perfección hasta el éxito internacional, los dolores de su vida se mitigarían considerablemente.

Ángel Santiago, a su vez, le había pintado un paraíso a su medida, ya que no a la de él, pájaro eminentemente urbano. Vergara Grey sería una especie de administrador de algunas hectáreas que Santiago compraría para cultivar legumbres, frutas y criar ganadería. Él vigilaría todo el terreno encima de su rucio, y asistido por un perro insidioso de agudos caninos, no permitiría que ninguno de sus animales siguiera el camino de perdición de la oveja negra.

Por su parte, don Nico no tendría otra cosa que hacer que escribir sus memorias, preparar *pisco-sour*, y hacer diariamente alguna gimnasia que le desinflara el colesterol. A ese plan exhaustivo del muchacho, el hombre comenzaba a concebir otro.

De tanto sacar y poner el forro a *Tres rosas amarillas* de Carver, había terminado por leer el cuento de la muerte de Chéjov antes de una siesta, y al despertar se sorprendió iniciando una relectura lápiz Faber en ristre, con el cual fue subrayando un par de situaciones. No sería malo que la pequeña hacienda de su socio estuviera cerca de un pueblo con biblioteca municipal de donde pudiera prestarse libros. Le importaba un ápice que éstos no fueran de moda, pues sus carencias en esa materia eran tantas que perfectamente podría empezar por *Don Quijote de la Mancha* y seguir cronológicamente hasta *Madame Bovary*. Al llegar a esas alturas estaría prácticamente difunto, y se habría evitado el bochorno de tener que discutir con las vacas y ovejas los volúmenes que nutrían las listas de *best sellers*.

Faltaban diez minutos para la medianoche cuando Ángel Santiago llegó desde la calle y miró por encima de su hombro las anotaciones y los croquis producto de esta última jornada.

—¿Todo bien, maestro?

—Todo bien, *discípulo*.

—¿Falta algo para mañana?

—Dormir para que estemos lúcidos.

—¿Chequeó todos los detalles?

—Aquí está: auto, patente, recoger Victoria, ropa invierno, taxi al sur, camino longitudinal, rancho suizo, arriero amigo, chaqueta Schendler, credenciales, caja herramientas, guantes contra golpes eléctricos, bolsas impermeables, escalera, ventana segundo piso para arrojar botín, tres mochilas grandes transporte dinero, bolsa plástica, propinas personal, agua mineral, encendedor, cigarrillos, cenicero, radio portátil, y estanque lleno.

Ángel fue asintiendo con alegría a la larga lista, mas se detuvo sorprendido cuando Vergara Grey la dio por terminada.

—¿Qué fue, chiquillo?

—Le falta algo, profesor.

El hombre lo miró tan dubitativo como si el joven quisiera premiarlo con una broma, pero Ángel se abrió los broches de la chamarra, sacó el contundente revólver robado a Santoro y lo puso sobre los croquis del escritorio.

—Esto —dijo.

CUARENTA Y SEIS

La lluvia no era torrencial, pero lo suficientemente fasti-
diosa para que los pocos transeúntes tempraneros agacha-
ran el lomo bajo ese azote escurridizo. La vista en la cal-
zada, algunos se protegían con el periódico que habían
comprado en la esquina y que aún no leían.

El guardia quiso saber qué harían con esa escalera *telescópica*, de modo que Vergara Grey le explicó con lujo de detalles la verdad: necesitaban llegar a un lugar prácticamente inaccesible, pues tenían indudables señales de que
la polea atrancada casi producía roce con el techo.

Pusieron el familiar cartel «en reparaciones», desconec-
taron el servicio automático y subieron, apartándose del
ensayo general, sólo hasta el penúltimo piso.

—Sería una pena tener esta escaleraza y no estirarla algunos metros más, socio —apuntó Vergara Grey.

El motivo secreto, sin embargo, era otro. En caso de un
incidente serio, los rufianes de Canteros echarían abajo la
puerta del ascensor en el mismo piso de la oficina, y Ángel
Santiago sería bañado en municiones antes de apretar el
dedo sobre el botón de descenso. Un piso, por magra que
fuera la distancia, le daría al chico aire para intentar la fuga.
Si bien no explicitó este fundamento, a medida que soltaba
con la mano los pernos del techo, aprovechó de instruirlo.

—No hemos hablado de esto, chiquillo. Pero si llegas a escuchar balazos o cualquier ruido extraño, por ningún motivo subas a curiosear lo que está pasando.

—Se olvida de que estoy armado, maestro.

—Eso, ni en última instancia.

—Yo no lo voy a dejar solo a merced de esos pistoleros. Quiero saber qué pasa y ayudarlo.

—Te puedo satisfacer la curiosidad de antemano. Si tú entras a la cámara del botín, me verás tendido cuan largo soy, boqueando sangre a borbotones. Una vez que hayas empalidecido con el espectáculo, los amigos del *guarén* te propinarán sin pestañear la misma dosis y con buena suerte quizás alcances a arrastrarte hasta mí y extenderme la mano, que yo apretaré fraternalmente. Pero no alcanzaré a decirte «adiós, compañero» porque me habrán acribillado hasta la lengua. Sujeta los pernos, muchacho.

El chico acató la orden y puso las piezas en el bolsillo de su chaqueta.

—Haré como usted dice, maestro. Pero se me hace que ha estado leyendo mucha literatura tétrica.

—Ni tanto. Leí el cuento ese de Chéjov del que me hablaste.

—¿En serio, profesor?

—Me interesó mucho.

—Pero el cuento no es de Chéjov. Chéjov es el personaje del cuento. El autor se llama Carver, Raymond Carver.

—¿Cómo haces para retener cosas tan complicadas?

—Acuérdese de que tengo buena memoria, Vergara Grey. Aún me sé todas las respuestas a las preguntas del examen que le tomaron a Victoria.

—¿Te acuerdas del desayuno?

—Naturalmente.

El joven apoyó la escalera en el muro metálico izquierdo de la cabina, trepó por ella y ayudó al maestro a levantar el techo hasta que consiguieron apoyarlo en la pared con menos bullicio que la vez anterior pero con suficiente ruido como para llamar la atención de algún eventual vigía.

—Esperemos un minuto —susurró don Nico, poniéndose un dedo sobre los labios.

Ángel Santiago asintió y se frotó fuertemente la frente, como tratando de llegar a algo en su interior. Al cabo de un tiempo prudente, habló con sigilo:

—¿Quiere que le cante su desayuno, socio?

—Bueno, pero calladito.

—«Dos marraquetas, dos colizas, tres hallullas, tres flautas, cuatro tostadas, tres bollitos con grumos de cebolla y tres porciones de kuchen con fruta confitada y pasas.»

La cara de Vergara Grey se puso tan roja como la de los borrachines que actúan de Santa Claus en los grandes almacenes durante la Navidad. Se apretó simultáneamente el corazón y el estómago e, inflando los cachetes, quiso detener la marcha incontrolable de la risa que pugnaba por salir, hasta que vencido terminó arrojando un silbido asmático.

—¡Me vas a provocar un infarto, bestia!

—Nadie se ha muerto por una carcajada, maestro.

—¿De qué te ríes tú ahora?

—De su apetito. Sumando unos con otros se llega a veinte panes.

Santiago se aferró al cable, lo trepó a pulso, y una vez arriba, continuó el despliegue de la escalera que había iniciado don Nico en la plataforma. A esas alturas, y en forma simultánea, advirtieron que el espacio de la cabina no les permitía accionar el tercer tramo de la telescópica, y en un segundo, sin darle tiempo a la cautela, el especialista abrió la puerta del ascensor, sacó un tramo de escalera hasta el piso y ubicándola ligeramente en diagonal consiguió que Ángel la extendiera hasta la dimensión que precisaban. Volvió a cerrar y le indicó al muchacho que bajara a fumarse un cigarrillo.

—Superado el imprevisto, llegó la hora de actuar.

Encendieron los tabacos y, frente a frente, sentados en el piso, las espaldas apoyadas en las paredes, casi rozándose las rodillas, fumaron en silencio. Vergara Grey inspiró el humo, lo soltó de a poquito hacia arriba y dejó una estela delgada.

—Chéjov —dijo entonces.

—¿Maestro?

—Quería comentarte: Chéjov y su esposa están en un hotel de la costa francesa. Esa noche se siente muy mal, la mujer manda a buscar al médico, éste va, y cuando ve que Chéjov no tiene remedio y ya agoniza, llama a la recepción y pide que manden para arriba una botella del mejor champagne con tres vasos. ¿Es así o me equivoco?

—Igualito que como lo está contando, profesor.

—Entonces llega el mozo, el médico abre el champagne, el corcho salta para cualquier lado, los tres beben, y al poco rato Chéjov muere.

—¡El gran Chéjov, don Nico!

—Conforme. Al día siguiente el mozo vuelve a la habitación con un jarrón con tres flores amarillas y no tiene la menor idea de que Chéjov ha muerto.

—Hasta aquí va bien.

—Le quiere entregar el jarrón a la mujer, pero ella está como ausente, apenada, bueno, es que ha muerto Chéjov.

—Efectivamente. Entonces viene lo del corcho.

—Justo. El mozo está ahí, con las dos manos sosteniendo el jarrón, todo compuesto, me lo imagino así como muy elegante y pituco, cuando de repente, zas, descubre en el suelo el corcho de la botella de champagne. Y entonces le baja la desesperación por recoger ese corcho que destruye todo el orden de la habitación. ¿Correcto?

—Eso es lo que escribió Carver.

—Entonces la viuda le pide que vaya a la mejor empresa de pompas fúnebres de la ciudad y le diga al dueño que se haga cargo de todo porque Chéjov ha muerto. Que camine altivo como si Chéjov mismo estuviera esperando las tres flores amarillas. Pero mientras la viuda le da las instrucciones, el chico con el jarrón en las dos manos sigue pensando en cómo recoger el corcho de la botella de champagne que está a sus pies. ¿Es eso el cuento?

Santiago escupió una mota de tabaco desde la punta de la lengua, y poniendo una mano en la rodilla de Vergara Grey, le dijo:

—Efectivamente. Así es más o menos el cuento.

El afamado profesional apoyó ahora la cabeza en la lámina de acero y avanzó con la mirada hacia la profunda oscuridad del túnel hasta el techo. Del maletín de cuero extrajo la linterna e iluminó el pedazo de muro falso que el *Enano* Lira había preparado desde su tiempo de mecánico en la Schendler.

—Es decir —continuó, fumando—, Chéjov está muerto y el problema del chico es cómo recoger el corcho del piso.

—Yo diría que ése es uno de los temas del cuento. ¿Por qué se quedó tan pensativo, don Nico?

Con los dedos el hombre se masajeó los huesos de los pómulos, como si quisiera relajar una tensión, y luego puso el cabo del cigarrillo en el cenicero.

—Por esto. Así como yo traje el cenicero, el joven quiere levantar el corcho.

—Bien pensado, profesor.

—Es decir, si ese joven y yo estuviéramos en el naufragio de un gran transatlántico (ponle tú el *Titanic*) y los vidrios de la cabina estuvieran sucios, ese joven y yo los limpiaríamos.

—Según lo que me cuenta y lo que veo, diría que sí.

—Es decir, en la vida se da junto lo grande y lo pequeño. Pero como estamos siempre viviendo en lo pequeño no alcanzamos a darnos cuenta de qué parte de lo grande es lo pequeño que hacemos.

—Ése sería un gran tema de filosofía, que usted podría discutir latamente en mi hacienda con Victoria Ponce.

—¿Tú no me entiendes?

—Algo pispo, profesor. Pero no se me olvida a lo que hemos venido.

—Es cierto.

—Usted mismo dijo el otro día la frase del presidente Aylwin: «Cada día tiene su afán.»

—Qué memoria que tienes, cabrón. Retienes más que un elefante.

—¡Que un perro callejero, Vergara Grey!

—¿Cómo lo logras? Yo para acordarme de mi propio nombre tengo que mirar todos los días mi cédula de identidad.

—Igual que los perros. Delante de cada árbol levanto la pata.

—¿Qué idiomas hablas tú?

—Castellano.

—Ahí llevamos uno. ¿Otro más?

—Por el momento sería todo. Algo de inglés sé.

—¿A ver?

—*One dollar, mister, please.* ¿Usted?

—*I should move the stones of Rome to rise and mutiny.*

—Eso suena lindo, maestro. ¿Qué significa?

—Shakespeare. «Haría que hasta la piedras de Roma se sublevaran.»

—Profesor, realmente me conmueve. Nunca me imaginé que podría citar a Shakespeare.

—He estado preso en varias oportunidades. Algunas veces con gente honorable, y otras con ingleses.

CUARENTA Y SIETE

Ambos se pusieron de pie. Vergara Grey cogió el combo de su caja de herramientas y Ángel se hizo cargo de una de las bolsas amarillas impermeables. Tendría que poner la lona sobre el espacio instituido por el Enano para conseguir que el ruido se amortiguara mientras el *profi* iba descascarando la falsa pared con sus golpes de acero.

A intervalos detenían la demolición y escuchaban alertas por si alguien se aprestara a intervenir. Pronto se dieron cuenta de que al paisaje modernizador de Santiago pertenecía ya ese horizonte de construcciones con su bullicio implacable. Aun así, se mantuvieron en el volumen más discreto posible, hasta que intuyeron que bastaría empujar la falsa muralla con un dedo para que se derrumbara. La única duda era si el camelo debería caer hacia dentro de la oficina o descascararse por la vía del ascensor hasta el subterráneo. Lo primero era más controlable, lo segundo algo imprevisible: quién sabe qué actitud adoptaría el guardia al oír esa lluvia de cascajos.

Ahora llegaba el momento en que el maestro debía practicar su peculiar cirugía. Pasó por el boquete sin mayores esfuerzos, y ya del otro lado, le pidió con un gesto a Ángel que le extendiera el maletín arsenalero. En voz muy baja, le susurró:

—Hasta aquí llegamos juntos, socio. Ahora desciendes los dos pisos y me esperas con santa paciencia.

—Perdone, maestro, pero es que me gustaría ver al gran Vergara Grey en acción. Algo para contárselo a mi hijo.

—Lo primero que tenemos que asegurar es que el futuro hijo no nazca huérfano. Baja ya, y eso sí, pase lo que pase, por ningún motivo retires la escalera. El cable me da pánico, y desnucarme en el vacío, pavor.

El profesional dio un paso adelante, con la actitud de un escultor que va a enfrentarse con una mole de mármol, cuando el joven lo detuvo con un silbido. En la mano tenía las dos bolsas amarillas y se las extendió sonriendo.

—Buena cosecha, maestro.

Su socio había entrado en el umbral del trance y no quiso responder. Sin siquiera darse vuelta a mirarlo, llegó hasta la inmensa caja fuerte de color gris y la palpó reverente.

Santiago bajó algunos peldaños por la escalera, pero luego se colgó juguetón del cable y fue hasta la plataforma valiéndose de vigorosas pulsadas. En el maletín del maestro había un paquete de cigarrillos y el libro *Tres rosas amarillas* forrado en el ya familiar papel de matemáticas. Un sorbo de agua mineral, un puchito encendido y el volumen abierto en la página once, comenzó a leer, acaso por quinta vez, el cuento *Cajas*: «Mi madre ha hecho las maletas y está lista para mudarse.»

Como el artesano frente a la arcilla, la creyente ante la imagen de su santo milagrero, el bailarín junto a su danza, el actor detrás de su texto, el ave a la vera del vuelo, así poco menos estaba el ladrón frente al timón de la mole metálica. En la cárcel, frecuentes pesadillas de modernidad, nutridas por la televisión y la prensa, le habían hecho temer el *gran afuera*. Al salir, lo esperaba un infierno electrónico donde sus antiguas herramientas se fundirían. El celaje del tiempo lo haría trizas y sería un simple ratero jubilado vencido por dos rivales imbatibles: la traición de un socio, como Monasterio, que rompía todos los códigos de caballeros que rigen las relaciones delictuales, y la sofisticación electrónica con dígitos indescifrables y secretas claves comandadas por un control remoto.

Para su alivio, descubrió al primer contacto con la caja fuerte que, al fin y al cabo, algo tenía en común con el cerdo de Canteros: la edad.

Ambos habían sido arrollados por el progreso, los computadores, los teléfonos celulares, los bancos virtuales, los DVD, los semiconductores, y de allí que el máximo *gangster* de la república hubiera optado por una caja de seguridad que él comprendiera a plenitud sin tener que buscar la asesoría de prestidigitadores biónicos y cibernautas que, enterados de las vías de aforo de sus riquezas, podrían con sus artes de magia negra en cualquier momento birlárselas.

En buenas cuentas —se sobó las manos—, un gesto de compadrazgo generacional al cual había que retribuir generosamente descerrajando el baúl del pirata en el más clásico de los estilos.

No tuvo aprensiones ni prisa al desplegar todas las herramientas de su maletín sobre la alfombra, pues el hecho de haber logrado ingresar al centro de la pieza sin que trinara ningún timbre de alarma probaba que las huestes de Canteros habían preferido colocar todas sus chillonas campanillas en el umbral de la entrada por el lado de la oficina.

Nadie pudo haber tenido la inspiración divina de que el bandolero caería desde el cielo vía ascensor, y no podrían por tanto cazarlo en ninguna de las trampas y ardides que seguramente estaban esparcidas por la otra vía. Para esa proeza se necesitaba la gracia de alguien tan mínimo como el *gran Enano* Lira, que combinaba precisamente las artes del albañil con un concepto utilitario de su tamaño. ¿Qué dicha debió de haber sentido cuando el azar le puso ese regalo a sus pies y cuánto pesar debió de haberle causado entrar a presidio provisto de tamaña fortuna eventual y sin ninguna probabilidad de echarle mano?

¡Y qué homenaje a él, a Nicolás Vergara Grey, que el artífice de ese bombón le hubiese procurado el secreto, sonrió, para pintar esa capilla Sixtina!

Un refrán en Chile saluda a los huéspedes diciéndoles: «La casa es chica, pero el corazón es grande.» Mientras Vergara Grey maniobraba destornilladores, llave inglesa, ganzúa, alicates, alambritos de diferente grosor y tamaño, estetoscopio, cincel, cortafríos, lima, berbiquí y barrena, jubiloso ante la convencional fórmula de la cerradura, ideó el texto de una tarjeta postal que alguna vez le haría llegar a Canteros: «La caja es grande, aunque tu corazón es chico.»

Tras cuarenta minutos de trabajo, la última traba cedió y a pesar de que el premio a su proeza estaba al alcance, no abrió la puerta de acero. Previo a llevarse la desilusión o la dicha del siglo, se dijo que procedería a fumarse un cigarrito. Pero justo cuando estaba a punto de raspar el fósforo en la banda combustible de su cajita marca Andes, eso le recordó que la maravillosa cordillera de Chile acaso lo acogiera en pocas horas más, puso el fósforo apagado entre los dientes y devolvió el cigarro al bolsillo de la camisa.

Tuvo que concentrarse un minuto más a ver si la intuición que lo había frenado de fumar le decantaba ahora racionalmente el significado de ese *stop* que lo privaba de unas pocas reconfortantes inhalaciones. Buscó ayuda recorriendo con la vista el cuarto, hasta que una plaqueta metálica, con el signo de una llama, le reveló la verdad: ¡allí dentro había alarma, pero contra humos!

¡Ay, si su intuición de oro le sirviera para algo fuera del mundo del delito! ¡Si su percepción extrasensorial le dictase las palabras y los gestos con los cuales reconquistar el amor de Teresa Capriatti! ¡Daría todo el oro *ajeno* del mundo —sonrío— por vivir con ella!

Entonces, con gesto natural, sin teatralizar para sí mismo el clímax de su faena, abrió la caja fuerte, y tras echar una mirada a los diversos compartimentos, rasgó uno de los paquetes, y después otro, y luego la punta de aquel al fondo, hasta que pudo formarse el convencimiento de que los paquetes envueltos en papel verde contenían consecuentemente dólares, y aquellos en azul, varios kilos de moneda nacional. Una cajita con incrustaciones de nácar era el refugio de algunas joyas, que acaso databan de las jornadas patrióticas de antaño, cuando las damas pinochetistas habían regalado sus pulseras, sus anillos, sus aros y sus collares a los uniformados, para contribuir a la refundación de la patria tras el golpe contra Salvador Allende.

Sin más dilaciones, y con certeros manotazos, fue metiendo el abigarrado botín en la bolsa amarilla impermeable, y no cesó su acción hasta que advirtió que un fajo más podría ser tanta carga que no podrían llevar el saco al hombro. Lo cerró valiéndose de la soga que pasaba entre anillos metálicos por la parte superior, y en tres o cuatro minutos completó la segunda bolsa y avanzó con ellas hasta el forado junto al ascensor. Abajo, como si se hubiera mantenido en esa pose expectante durante toda la última hora, el joven Ángel Santiago preguntó con una seña qué debía hacer.

Vergara Grey hizo pasar una de las bolsas a través del forado y el muchacho emprendió la ascensión de la escalera con la velocidad —recordó el examen de Victoria— de un tigre con sus garras retráctiles.

Al tomar el botín entre sus manos, la instrucción gestual del maestro fue breve y unívoca: bajas y vienes por la segunda.

La acción se repitió con éxito, y temiendo que el cuerpo de don Nico tuviera problemas con el tránsito desde la escalera a la oficina, Ángel subió una tercera vez, lo asistió en sus trabajosos despliegues, y una vez que lo dejó instalado en el peldaño superior, bajó rápido hasta la plataforma, inspirado en la idea de no sobrecargar la escalera, que podría quebrarse bajo el peso de dos personas.

Sólo cuando ambos estuvieron en la plataforma, el viejo extendió los brazos como un triunfal pelícano que trae el buche lleno de apetitosas sardinas, y le pidió al cómplice un abrazo inconmensurable.

Así, durante largo tiempo mantuvieron unidas sus ardientes mejillas.

CUARENTA Y OCHO

Dentro del mismo coche de Monasterio procedieron a llenar una decena de bolsas plásticas con moneda nacional. Se dieron prisa, pues la cita con el baquiano tendría que ser un par de horas antes de la puesta del sol: la osadía de cruzar de noche la cordillera les estaba vedada hasta a los muleros que contrabandeaban drogas.

Las tareas ahora se repartirían de tal modo que hacia las cuatro de la tarde Vergara Grey y Victoria entraran a la autopista al sur cargando las tres bolsas amarillas impermeables que transportarían en mochilas más tarde por el paso cordillerano. Por su parte, Ángel Santiago llevaría el postre *en billetes verdes* para el almuerzo que encargó a Elsa en la calle de las Tabernas con el argumento de que quería tenerlos a todos juntos en la hora del reparto para no dilatarse en la última parte de su plan: tomar un taxi con Charly de la Mirándola hasta el Hipódromo Chile y montarse a la misma camioneta de transportes equinos donde lo esperaría impaciente su rucio. ¡Él sería su cabalgadura en los intrincados senderillos ilegales de la montaña!

Se recomendaron mutuamente cautela y Vergara Grey depositó al joven en la estación del metro más cercana al bar de Monasterio. Se estrecharon las manos por la ventana del vehículo y Ángel aprovechó ese contacto para sacarle al maestro la promesa de que no lo esperarían en el *rancho suizo* en caso de que no apareciera a la hora convenida. En este mismo momento le resultaba fácil suponer que el transportista de caballos avanzaría muy lento con su viejo carromato y, por otra parte, si partían junto al baquiano con la luz del sol, él sabría encontrarles la pista un par de horas más tarde, pues había sido equilibrista de esos abismos cordilleranos desde la infancia.

Todas las bolsitas pequeñas habían sucumbido en una mayor que ahora balanceaba alegre por la calle de las Tabernas. Cada una tenía escrito con plumón azul el nombre del beneficiado. Por el tamaño del envoltorio se podía inferir el valor que habían atribuido en fulminante concilio sobre ruedas a cada uno de los cómplices del atraco. A la cajera Elsa y a Nemesio Santelices les estaban destinados paquetitos dignos de un *top one*. Sin que esto permitiera suponer que había tacañerías en las ofrendas para Charly de la Mirándola, el proveedor de las herramientas y la cesante profesora Sanhueza.

Pero la frutilla de la torta era un contundente paquete de color azul Prusia, que evidentemente no había merecido el escarnio de una bolsita cualquiera de plástico, y que dejaría a todo el mundo perplejo con la inscripción que lo identificaba: «ENANO.» Así de grandes eran sus letras; inversamente proporcionales al tamaño de su receptor.

Mientras anticipaba el expedito momento del reparto, Ángel Santiago iba siendo recorrido por una corriente interna que directamente identificó con el júbilo. El mundo era un loco y amable astro que circulaba soñador entre miles de galaxias, y cada uno de los seres que se le cruzaban le parecieron grandiosos e incanjeables: el lustrador de zapatos, el hombrecito con el carro manicero, las niñas tempraneras que ya estaban en calle con minifaldas nocturnas, los adolescentes que fumaban como hombres maduros apoyados en la muralla de la esquina, el quiosquero que voceaba *El Mercado,* acaso con un nuevo elogio a su amor, los taxistas frotando con un paño los ventanales de sus coches, las amas de casa y sus bolsas rebosantes de verduras, los niños echando a correr barquitos de papel por el agua de las cunetas, los obreros de la construcción con sus cascos coloridos comentando las posibilidades de un triunfo del Colo-Colo en el partido de esa noche, el grupo de colegialas que ensayaban frente a la estación de servicio una coreografía que habían visto a los competidores del *reality show* en la tele, y esas palomas y gorriones al borde de las cenefas o entre las hojas de los árboles, y los picaflores y tordos bebiendo en la fuente de piedra, y todos esos perros que habían surgido de pronto en el barrio, con señas de riñas en sus orejas heridas, hurgando en los tarros de basura o tratando de acoplarse en el polvo que levantaban los automóviles.

Tuvo un solo pensamiento donde le parecía que se decantaba el brillante de mil quilates de su felicidad. Él había hecho una apuesta y había acertado: la infamia de los años en la cárcel estaba pulverizada de su memoria, y ahora que era puro nervio y futuro, no corría en sus arterias ni una gota de rencor. Recordó a Fernando, el convicto español adicto a la hípica, quien en la cafetería de la cárcel, con sus ojitos rodando tras sus lentes, le había definido la belleza de apostar y ganar: «El día que *nuestro* caballo triunfa por fin, contra todo pronóstico quizás, contra las circunstancias adversas, contra lo probable y lo lógico, ¡ah, ese día sentimos que hemos derrotado por un momento a lo necesario y que en la fuerza jubilosa de nuestro corazón late la secreta armonía de todas las cosas.»

El joven irrumpió en el salón empujando las puertas de

batiente con un hombro, y antes de que el grupo se levantara electrizado, gritó en tono épico:

—¿Ha almorzado la gente?

El «sí» fue estruendoso y se repartieron besos en los pómulos y algunas lágrimas en las blusas y solapas.

—¿Todo bien, Angelito? —preguntó Elsa.

—«Bien» es una palabra pacata, ñora. Nos fue *óptimo*.

—¿Y el profesor?

—Como él suele decir: hay cuatro puntos cardinales. En alguno de ellos estará.

Hizo un recorrido circular por el conjunto: la maestra de dibujo había visitado al peluquero y el estilista le había tallado un revoltoso enjambre con visos azules que la rejuvenecía un par de semanas, y en vez de su modesto gorro de fieltro con olor a lluvia, el cuidador de autos tenía sobre la cabeza un gorro tipo patrón de yate. En cuanto a la cajera, determinó Ángel de una pestañeada, cualquier adjetivo le quedaría pálido: excitada, radiante, aérea, indescifrable, oculta, partícipe, lúcida, montañosa, prometedora, salvaje, eufórica, justa.

Cada uno recibió su bolsita, y todos volvieron al postre real del almuerzo, consistente en la tradicional papaya con crema Nestlé. Hubo un aparte urgente entre Ángel y Elsa tocante al paquete azul Prusia del señor Lira, y ambos intercambiaron atropelladamente sugerencias acerca de cómo introducirlo en la cárcel. La mujer optaba por abrir una cuenta bancaria a nombre del diminuto, pero cuando el muchacho le informó de que *Lirita* fustigaba quince años y un día, Elsa se inclinó por guardar el botín en un par de colchones y en contratarle una novia del ambiente que lo visitara agasajándolo con vituallas alimenticias, fumables, alcohólicas y, en los días autorizados por los penalistas progresistas, sexuales.

Tras concluir el reparto, Ángel Santiago tuvo la sorpresa de que en el fondo de la bolsa mayor aún quedaba la porción decidida para Charly de la Mirándola. Ya despidiéndose del grupo, recordó que hoy, en la primera carrera, tendría que haber corrido en mil metros el rucio *Milton*, y seguro que su preparador tuvo que ocuparse de llevarle la casaquilla del Doña Teresa al jinete Aguilera. No tuvo más remedio que dejar el paquete a cargo de Elsa y, estrechándoles la mano, se despidió de todos con un informal aleteo sobre la cabeza.

Ya en la calle aceleró el tranco hacia la avenida. Como última precaución, no quería que nadie lo alcanzara y viese el número de la patente del taxi que quería tomar. Muchos habían evacuado la calle rumbo al almuerzo y la siesta, y sólo unos pocos transeúntes se le cruzaron indiferentes en la ruta.

Pero a pocos metros de su destino, un hombre delgado, provisto de sombrero alón e impermeable *beige* se le plantó al frente y le ordenó que se detuviera sacando al mismo tiempo un revólver entre los botones abiertos a la altura de la cadera. El joven advirtió en el desconocido una decisión compulsiva, y abriendo los brazos, como pidiendo una explicación, le dijo:

—¿Qué onda, Flaco?

Rigoberto Marín, alias *Alberto Parra Chacón*, involuntariamente bautizado también *Enrique Gutiérrez*, decidió que si intercambiaba un frase con el Querubín se pudriría de sentimentalismo y no cumpliría el encargo. Sin otro particular, le disparó dos proyectiles directo al corazón.

Seguro de que su puntería era infalible, guardó el arma en un bolsillo, y apartando de un puntapié al perro grisáceo que fue a husmearle las piernas, vio cómo el *encarguito* se derrumbaba, y sin dilaciones se dio vuelta hacia la boca del metro y descendió la escalera.

No supo que el hombre de paso cansino con el que había tropezado a la altura del séptimo peldaño era el preparador de caballos Charly de la Mirándola, quien avanzaba hacia el bar de Monasterio con la esperanza de unirse a los amigos en el minuto que se sirvieran los postres. El hípico advirtió que un grupo de curiosos rodeaba en un círculo aún cauto el cuerpo de un joven caído. Al asomarse entre ellos, identificó sin dudas al sujeto regado en sangre como Ángel Santiago. Se desprendió del círculo de observadores, levantó la cabeza del chico moribundo y fraternalmente la apoyó en su rodilla.

—¿Cómo estás, muchacho?

—Me mataron, don Charly.

—Tranquilo que ya vendrá la ambulancia.

El joven pudo ver que el borbotón de sangre que había estallado en su pecho se le derramaba también por la boca. No obstante, alcanzó a decir:

—¿Cómo llegó *Milton*?

—Apenas cuarto.

—¿Hizo una buena carrera?

—Punteó hasta los doscientos finales. Iba bien hasta que atropellaron los caballos buenos para el barro.

—¿Pero quedó listo para la próxima?

—Seguro, chiquillo.

En el muslo del preparador, la cabeza del joven perdió toda su voluntad y sucumbió laxa. Ángel Santiago creyó haber alcanzado a formular la pregunta que lo inquietaba: si el Golpe había sido en todas sus etapas impecable, ¿por qué diablos él había muerto?

CUARENTA Y NUEVE

A las cuatro de la tarde ocultaron el coche bajo una parva de paja dentro de uno de los galpones del *rancho suizo*. Vergara Grey lo condujo algunos segundos a ciegas en ese granero donde el trigo y la avena soltaban un polvo que cosquilleaba en las narices.

Dispusieron las maletas y las tres bolsas amarillas junto a la mesa de la cocina. Un horno de leña temperaba el frío y una cazuela de ave desprendía generosa su grasa a las verduras que la acompañaban.

El baquiano amigo de Ángel era un hombre enérgico, y tras saludarlos sin contacto físico, los condujo al palenque donde estaban atados los tres caballos ya con sus aperos listos para la travesía hacia las alturas.

—Se conocen la huella al dedillo. Si partimos luego, mañana estaremos en Argentina.

Vergara Grey fue portavoz de una inquietud que a ambos les había crecido durante el trayecto en auto.

—Hemos oído, señor...

El baquiano desvió despreciativo la vista hacia un pequeño arroyuelo, y dijo:

—Yo no les he preguntado el nombre a ustedes, y ustedes no tienen por qué saber el mío.

—Conforme, amigo. Hemos oído que en esta época es

imposible cruzar la cordillera en esta zona. Todos dicen que hay que irse más al sur.

—El camino al sur lo encuentra a la izquierda.

—No, si nosotros preguntábamos no más.

—Entonces, no ofenda, ñor. Si le digo que los voy a pasar al otro lado es porque está mi palabra comprometida.

—Por supuesto.

—Ensillé sólo tres bestias, porque el Ángel me dijo que él traería uno suyo.

—Un caballo de carreras —explicó Victoria.

Otra vez el hombre desvió la vista al arroyo y aplastó un guijarro en la tierra hasta hundirlo.

—Voy a dejarle ensillado uno de los míos. Ese pobre animal que trae se le va a desbancar en el primer abismo. ¿A qué hora dijo que llegaba?

—Lueguito.

—Va a tener que recalentarse la sopa, porque lo que es yo tengo hambre.

—Entonces cenemos no más, don. Angelito dijo que él después nos pillaría más tarde.

—Ahí sí que tiene razón. Se conoce los pasos y las gargantas tanto como yo. Cuando se fue su madre en un barco, vino a vivir aquí conmigo. Se subía todos los días a esa higuera y me ayudaba con la siembra. El único problema es que le gustaban tanto los caballos que se robó el favorito del hijo del patrón. ¿Ustedes saben la historia?

—Sabemos que estuvo en la cárcel, don.

—Me carga que me digan *don*. Si es por ponerme algún nombre, llámenme Tito.

—¿Tito, por Ernesto?

—¡Ta'que é aturdío, ñor! Por Tito no más.

En la cena los tres mantuvieron por largo tiempo silencio. Soplaban el caldo de la cazuela sobre las pesadas cucharas de metal, o tomaban de las puntas los choclos, les ponían mantequilla, sal, y los desgranaban muy lento con los dientes. Si el anfitrión mostraba prisa, dirigiendo compulsivamente la vista cada tres minutos hacia el reloj en forma de casita de pájaro suizo, Victoria y don Nico ralentaban la cena mordiendo con fanática lentitud los pancitos amasados con la esperanza de que Ángel Santiago apareciese antes de iniciar la marcha.

—¿Qué llevan en las mochilas?

—Ropa.

—¿Abrigadora?

—Chalecos gruesos, medias de lana, gorros con orejeras.

—Está bien. ¿Y qué traen en las bolsas amarillas?

Victoria y Vergara Grey se miraron durante el cuchareo, y al volver la vista a la cazuela para moler su trozo de zapallo, el maestro abrevió:

—Plata.

—¿Mucha?

—Digamos que alcanza.

El baquiano comenzó a asentir con la quijada y ese movimiento no se le despegó durante largo rato. Victoria le hizo un guiño a Vergara Grey sugiriéndole que no fuese tan parco, pues el balanceo de esa barbilla era una pausa campesina para entrar en materia.

—No sé cuánto convino el Ángel con usted. Pero puede desamarrar una de las bolsas y sacar lo que usted estime conveniente.

El anfitrión había trozado el pan rústico, y empezó a jugar con las pelotitas de migas, golpeándolas con las puntas de las uñas y sujetándolas al borde del mantel para evitar que cayeran al piso. De pronto dejó el juego, deshizo el nudo de la soga, hundió un brazo en la bolsa y extrajo uno de los paquetes azules. Lo puso sobre la mesa, tras apartar un pocillo de greda con ensalada de cebollas y tomates, rasgó la parte superior e introdujo un dedo, y ágil cual cajero de banco, recorrió el grosor del fajo formándose sin dudas una visión cabal de cuánto sumaba un papelito junto al otro.

—Si no tiene inconveniente, caballero, creo que con este cambucho estaríamos estando —concluyó.

—Si usted está de acuerdo consigo mismo, yo estoy de acuerdo con usted.

—Entonces no se hable más y partamos.

Victoria Ponce sintió el tiempo que había transcurrido menos en el reloj que en la debilidad del sol, que ahora parecía haberse precipitado en el poniente.

—Le ruego que esperemos un poquito más.

—Ya no, señorita. Si cae la noche, no hay viaje. Con la cordillera no se juega.

Los primeros trechos hasta llegar a los faldeos de la montaña eran sólo planicie, y aunque plagados de zarzamoras, pedregullos y roqueríos que arañaban o pinchaban sus cuerpos y el de sus cabalgaduras, resultaron amables en comparación con las prominencias que conducían a las huellas de los baquianos.

La puesta de sol coincidió con un quiebre en las espesas nubes, y a Victoria le acometió el espanto de ver que la cumbre nevada de la montaña estaba encintada en angosturas que les permitían a los caballos un espacio no superior al metro. Tito percibió las vacilaciones de la muchacha, y con su mano enguantada tomó la rienda del potro azabache que la conducía y la instruyó:

—Si se asusta, no tire con violencia la rienda, pues al querer frenarla su bestia puede resbalar. Usted deje no más que *El Salvaje* la conduzca a su amaño y no intente influir sobre su marcha, pues no es una profesional. Y el caballo ya lo sabe. Comprende que de usted no puede esperar otro aporte que los temblores del miedo, y en el fondo la desprecia. Para el animalito, usted no es otra cosa más que una pesada mochila. Así que no se mueva. Haga cuenta de que está en un avión y que su destino ya está decidido. No puede pedirle al piloto que aterrice sobre un pico de la cordillera de los Andes.

—Es que el camino se estrecha cada vez más.

—Justamente. Por eso permítame pasar delante. Dentro de pocos minutos no cabrán nuestros dos animales en la misma línea.

—¿Tiene otro consejo?

—Eso sería.

En cuanto ganaron un poco de altura, Victoria utilizó todos los paisajes que le regalaban los recodos del camino para otear en el llano a ver si encontraba a Ángel. El silencio del grupo se impuso sin que nadie lo propusiera. Sólo se podía oír el repiqueteo de las herraduras contra los guijarros y roqueríos o el desprendimiento de piedras que se precipitaban por la cuesta.

Comenzaba a anochecer cuando ganaron la zona más encumbrada. El hombre que los arriaba detuvo su corcel y se aclaró la garganta.

—Desde ahora en adelante, amigos, hay un tramo de alrededor de media hora que es escarpadísimo. Si los agarra un vértigo, échense sobre el cuello de sus caballos, cierren los ojos y dejen que sea mi voz la única que estas bestias escuchen. Una sola cosa no quiero oír de ninguno de los dos: que me imploren que los lleve de vuelta. Fueron valientes para dar el Golpe, sean también corajudos en la libertad. ¿De acuerdo, don...?

—Llámeme Tito también —escupió Vergara Grey, tratando de controlar el castañeteo de sus dientes.

—A mí también —dijo Victoria Ponce.

El ascenso se fue realizando al amparo de los últimos destellos de luz. A medida que avanzaban, el aire se hacía más delgado y transparente y los oídos de los dos neófitos en esos parajes se llenaron de desgarros ocultos, lobos, pumas, aleteos de aves de rapiña. La trabajosa procesión parecía más un duelo de penitentes que el desfile triunfal de bandidos forrados en abrigadores fajos de billetes.

Hasta las mismas cabalgaduras parecían hurañas y gélidas, sin relinchos ni cambios de marcha, casi como un veredicto de la rutina. Justo la chica pensó en el rucio, en aquel día cuando el tierno acompañante de Ángel había abrevado en el lago mientras ellos espadacheaban con rudimentos banales de filosofía liceana. Estos animales de carga, envejecidos por la tortura de los pasos al borde del abismo, le produjeron una inconmensurable pena, y deseó haber metido junto a los dólares y los millones de pesos también alguna zanahoria que fueran mordisqueando en el sendero, como los indios lo hacían en la altura con las hojas de coca. ¿Qué energía podrían sacar los pobres de esos hielos? ¿Qué calor de esa nieve que horadaba sus pezuñas mártires?

¿Y dónde estaría su amado? ¿Habría renunciado al camión y su tardanza se debía a que en la excitación del triunfo vendría desde Santiago galopando a todo vapor en los lomos del rucio?

Poco después de que empezara a expandirse la noche, la caravana llegó a una extensión plana cubierta de hierbas y matorrales, y el baquiano desmontó de su tordillo y fue a ofrecerles ayuda con una semisonrisa. Les anunció que era imposible cruzar la frontera esa noche, pero ya tenían lo peor de la ruta tras ellos, y en ese paraje que pisaban, detrás de la maleza había una cueva de tal proporción que podrían acampar los tres con sus cabalgaduras.

Allí podrían pestañear y dormir un tiempecito hasta que levantase la primera claridad y luego, tras dos horas de marcha, estarían muy cerca de una aldea trasandina donde encontrarían un hotel y un recepcionista que a precio razonable olvidaba exigir que acreditaran sus identidades. Allí mismo podrían comprar valijas, incluso modernas, con chapas de seguridad incluidas, y atuendos propios de los paisanos de la región hasta que se perdieran en ese tumultuoso océano que es Buenos Aires. Si Ángel Santiago no llegaba oportunamente, él lo colmaría de señas y bosquejos que le permitieran encontrarlos.

Luego les pidió ayuda para desbrozar un matorral circundado por rocas y espinas. Quienes estaban en el secreto ocultaban de ese modo el acceso a la caverna. El compromiso de honor con los ladrones de ganado y contrabandistas era borrar toda huella antes de partir.

Se multiplicaron los arañazos en las manos y los rostros, un arbusto con espinas como alambre de púa hizo sangrar el lóbulo derecho de la bailarina, y el barro semilíquido se filtró por las botas de Vergara Grey. Cuando despejaron un tramo lo suficientemente grande, con agradecida humildad, las cabalgaduras fueron a ubicarse al fondo, y el baquiano les derramó ante los belfos el heno que llevaba en un hatillo.

Mientras las bestias mordisqueaban sus raciones, Tito puso tres mantas de gaucho sobre la tierra y comenzó a bombear una pequeña cocinilla de queroseno en la cual calentaría agua para disolver café instantáneo. Victoria acercó sus pies a la llama y al cabo de unos segundos pudo sentir que sus talones, casi tallados en hielo, empezaban a ceder y le permitieron flectar las extremidades en uno de esos ejercicios preparatorios que hacía en las barras.

El baquiano les sugirió que no perdieran tiempo en

imaginarse el futuro, pues según su experiencia, la huida era un proyecto en sí misma.

—Una vez que se huye, uno nunca para.

Cuando Victoria Ponce se sacó los calamorros forrados en piel y pulsó uno a uno los dedos de sus pies para constatar que seguían allí, Vergara Grey se le acercó con un poncho del grosor de un choapino y se los envolvió diligente.

—La plata es la plata. Pero en verdad estos pies alados son nuestro único capital, hija.

—Y tu cabeza, papi —respondió ella con una sonrisa.

Puso su nuca sobre la montura, y mientras la niebla penetraba en la caverna, se fue quedando dormida tocada por esas manos leves y difusas.

CINCUENTA

Fue la primera en despertar. Entre los matorrales se expandía una cautelosa luz y la chica intuyó que afuera ya había abierto el día. Salió de la caverna de prisa, sin calzarse los zapatones, ansiosa de ver qué le deparaba hoy la cordillera. Una vez afuera, ni el frío, ni el viento silbando sobre sus orejas la arredraron ante el espectáculo que se le ofrecía.

El pequeño llano estaba ubicado a medio camino entre el extenso valle que se diluía en el horizonte y las cimas nevadas de las montañas. Sobre las cumbres, el sol en pleno dominio delataba todos los matices del paisaje, quebrachos con eucaliptos dispersos, vertientes de agua bulliciosa, laderas de nieve, elevados picos que parecían esculturas talladas por un orfebre de otro mundo, algunas cabras mordisqueando yerbas, la manada de nubes rápidas que volaban hacia su disolución, y encima de todo, un cielo de un celeste tan puro que Victoria Ponce se preguntó si alguna vez antes había visto ese color.

Y de pronto, como un meteorito de plumas que cayera desde la más alta cima, vino a depositarse sobre una roca a metros de ella, en un aterrizaje de armónica coreografía, un pájaro cuya cresta roja remataba la cabeza negra asentada sobre un collar de plumaje blanco.

Una vez equilibrado sobre el promontorio, el animal sostuvo la misma mirada de curiosidad que Victoria le dedicaba, como si estuvieran en duelo tácito de poder a ver quién doblegaba al otro.

Vergara Grey vino, le puso una mano sobre el hombro y para no perturbar la intensa comunicación entre el ave y la chica, le susurró:

—Es un cóndor.

Ella no apartó la vista hacia el interlocutor, pero tras aspirar una bocanada de aire tan puro como el primer día de la creación, le replicó con una sonrisa:

—Nombre científico *Vultur Gryphus*, de la familia de los *Cathartidae*. Lo aprendí cuando preparaba mi examen con Ángel.

—¿Tú crees que él sabe eso?

—¿Qué?

—El cóndor, si él mismo sabe que se llama *Vultur Gryphus*.

—Yo creo que sí, maestro. Tiene el aspecto de un pájaro culto. Ojos de cirujano y pedantería de doctor.

—Doctor de los aires.

—Bravo, don Nico. ¡Tremenda metáfora!

Se disponía a premiarlo con un sonoro beso en la frente cuando al girar la cabeza la presencia de una diminuta figura en la más absoluta lejanía del terraplén dejó el cariño suspendido. Apretando las pestañas para agudizar el foco de su vista, le pareció discernir en la distante llanura la imagen de un caballo con su jinete. Sintió que el corazón se le expandía en un repentino júbilo.

—Don Nico. ¡Es Ángel!

—¿Dónde, muchacha?

—Allá, bien abajo, hacia la cuenca del río.

—No veo nada.

—Un jinete y su caballo. Avanza hacia nosotros.

—No distingo nada, chiquilla.

—Vea, don Nico. Es Ángel. Viene en dirección a la cordillera.

—Es demasiado lejos. Parece un caballo y su jinete.

—Lo veo cada vez más claro. Es Ángel Santiago montado en un caballo azul.

—No, muchacha. Es un jinete cualquiera que monta un caballo que carga una manta azul.

—No es una manta azul, maestro. Es un caballo azul.

El baquiano llegó hasta ellos, y estirándose en un inconmensurable bostezo, dijo:

—Lo siento, jóvenes, pero es hora de partir.

Victoria Ponce se dio vuelta hacia el arriero, el rostro encendido, y le preguntó si allá abajo, en el verde tapiz que se derramaba desde el río, no veía él a su amigo de infancia Ángel Santiago galopando hacia ellos en un caballo azul.

El hombre se empinó sobre las puntas de sus pies, levantó un tanto su gorro de lana, y negó con el cuello. No, en verdad, no veía nada, pero era preciso partir, pues lo requerían urgentemente otros trabajos.

Entonces la chica se arrodilló y, abrazando las rodillas del baquiano, dijo:

—Se lo imploro, don Tito. No nos vayamos aún. Esperemos a Santiago.

El hombre, sorprendido, quiso apartar sin éxito la cara de la joven de su cuerpo.

—No tiene sentido, chiquilla. Santiago conoce estos ámbitos tanto como ese cóndor. Cuando llegue, seguirá la huella y nos encontrará.

—Deme dos horas, ¡una hora que sea!

Ambos intercambiaron una mirada, y alzando los hombros, Vergara Grey se unió tácitamente al ruego de la joven.

Entonces Victoria Ponce trepó sobre una roca, puso una mano como visera encima de las cejas y clavó los ojos en la planicie.

Tito le ofreció un cigarrillo a Vergara Grey, éste lo aceptó, y los dos hombres se sentaron a fumar bajo la precaria sombra de una higuera.

Agradecimientos a mis maestras la señorita Lozano e Impacta Domínguez, del tiempo cuando era colegial, y a Teresa Calderón, por su poesía y sus lúcidas crónicas.